安徽古籍叢書

黄山書社

貴池唐人集

〔清〕劉世珩／輯校　鄭　玲／校點

圖書在版編目(CIP)數據

貴池唐人集/劉世珩輯;鄭玲校點
—合肥:黄山書社,2013.7
(安徽古籍叢書第二十五輯/安徽古籍叢書編審委員會編纂)
ISBN 978-7-5461-3729-2
Ⅰ.①貴… Ⅱ.①劉…②鄭… Ⅲ.①古典文學-作品綜合集-中國-唐代Ⅳ.①I214.21

中國版本圖書館 CIP 數據核字(2013)第 163772 號

貴池唐人集

(清)劉世珩 輯校 鄭 玲 校點

*

責任編輯 李 媛

責任校對 張紅一 李 媛 封面設計 馬 芳

黄山書社出版發行 中國科學技術大學印刷廠印刷

開本 880×1230 1/32 印張 15.625 字數 264 千字

2013 年 7 月第 1 版 2013 年 7 月第 1 次印刷

ISBN 978-7-5461-3729-2

定價 46.50 圓

安徽古籍叢書編印緣起

我國歷史悠久，典籍豐富。我省地處南北之交，學術尤擅其盛。數千年來，哲學、史學、文學、藝術、語言、科技，作者輩出，著述如林，或自名一家，或蔚然成派，多爲中華民族文化之菁華，有裨於社會主義文化之建設。允宜及時整理，以廣流傳。

粤自明清，以至近世，南北郡邑已有涇川叢書、龍眠叢書、貴池先哲遺書、南陵先哲遺書諸刻。一九三一年，復有安徽叢書之編刊，所收皆皖人著作，分期影印。出至第六期，以抗戰軍興而中止。盛業未竟，論者惜之。

今者，中央倡導整理古籍，我省領導對此尤爲關心。原省古籍整理出版規劃委員會幾經商討，決定編纂安徽古籍叢書。編纂宗旨是在歷史唯物主義指導下，批判繼承，古爲今用，弘揚民族優秀傳統文化，爲建設中國特色社會主義服務。最其體例，約有數端：

一、所收皆爲歷代皖人著作，時間一般以辛亥革命之前爲限，内容以文、史、哲爲主，分類成輯。尤其注意稿本、稀見本之搜輯與傳布。

二、整理方式包括輯、校、標點和注釋、今譯。校勘，力求採用善本爲底本，校以他書，或加補輯、編次。標點，採用新式標點。注釋，務求精確，但不作煩瑣考證。整理中，盡量吸收國内外研究的新成果。

三、先秦、兩漢著作及語言、文字之類，皆用繁體字，其餘則酌用簡體字。版皆竪排，以期一律。

四、凡熱心於本叢書編印及捐貲助刊者，得於書内題名。

安徽古籍叢書編審委員會

貴池唐人集目次

卷下

第三 張祜

張處士詩集

卷一

五言古八首

七言古六首

五言雜題七十六首

卷二

五言雜題四十三首

卷三

五言雜題三十六首

卷　四

七言律二十四首

五言排律十首

五言絶句四十二首

卷五

七言絶句百一十四首

第四　周繇

詩

五言律詩

五言排律

七言律詩

七言絶句

附　文

第五　顧　雲

詩

七言古詩

第六 張喬

詩

七言古詩

五言律詩

第七　杜荀鶴

唐風集

卷　上

今體五言凡一百二十五首

卷中

今體七言凡一百四十首

卷下

今體五言七言絶句凡五十二首

逸　詩

五言律四首七言律一首七言絶句四首斷句二韻

第八　殷文圭

詩

五言排律一首

七言排律一首

七言律詩二十四首

七言絶句

斷句

附文

第九　伍　喬

詩

斷句

整理説明

劉世珩（一八七五—一九二六），小名奎元，字聚卿，又字蔥石，號繼庵，別署靈田耕者、枕雷道士，世居安徽貴池縣開元鄉南山村，世稱『南山劉氏』。其父劉瑞芬，字芝田，隨李鴻章辦洋務，搞外交，頗干練。光緒十五年（一八八九）官至廣東巡撫，遂徙家江寧（今江蘇南京），居南城門西三鋪兩橋盧氏宅之三唐琴榭。劉世珩十三歲補縣諸生，父卒後益砥礪於學，與四方名士相交遊。光緒二十年（一八九四）應江南鄉試成舉人，七年後以道員分發湖北。兩江總督劉坤一出面把他調回江蘇，安排他與張謇一起管理工商業事務。民國初年，北京政府衆議院選舉，安徽舉薦他爲議員，他得到消息後，『疊書却之』。他把辮子一直保留下來，盤在頭頂上，作道士裝，自號枕雷道士。他在草鞋浜購地數畝築楚園，把自己的餘年用在書籍、金石書畫的收藏、校讎和刊刻上。民國十五年（一九二六），劉世珩去杭州爲其父劉瑞芬做佛事，歸後咯血，舊病復發，醫治無效，終年五十二歲。

劉世珩本人從事工商、金融實業，家素豐厚，但是他并不是那般只知揮霍金錢、花天酒地的花花公子。他學問深厚，博古通今，嗜書若命，把自己的全部精力和財産都傾注在收藏、刊刻古籍和金石書畫上。他曾説：『初仕江南，多識藏書家；繼官京師，往來多勝流，而海王村又是羣書會萃地，一郗之借無虛日焉。』繆荃孫説：『貴池劉子蔥石嗜古敏學，殫力搜討，所蓄亡慮十數萬卷。』其藏書處、藏金石處及刻書處之名甚多。藏書處有玉海堂、宜春堂、聚學軒；藏戲曲、傳奇處爲夢鳳樓、暖紅室；藏金石處爲四鐙精舍、後鐵如意室、雙忽雷閣；刻書處劉氏常署唐石簃。劉世珩聚學軒因收藏古籍珍本極富，便以流布古籍爲己任，校刻古書成了他的另一嗜好。

倫明在辛亥以來藏書紀事詩中評價藏書刻書大家劉世珩：『貴池刻書愛仿宋，成就武昌陶子麟。刻本來未見中郎貌，究是中郎是虎賁。』金天翮皖志列傳稿云：『世珩尤嗜校刊古籍。當居憂時，已纂刻聚學軒叢書三集，其後陸續增至五集，綜所甄採，皆清初諸儒未經傳播之稿。即流寓滬濱，復刊貴池先哲遺書自唐迄清都三十一種，後附待訪書目二百七十三種，其餘校刻金元以來傳奇附曲譜、曲品共五十一種，玉海堂景宋元槧本叢書二十二種，又宜春堂景宋元巾箱本八種，刊金石著録五種。世珩自序謂：『不及清初毛氏，而迹所成就，簡帙累然，標績藝林，實無慙於汲古、秀野。』劉世珩於序目中敘述刻貴池先哲遺書的過程甚詳：『余於戊戌春明報罷，歸居江寧，校訂樓山、嶧桐兩集，編貴池二妙集，復刻華之二録、吳之三録，成秋浦雙忠録，作貴池唐人集，以後隨得隨刻，每多單行。忽忽二十餘年，窮搜博訪，才集三十種，總名貴池先哲遺書。』從序看出，貴池唐人集當刻於光緒三十一年（一九〇五）。

劉世珩刻書校讎認真，刊刻極精。繆荃孫等人誇贊劉氏刻書勝過毛氏汲古閣。貴池唐人集中的康駢劇談録二卷，底本即據毛氏津逮秘書本，津逮本錯謬百出，劉又據太平廣記、類説、角力記等書輯佚、勘校，并從他本補録自序一篇，不但使該書成爲完書，且『各篇字句異同，均爲訂正』，劉氏認爲『雖未見影宋舊鈔，固已出津逮本上矣』。又如，杜荀鶴唐風集三卷，底本也是汲古閣本，劉氏又用武英殿本、全唐詩本覆訂，糾正訛誤甚多，『凡兩本不同，悉注於下』，劉氏自謂：『今此本或當勝於毛刊矣。』劉世珩還聘請名家高手陶子麟刊刻叢書。（按，陶子麟，湖北黄岡人，清末民初全國四大著名刻工之一，以摹刻仿宋體及軟體字爲特長。）清代刻本一般可分爲寫刻與宋體字刻兩大類，其中爲學者、文人、私人藏書家所熟知并贊賞的寫刻本，即軟體字精刻本，在清代雕版史上占有重要的地位。它所繼承的傳統可追溯到明嘉靖、萬曆時代，那是從宋代起，經過元代趙孟頫體書盛行後，寫刻傳統的又一個高峯。清代以來，寫刻從明初的粗放轉趨精麗。至晚清時期，精工陶子麟秉承其遺風，并把這種字體發揚光大，當時有『陶家宋槧傳天下』的美譽，他曾爲許多知名藏書家及士紳學者刻過書，其所刻書在封面或卷尾多刻有『黄岡陶子麟鐫』或『武昌陶子林（麟）鐫』等牌記。葉昌熾極爲推崇他，葉氏本人後來刻藏書紀事詩、語石等，即專門請陶氏刻板。劉世珩編輯的貴池唐人集，刻書精雅，字大悦目，筆劃匀稱，書本寬大，紙白如潤玉。

劉世珩輯録貴池一邑的鄉邦文獻，彙刻貴池先哲遺書，其中貴池唐人集一編收録唐代九人著述，依次爲康駢劇談録二卷附逸文五條，費冠卿詩一卷附文一首，張祜張處士詩集五卷，周繇詩一卷附文一首，顧雲詩一卷、文一卷，張喬詩一卷附文一首，杜荀鶴唐風集三卷補逸詩九首、附松窗雜記一卷，殷文圭詩一卷附文一首及南唐詩人伍喬詩一卷。

唐代三百年間，尤其是中唐之後，江南地區隨着經濟的發展，文化上也有長足進步。池州，雖是江南僻遠的四縣小郡，然文化高品人物却層出不窮。除張喬、周繇、殷文圭、杜荀鶴等因詩品高俊而榮列唐才子傳的傳主而外，被社會喻爲『月中折桂』的及第進士，更有費冠卿、顧雲、康駢等。如此多的人才，似簇簇鮮花，襯托起唐代池州的燦爛文化。康駢的劇談録則是這一編的首席著作。正史新唐書將劇談録書名記録於藝文志，這就認可了它在唐代文化史中的地位。宋代類書太平廣記將劇談録篇章内容大多摋入。清代的四庫全書則將其收録。論及劇談録的内容，它所記載的基本上是『唐玄宗天寶以後之事，尤其以中、晚唐故事爲主』㈠。這些『故事』，既有武俠奇伎，又有神靈怪異，但更多的則是史實記録，往往還以神怪爲障目，做掩護，以故事情節的敘述爲鋪襯，目的是真實而又曲折地反映那個時代的生活，傾吐那個環境下平民百姓的切身願望，謳歌各階層中擁有高風亮節的英雄豪傑，鞭撻那些禍事害民的貪官汙吏、豪强劣紳。縱覽全書，可以看出康駢撰寫劇談録的目的在於經世致用，其啓迪民智、力除邪惡、倡導正氣的進步思想和價值功能，表現得相當强烈。貴池唐人集收録的費冠卿、張祜、周繇、顧雲、張喬、杜荀鶴、殷文圭及南唐伍喬的詩，從其題材和内容來看，他們的創作偏重於表現隱逸與山水。其詩由功利轉向淡泊、由外界轉向内心的趨勢比較明顯，詩人們不大關注建功立業和民生疾苦，表達隱逸主題的作品時有出現，如費冠卿的不赴拾遺召『君親同是先王道，何如骨肉一處老。也知臣子合佐時，自古榮華誰可保』，表達了他的隱逸是對功名的厭倦不得已而採取的做法。而張喬的歸舊山『昔年山下結茅茨，村落重來野徑移。樵客相逢悲往事，林僧閒坐問歸期。異藤徧樹無空處，幽草緣溪少歇時。此景一抛吟欲老，可能文字聖朝知』，詩人歸隱時少有一種激動和歡悦，而更多地被『悲往事』所替代，詩中鋪敘的歸村情景也無脱俗之境。『問歸期』即是詢問回長安的時間，一『歸』字則表明詩人并没有把隱逸作爲一種常態的生活，也許僅僅只是暫時的過渡。最後兩句『此景一抛吟欲老，可能文字聖朝知』，則更清晰地表明張喬歸隱之初，尚未擺脱『名利塵』的『軒蓋』氛圍。與隱逸主題直接相關的，便是詩人們常常將筆觸寄情於山水，寫了大量的山水詩，特别是對九華山的吟詠，在許多詩人的筆下都有所展現。如費冠卿的代書問費證君九華事、殷文圭的樓上看九華、杜荀鶴的醉書僧壁等，這些詩作集中描寫九華山的勝境，但并不是對景物進行單純的客觀抒寫，而是融入了一定的人生感悟和情趣，把山水的獨特景觀與詩人高蹈縱逸的人生情趣融合起來，意境清新淡遠，少有不平之氣。貴池唐人集收録的詩人創作，主要集中於隱逸與山水，但是并不意味着詩人們只有這一副面孔，在他們筆下，或執著於諷喻，或專意於詠史，或流連於親情，或放情於苦吟，創作多種多樣，異彩紛呈。而隱逸與山水只不過是他們創作的集體趨向，這本質上與時代相關，所謂『文變染乎世情，興廢繫於時序』，隨着唐代的衰落，那種抒發建功立業的壯志在現實中屢遭挫折，隱逸與山水便成了最佳的寄情之處。他們受到當時時代語境的影響必不可免。同時，池州的地域特徵也爲隱逸與山水提供了最適當的土壤，『青山秀水，茂林修竹，不僅使人們熱愛自然，也促使人們感覺敏鋭，富有藝術情趣，其地水穠山妍，其人則多智慧毓秀而清明。奇山秀水不僅洗滌文人的心靈，愉悦文人的精神，也影響着他們的審美情趣』㊂。

這次整理，即以光緒三十一年（一九〇五）劉氏唐石簃彙刻貴池先哲遺書爲底本進行點校，編次一仍其舊，并加標專名號。原刻中康駢劇談録、張祜張處士詩集和杜荀鶴唐風集皆有各自子目目次，整理中一并歸入全書總目。由於底本標題、内文下均有小字注釋，其中既有底本原注文、劉氏之校文，也有劉氏對底本原注文之校勘，爲便於讀者分辨，内文原注以楷體小字出之，劉氏校文則以宋體小字注出，對底本中出現的異體字和避諱字徑改，同時參考了相關文獻進行校勘。在整理時汲取了前人和今人的研究成果，如康駢，劉氏仍採用欽定四庫全書中的『康駢』，而余嘉錫在其四庫提要辨證中，以新唐書、郡齋讀書志的記載爲例，同時以宋史藝文志收録康駢著作時『名亦作「軿」』的史事，針對四庫全書總目提要『王定保唐摭言作「康軿」，蓋傳寫之譌』的論調，認爲是『以不誤爲誤耳』。又如，贈貞固上人作者非此張祜也，而是盛唐時另一個張祜；登金山寺經考證，作者爲明代詩人張祐㊂。（按，張祐，字天祐，明史卷一六六有傳。）安徽省古籍整理出版辦公室一直關心和支持本書的出版，在提高校點品質方面提出了許多有益的建議，責編李媛女士在編輯過程中付出了大量的勞動，在此一并表示衷心的感謝。限於水平，本書難免有不妥之處，誠望廣大專家學者和讀者批評指正。

鄭　玲

注　釋

㊀引自李學勤、呂文鬱四庫大辭典，吉林大學出版社一九九六年版。

㊁引自景遐東江南文化與唐代文學研究，人民文學出版社二〇〇五年版。

㊂參見張福清關於張祜詩歌注釋辨僞輯佚的幾個問題，江南大學學報（人文社科版）二〇〇六年第四期。

序

劉世珩

昔廣陵吴薗次過池上，謂郎趙客曰：『余讀三唐名人集，自元和以後，江東詩人推池州獨盛，如張承吉、孟須中、費子軍、杜彦之、顧垂象、周惟憲、殷文圭、張喬、康駢、伍喬諸人，皆手劈天荒，號稱人傑。大江以上，吾固知池陽原風雅淵藪也。』年來彙刻貴池先哲遺書，蒐羅舊籍，得康駢劇談録二卷，爲明毛氏津逮本；張祜處士集五卷，爲明正德中刊本；杜荀鶴唐風集三卷，爲汲古閣刊本，松窗雜記爲舊鈔本；録周繇詩於唐音戊籤，張喬、殷文圭、伍喬詩於唐百家詩，費冠卿、顧雲兩家則録自全唐詩，而費、周、顧、張、殷五家兼以四六名於時，從全唐文録顧文一卷，費、周、張、殷文一首，各附卷末。按，津逮本劇談録譌錯極多，並缺自序，據明稽古堂刊本補入自序一篇，從談本廣記補逸文五條，又取類説、角力記諸書勘校，字句異同，皆爲訂正。正德本張處士集詩祇五言律三卷、七言絶句二卷，且錯入五言古四首於七言絶句中，編次甚爲失當，因檢全唐詩補入五七言古、七言律三體，又從劇談録及全唐詩聯句補入七言絶句二首，餘亦各有增益，重爲釐正，仍訂作五卷。唐風集中有闕字，據全唐詩勘補，並録逸詩九首。周、張、殷、伍四家復以全唐詩校注，又得殷詩八首、斷句二韻。舉薗次所舉者，舍孟須中，外搜括殆無遺矣。有求吾池掌故於斯編，或屈一指謂千百年之名集，得以暴諸當世，其在兹乎？至諸人鄉里有隸秋浦，有隸至德，有隸石埭、青陽者，數縣皆從秋浦析置。秋浦乃今之貴池，集以『貴池唐人』稱，世當無譏焉。況薗次之言必有所徵信，抑於此間曾作寓客，則亦履迹之所經也。唐人鄉貫每好署郡望，是當時之結習耳。若有云過而存之，不有異於不知而作者多耶？編次既竟，因序其端。

光緒三十一年乙巳唐花朝節縣後生劉世珩謹識於江寧南城門西三鋪兩橋寄廬三唐琴榭。

貴池唐人集 第一

康駢

劇談録二卷
補逸文五條

貴池縣志・人物志・文苑本傳

康駢字駕言，居黄老山。咸通中貢春官，後客秦、客洛，隨所見聞輒爲記録。黄巢之亂，攜歸，亡逸殆盡。乾符中登第，後復於黄老山，憶記亡失，綴爲二編，名劇談録。或曰田頵在宣州聘爲上客，或曰仕終中書舍人。江南通志

四庫全書總目卷一百四十二子部五十二小説家類三劇談録

劇談録二卷 浙江巡撫採進本 唐康駢撰。王定保摭言作『唐軿』，蓋傳寫之譌。唐書藝文志作『康軿』，以其字駕言證之，二字義皆相合，未知孰是。諸書引之，皆作『駢』，疑亦唐志誤也〔二〕。駢，池陽人，乾符四年登進士第〔三〕，官至崇文館校書郎。是書成於乾寧二年，皆記天寶以來瑣事，亦間以議論附之，凡四十條。今以太平廣記勘之，一一相合，非當時全部收入，即後人從廣記鈔合也。此本末有『臨安府陳道人書籍鋪刊行』字，蓋猶影鈔宋本。如『潘將軍』一條注中『疑爲潘鶻硉』字，今本劍俠傳從廣記剽掇，此條譌爲『潘鶴碎』，遂不可解。知此本爲善矣。其中載元微之年老擢第，執贄謁李賀一條，古夫于亭雜録辨之曰：『案，元擢第既非遲暮，於賀亦稱前輩，詎容執贄造門，反遭輕薄？小説之不

根如此。』其論最當。然稗官所述，半出傳聞，真僞互陳，其風自古，未可全以爲據，亦未可全以爲誣，在讀者考證其得失耳。不以是廢此一家也。

校　記

〔一〕余嘉錫以新唐書、郡齋讀書志記載爲例，同時以宋史藝文志收録康軿著作時『其名亦作「軿」』的史實，針對四庫全書總目提要『王定保摭言作「康軿」，蓋傳寫之譌』的論調，駁斥『以不誤爲誤耳』。參見余嘉錫四庫提要辨證卷十八子部九小説家類三劇談録，中華書局一九八〇年版。

〔二〕清徐松登科記考引明永樂大典中池州府志記載：『康軿，乾符五年登進士第。』中華書局一九八四年版。

劇談録序

康　駢

駢咸通中始隨鄉賦，以薄伎貢於春官，爰及竊名，殆將一紀。其閒退黜羇寓，旅乎秦甸洛師，新見異聞，常思紀述。或得史官殘事，聚於竹素之閒，進趨不遑，未暇編綴。及寇犯天邑，挈歸漁樵，屬江表亂離，亡逸都盡。景福、乾寧之際，耦耕於池陽山中，閉關雲林，罕值三益；而又環堵之内，闕於墳典。思欲敘他日之遊談，迹先王之軌範，不可得矣。然則平昔之道，本爲於文，既未能立匡世之功名，又安得捨窮愁之翰墨？因想時經喪亂，代隔中興，人事變更，邈同千載，寂寥湮没，知者漸稀，是以耘耨之餘，粗成前志。所記亦多遺漏，非詳悉者不復敘焉。分爲二編，目之曰劇談録。文義既拙，復無雕麗之詞，亦觀小説家流，聊以傳諸好事者。

乾寧二年建巳月池州黄老山白社序。劉世珩從明高承埏稽古堂本鈔出。

劇談錄卷之上

宣宗夜召翰林學士

宣宗皇帝聖政欽明，光宅天下，常欲刑清俗富，有宵衣旰食之懷，仄席佇賢，每如不及。令狐相國自吳興郡守授司勳郎中，未居内署，初與學士候對，便以爲有宰輔之才。一夕，於禁林寓直，忽有中使來召。行百餘步，至于便殿，遣内人秉燭候之，引於御榻之前。上自宣令坐，問：『卿來從江表，見彼中甿庶安否？廉察、郡守字人求瘼之道如何？朕常思四海之大，九州之廣，雖明君不能自理，常須良弼賢佐。邇來竊窺朝廷，皆未覩其忠赤。』相國降階俯伏曰：『聖意如此，微臣便合得罪。』上曰：『卿纔爲翰林學士，所職者，朕之絲綸，向來之言，本不相及。』既而復宣令坐，俾御以玉杯，斟酒賜之。有小案置於御牀，案上有書兩卷，指謂相國曰：『朕聽政之暇，未嘗不披尋史籍，此讀者先朝所述金鏡，一卷則尚書大禹謨。』復問：『卿曾讀金鏡否？』對曰：『文皇帝所著之書，有理國理身之要，披閱誦諷，不離於口。』上曰：『卿試舉其要。』相國跪於御前，抗聲而誦，至『亂未嘗不任不肖，理未嘗不任忠賢。任忠賢則享天下之福，任不肖則受天下之禍』，上止之曰：『朕每讀至此，未嘗不三復後已。書又云：「任賢勿貳，去邪勿疑。」是則欲致昇平，當用此言爲首。』相公抃舞而稱曰：『先臣父每言金鏡垂裕，可爲萬古格言。自非聰明文思，無以探其壼奥，況堯、舜、禹、湯之道，在典謨訓誥之閒。陛下不以黄屋爲尊，每觀之於夙夜，將欲擇賢舉善，使庶績咸熙，如此則功冠百王，事超三五矣。』上曰：『曩者仰卿材器，今日覩卿詞學。』臨軒佇立久之，謂中使曰：『持燭送學士歸院。』及還禁林，夜漏將半，咸以近臣恩澤，殆無其比，由是注意益深。居歲餘，遂爲宰相。自郡守至於台鉉，首尾纔經二載。嘗自郊壇迴，渭南尉趙嘏上詩云：『鶚在卿雲冰在壺，代天材業奉訏謨。榮同伊陟傳朱户，秀比王商入畫圖。昨夜星辰迴劍履，前年風月滿江湖。不知機務時多暇，猶許詩家屬和無？』

議曰：凡懷才抱器，有時而通，非得苟容，雖遇不顯。向使明主有任賢之意，近臣無專對之能，徒彰妄進之譏，方病退慙之説，殊恩厚渥，豈及於身？是以君子勵志飭躬，以遭逢之運，良有旨哉！

劉平見安禄山魑魅

咸通中，有五經博士盧罕得神仙保養之道，自言生於隋代，宿德朝士皆云見於童幼，奕世奉原本『奉』下有『言』字，今據廣記三百三十二削。之，不窮年壽云。安史之亂，隱於終南山中，其後或出或處。先是，令狐相公諭以柱下、漆園之事，稍從宦於京師，常話與處士劉平執友修道。平天寶中居於齊魯閒，尤善吐納之術，能夜中視物，不假鐙燭。安禄山在范陽，厚幣致於門下。平見禄山左右常有鬼物數十，殊形詭狀，持鑪執蓋以爲導從，平心異之，謂禄山必爲人傑。及禄山朝覲，與平俱至輦下。行至華陰縣，值葉天師投龍於西嶽，平見二青衣童子承虚而至，所衛禄山魑魅皆棄鑪投蓋，狼狽而行。平因知禄山爲邪物所輔，必不以正道克終。及禄山卻歸范陽，遂逃入華山而隱。

王鮪活崔相公歌妓

鳳翔少尹王鮪侍郎凝之叔也。年十四五，與兒童戲於果園竹林下，見二枯首爲糞壤所没，乃令小僕擇浄地瘗之，祭以酒饌。其後數夕陰晦，忽聞窗外窸窣有聲，良久問之，云：『某等受郎君深恩，免在蕪穢，未知所酬，聊願驅策。原本作『未知所酬耶，願以驅策』，今據廣記三百五十二校改。邇來凡有吉凶，先兆肸蠁，必來潛報。』如此數年，遂與靈物通徹。崔相國珙爲度支使，雅知於鮪。一夕，留飲家釀，酒酣稍歡，云有小妓善歌，得於親友。因令左右召之，良久不至，相國俄而自歸。内云原本作『見』，今據廣記改。理妝纔罷，忽病心痛，請飲湯而出。相國復坐，鮪具言歌者儀貌，原本脱十一字，今據廣記增。適見一人著短綾原本作『後』，今據廣記改。緋袍，控馬而去。語未畢，家僕遽報中惡，救不反矣。原本作『救之不及矣』，今據廣記改。相國悲惋不已。鮪密言有一事或可活原本作『救』，今據廣記改。之，然須得白牛頭及酒一斛。因召左右，試令求覓。有度支所由甚幹事，原本作『所由幹事者』，今據廣記改。徑詣東市肉行，以善價取之。將牛頭而至，鮪令扶原本『扶』下有『策』字，今據廣記删。歌者置於淨室榻上，原本作『前』，今據廣記改。以土盆盛酒，横板用安牛頭，設席焚香，密封其户，且誡原本作『戒』，今據廣記改。曰：『專伺之，曉鼓一動，聞牛吼，當急開户，可以活矣！』鮪既去，久而無聲。禁鼓忽鳴，果聞牛吼，開户視之，歌者微喘，盆中斛酒悉乾，牛怒目原本作『目怒』，今據廣記乙。出於外。數日之後，方述前事，云其夕治妝既畢，有人促召出門，乘馬而行約數里，見有室宇華麗，其閒列筵張樂，四座皆朱紫少年，見歌者至，大喜，致於女妓中。歡笑方洽，忽聞人大叫，聲震庭廡，坐中皆失色相視，妓樂俱罷。俄見牛頭人，長丈餘，執戟徑趨而入，無不狼狽而走，唯歌者在焉。牛頭者引於階前，背負而出，纔數十步，忽覺臥於室内。邇後相國詢其由，鮪終不盡言原本作『言盡』，今據廣記乙。其事。

御史灘

河南府伊闕縣前臨大溪，每僚佐有入臺者，即水中先有小灘漲出，石礫金沙，澄澈可愛。牛相國爲縣尉，一旦，忽報灘出。翌日，宰邑者與同僚列筵于亭上觀之，因召耆宿備原本脱『備』字，今據廣記一百三十八校補。詢其事。有老吏云：『此必分司御史，非西臺之命。若是西臺，灘上當有鸂鶒雙原本作『雙鸂鶒』，今據廣記乙。立。前後居人以此爲則。』相國潛揣縣僚無出於己，因舉杯祝曰：『既能有灘，何惜鸂鶒！』宴未終，俄有一雙原本『一雙』在『鸂鶒』上，今據類説校改。飛下。不旬日，拜西臺監察御史。

渾令公李西平爇朱泚雲梯

朱泚之亂，德宗皇帝車駕出幸奉天。是時，沿邊藩鎮皆已舉兵扈蹕。泚自率兇渠，直至城下。有西明寺僧陷在賊中，性甚機巧，教泚造攻城雲梯，其高九十餘尺，上施板屋樓櫓，可以下瞰城中。渾中令、李司徒奏曰：『賊鋒既盛，雲梯又壯，若縱之，誠恐不能禦。及其尚遠，請以鋭兵挫之。』遂率王師五千，列陣而出。于時朿蘊居後，約戰酣而燎，風勢不便，火不能舉，二公酹酒抗詞，拜空祝曰：原本作『而祝』，脫『曰』字，今據廣記七十八校改。『天道助順，至聖感神。泚賊苞藏禍心，竊弄凶器，敢以狂孽來犯乘輿，今擁衆脅君，將逼城壘。瑊等誓輸忠節，志殄妖氛。若社稷再安，原本作『興』，今據廣記校改。威靈未泯，當使雲梯就爇，逆黨冰銷！』於是詞情慷慨，人百其勇，俄而風勢遽迴，鼓譟而進，火烈飆駭，煙埃漲天，梯燼卒奔，賊遂退衄。德宗皇帝御樓以觀，中外咸稱萬歲。及克復京國，二公勳績爲首，寵錫茅土，銘鏤鐘鼎，匡扶社稷，終始一致。其後李司徒有子四人，皆分部節制。忠崇原本作『烈』，今據廣記改。榮耀，于今藹然。

李司徒嘗於左廣效職，久未遷超。原本作『昇』，今據廣記改。聞桑道茂善相人，齎絹一原本作『壹』，今據廣記改。匹，淩晨而往。時道茂傾信者甚衆，造謁多不即原本脫『即』字，今據廣記校增。見之，聞李公在門，親自迎接，施設肴醴，情意甚專。既而問之，謂曰：『他日建立勳庸，貴盛無比，或事權在手，當以性命爲託！』李公莫測其由，但慙唯而已。請迴所貺縑，換李公所著汗衫子，仍請於襟上書名，云他日見此相憶。及泚之叛，道茂陷在賊庭，既克復京師，從亂者悉皆就戮。李公受命斬決，道茂將就刑，請致分雪之詞，遂以汗衫爲請，李公奏以非罪，遂令原之。

潘將軍失珠

京國豪士潘將軍住光德坊，忘其名，時人呼爲潘鶻硉也。本居襄漢間，常乘舟射利，因泊江壖，有僧乞食，留之數日，盡心檀施，僧謂潘曰：『觀爾形質器度，與衆賈不同，至於妻孥已來，皆享巨福。』因以玉念珠一穿留贈云：『寶之不但通財，他後亦有官禄。』既而遷貿數年，藏鏹巨萬，遂均陶鄭。原本作『朱』，今據廣記一百九十六改。其後職居左廣，列第京師，常寶念珠，貯之以繡囊玉合，置原本『置』下有『之於』二字，今據廣記删。道場内。每月朔，則出而拜之。一旦開合啓囊，已亡原本『亡』下有『失』字，今據廣記删。珠矣，然而緘封若舊，他物亦無所失，於是奪魄喪精，以爲其家將破之兆。有主藏者嘗識京兆府停解所由王超，年且八十，原本『十』下有『已來』二字，今據廣記删。因密話其事，超曰：『異哉，此非攘竊之盜也。某原本作『其』，今據廣記改。試爲尋之，未知果得否？』超他日因過勝業坊北街，時春雨新霽，有三鬟女子，年可十七八，衣裝藍縷，穿木屐，立於道側槐樹下。值軍中少年蹴踘，接而送之，直高數丈，於是觀者漸衆，超獨異焉。及罷，隨之而行，止於勝業坊北門短曲，有母同居，蓋以紉鍼爲業。超原本『超』下有『異』字，今據廣記删。時因以他事熟之，遂爲舅甥，原本作『甥舅』，今據廣記乙。然居室甚貧，與母同臥土榻，煙爨不動者往往經旬。原本作『于』，今據廣記改。累日或原本脱『或』

字，今據廣記校增。設肴羞，時有水陸珍異。吳中初進洞庭橘子，恩賜宰臣外，京輦未有此物，密以一枚贈超，云有人從内中將原本脱『將』字，今據廣記校增。出，而稟性剛決，超意甚疑之。如此往來周歲矣，超一日攜酒食與之從容，徐謂之曰：『舅有深誠，欲告外甥，未知如何？』女曰：『每感重恩，恨無所答，若力有可施，必能赴湯蹈火！』超曰：『潘將軍失卻玉念珠，不知知否？』女子微笑曰：『從何知之？』超揣其意不甚藏密，原本作『密藏』，今據廣記乙。又曰：『外甥可尋覓，厚備繒綵酬贈。』原本作『酬之』，今據廣記改。女子曰：『勿言於人，某偶與朋儕爲戲，終卻送還，原本作『終卻還與』，今據廣記校改。因循未暇。舅來日詰旦，於慈恩寺塔院相候，某知有人寄珠在此。』超如期而往，時寺門始開，塔户猶鎖，女子先在，謂超曰：『少頃仰觀塔上，當有所見。』語訖而去，疾若飛鳥。忽於相輪上舉手示超，欻然攜珠而下，謂超曰：『便可將還，勿以財帛爲意。』超徑詣潘，具述其事，因以金玉繒錦，密爲之贈。明日訪之，已空室矣。

馮緘原本作『鍼』，今據廣記改。給事常聞京師多任俠之徒，及爲尹，密詢左右，原本『右』下有『引』字，今據廣記删。超具述前事，原本『事』下有『訪』字，今據廣記删。潘將軍所説與超符同。

李鄴侯救竇庭芝

竇應年中，員外郎竇庭芝分司洛邑，常敬事卜者胡盧生胡盧，類說作『葫蘆』，每言吉凶，無不必中，如此者往來甚頻，長幼莫不傾蓋。一旦淩晨入門，頗甚嗟惋，庭芝問之，良久乃言：『君家大禍將成，擧族恐無遺類，即未在旦夕，所期亦甚不遠！』既而擧家涕泣，請問求生之路，云：『非遇黃中君、鬼谷子不可相救，然黃中君造次難見，但見鬼谷子，當無患矣。』具述形貌服飾，仍約浹旬求之。於是竇與兄弟羣從，洎妻子奴僕，曉夕求訪於洛下。時李鄴侯有内艱，居于河清縣，因省覲親友，策蹇驢入洛。至中橋南，遇大尹避道，所乘驢忽驚逸而走，徑入庭芝所居。與僕者共造其門，值庭芝車馬羅列將出，忽見鄴侯，皆驚眙而退。俄有人出來，云此是分司竇員外宅，所失驢收在馬廄，請客入座，員外嘗願修謁，如此者數四，鄴侯不獲已，就其廳事。庭芝既出，降階而拜，延接殷勤，遂至信宿。至如妻孥孩稚，咸備家人之禮。數日告去，贈送殊厚，但云貴達之辰，願以一家爲託。鄴侯居于河清，信宿旁午於道，及朱泚構逆，庭芝方廉察陜服，車駕出幸奉天，遂陷於賊庭。及鑾輿返，正德宗首命誅之，鄴侯自南嶽徵迴，至行在便爲宰相，因第臣僚罪狀，遂請庭芝減死。聖意不解，云：『卿以爲寧王懿親乎？庭芝姊爲寧王妃。以此論之，猶不可；然莫有他事，俾其全活否？卿但言之。』於是具以前事上聞，由是特原其罪。鄴侯始奏，上密使中官夜乘傳陝州問之，實奏其事，德宗曰：『曩言黄中君，蓋指於朕，未知呼卿爲鬼谷子何也？』或云李相先代靈城，在清谷前，濁谷後，恐以此言之。

續坤蹶馬

咸通、乾符中，京師醫者續坤坤，官爲都水使者。頗得秦和之術，評脉知吉凶休咎，至於得失時日，皆可預言。古者善醫道多矣，迹其前事，不過視徹膏肓，心解分劑，未聞乎評診脉候，見於著龜之能也。適有燕中奏事大將，暴得風疾，原本作『漆』，今據廣記四百三十五校改。衆醫無不療之不瘳。弁疾請坤投藥，數服而愈，所酬金帛甚多，仍以邊馬一匹留贈。馬之骨相甚奇，然步驟多蹶，雖制以銜勒，加之鞭策，而款段之性竟莫能改。坤以浪費芻粟，託人以賤價賣之，求驗者纔試，遂復如初，累月不售。鄰伍閒有王生，貿易於中貴之門，頗甚貧窶，忽詣坤云：『有青州監軍將發，須鞍馬以備行李，亦知馳騁非駿，但欲置原本作『致』，今據廣記改。於牽控之間。』坤直以無用之畜付焉，亦不約鬻馬之價。王生經旬不至，謂其脱略亡逸。一旦復來，且踰原本作『輸』，今據廣記改。十萬。坤既獲善價，因以十千遺之。俄見王生易衣裝，置僕馬，至於奴婢妻子服飾皆鮮潔。或曰：『王生賣馬，金帛縑資幾三四百萬。』坤甚驚，試詢其事，王生初不備說，坤曰：『某以無用之畜獲價頗多，但駑劣之材，何以至此？』乃云：『初致馬於青社監軍〔一〕，舉足如有羈絆，及將還，途遇小馬坊中使，因遺留試，信宿而往，不復見焉。密詢左右，云數日前魏博曾進一馬，毛骨大小，與此正同。聖人常乘打毬，駿異未有其偶。將到日，方遣調習步驟，縈轉如風，今則進御，數朝所賜之物甚厚。』王生因大索其價，遂以四十萬酬之。是以物之逢時亦有冥數，不遇其主，則駑驥莫分。乃知耕原本作『耨』，今據廣記改。莘野，築傅巖，未遇良途，奚異於此？

龍待詔相笏 丁重相于駙馬附

開成中，有龍復本者，無目，善聽聲揣骨，每言休咎，無不必中。凡有象簡竹笏，以手捻之，必知官禄年壽。宋祁補闕有盛名於世，搢紳之士無原本作『靡』，今據廣記二百二十四改。不傾屬，屈指翹足，期於貴達。時永樂蕭相寘原本脱『寘』字，今據廣記校補。亦居諫署，同日詣之，授以所持竹笏。復本執蕭相笏良久，置於案上曰：『宰相笏。』次至宋補闕笏，曰：『長官笏。』宋聞之不樂，相國曰：『無憑之言，安足介意？』經月餘，同列於中書，候見宰相。時李朱崖方秉鈞軸，威震朝野。未見間，佇立閒談，互有諧謔。頃之，丞相遽出，宋以手板障面，笑猶未已。朱崖目之，迴謂左右曰：『宋補闕笑某何事？』聞之者莫不寒心股慄。未旬日，出爲河清縣令，歲餘，遂終所任。其後蕭相揚歷清途，自浙西觀察使入判户部，非久遂原本作『乃』，今據廣記校改。居廊廟，俱如復本之言。

自咸通、乾符已來，京國察相者殊多，言事適中者甚少。愚之所識處士丁重，善於相人吉凶，屢有奇驗。于都尉方判鹽鐵，頻有宰弼之耗，時路相國秉鈞持權，與之不叶。一旦，重在新昌私第，值于公適至，路曰：『某與之賓朋，處士垂箔細看此人，終作宰相否？』備陳飲饌，留連數刻。既去，問之曰：『所見何如？』重曰：『入相必矣，兼在旬月之内。』路公笑曰：『見是帝王密親，復作鹽鐵使爾。』重曰：『不然，請問于之恩澤何如宣宗朝鄭都尉？』相國曰：『又安可比乎？』重曰：『鄭爲宣宗注意久之，而竟不爲相，豈將人事可以斟酌？某比不孰識原本作『某熟識』，今據廣記二百二十三補改。于侍郎，今日見之，觀其骨狀，真爲貴人。原本作『者』，今據廣記改。其次風儀秀整，禮貌謙揖，如百斛巨器，所貯尚空其半，安使不受益於禄位哉？苟逾月不居廊廟，某無復更原本作『敢』，今據廣記改。至門下。』路曰：『處士可謂弘遠矣！』其後浹旬，于原本脱『于』字，今據廣記校增。果登台鉉。路相國每見朝士，大爲稱賞。由茲聲動京邑，車馬造門者甚衆，凡有所説，其言皆驗。後居終南山，好事者亦至其所。

孟才人善歌

孟才人善歌，有寵於武宗皇帝，嬪御之中，莫與爲比。一旦，龍體不豫，召而問曰：『我若不諱，汝將何之？』對曰：『以微眇之身，受君王之寵，若陛下萬歲之後，無復生焉！』是日，俾於御榻前歌河滿子一曲，聲調悽切，聞者莫不涕零。及宫中晏駕，哀慟數日而殞，禁掖近臣以小棺殯于殿側。山陵之際，梓宫重莫能舉，識者曰：『得非候才人乎？』於是輿櫬以殉，遂窆於端陵之側。是歲，攻文之士或爲賦題，或爲詩，目以爲馮媛、班姬無以過也。所知者張祜有詩云：『偶因清唱詠歌頻，奏入宫中二十春。卻爲一聲河滿子，下泉須弔孟才人。』

袁相雪换金縣令

李汧公鎮鳳翔，有屬邑編甿，因耨田得馬蹄金一瓮。注，漢書：武帝詔云：往者東嶽見金，又有白麟神馬之瑞，宜以黄金鑄麟狀，以叶瑞應。蓋鑄金象馬蹄之狀，其後民間效之。里民送於縣署，沿牒將至府庭。宰邑者喜於獲寶，欲以自爲殊績，慮公藏主守不嚴，因使置於私室。信宿，與官吏重開視之，則皆爲土塊矣。瓮金出土之際，鄉社悉來觀驗，遽爲變更，靡不驚駭。以狀聞於府主，議者僉云奸計換之，遂遣理曹掾與軍吏數人就鞫案其事，獲金之社，咸共證焉。宰邑者爲衆所擠，摧沮莫能自白，既而詬辱滋甚，遂以爲易金伏罪。詞款具存，未窮隱用之所，遂令拘繫僕隸，脅以刑辟。或云藏於糞壤，或云投於水中，紛紜枉撓，結成獄具，備以詞案上聞，汧公覽之愈怒。俄而因有筵席，停杯語及斯事，列坐賓客咸共驚歎。或云效齊人之攫，或云有楊震之癖。談笑移時，以爲胠篋穿窬，無足訝也。時袁相公滋亦在幕中，俛首略無詞對。李公目之數四，曰：『宰邑非判官親懿乎？』袁相曰：『與之無素。』李曰：『聞彼之罪，何不樂之甚？』袁相曰：『某疑此事未了，更請相國詳之！』汧公曰：『換金之狀極明，若言未了，當別有見，非判官莫探情僞。』袁相曰：『諾。』因俾移獄府中按問，乃令閱瓮閒，得三十五塊。詰其初獲者，即本質在焉。遂於列肆索金鎔寫，與塊形相等。既成，始秤其半，已及三百斤矣。詢其負擔人力二農工，詎中昇至縣境，計其負金大數，非二人以竹擔可舉，明其即路之時，金已化爲土矣。於是羣情大豁，宰邑者遂獲清雪。汧公歎伏無已，每言才智不如。其後履歷清途，至德宗朝皆爲宰相。

愚嘗聞金寶藏於土，偶見者或變其質。東都敦化坊有麟迹見於興慶觀，殿宇悉皆頹毁。咸通中，畢相國再令營造，基址閒得巨瓮，皆貯白金，理材者與工匠三十三人盡懼爲官所取，乃輦木梯蓋之，以候昏黑。及夜，各以衣物苞裹而歸，明旦開之，如堅土削成銀鋌。

所説與此正同。

郭鄩見窮鬼

通事舍人郭鄩罷櫟陽縣尉，久不得調，窮居京輦，委困方甚。肸蠁閒常有二物，狀如猿玃，衣以青衣、碧衣，出入寢興，無不相逐。凡欲舉意求索，必原本『必』下有『謂』字，今據廣記三百四十八校删。與鄩俱往。所造之閒，如礙枳棘，匪惟干禄不遂，方且病於寒餒。親友見之，俱若原本作『爲』，今據廣記改。讎隙，或厭之以符術，或避之於山林，如此數年，竟莫能絶。一夕，處於浄室，忽來告别云：『某等承君厄運，不相離者久焉。今則候曉而行，無復至矣。』鄩既喜其去，遂詢所之，云：『世路如某者甚多，但人不見耳。今之所詣，乃勝業坊王氏，其家大積金帛，將往散之，不久當竭。』鄩復問云：『彼之聚斂豐盈，何以遽令散去？』云：『先得計於安品子，其餘冰銷霧散。』而曉鐘廣記作『鼓』。忽鳴，遂失所在。鄩既興盥漱，便覺愁憤開豁，是日試詣親友，無不改觀相接。未涉旬，於政事堂見宰相自白，遂除通事舍人。鄩有表弟張生者，爲金吾衛佐，交遊皆豪俠少年，騁駿好奇，聞之未甚爲信。知勝業坊王氏於左廣列職，其後往伺之。王氏潤屋之資幾侔猗頓，然爲性儉約，所費未嘗過分，家有姬僕聲樂，其閒端麗者至多，外之炫服冶容，造次莫迴其意。一旦，與賓朋驟過嗚珂曲，有婦人靚妝立於門首，王氏駐馬遲留，喜動顏色，因召同列者命酒開筵，爲歡頗甚。時張生預其末，密訪於左右，即安品子，善歌。是日歌數曲，王氏悉以金綵贈之，衆皆訝其廣費。自此，輿輦資貨，日輸其門，每歡洽酒酣，略無所吝。由是，治生之業，漸屬他門，未經數年，遂至貧匱。

裴晉公天津橋遇老人

裴晉公度微時羈寓洛中，常乘蹇驢入皇城。方上天津橋，時淮西不庭已數年矣，有二老人傍橋柱而立，語云：『蔡州用兵日久，徵發甚困於人，未知何時得平定。』忽覩裴公，驚愕而退。有僕者攜書囊後行，相去稍遠，聞老人云：『適憂蔡州未平，須待此人爲將。』既歸，僕者具述其事，裴公曰：『見我龍鍾，相戲爾。』其秋，東府鄉薦，明年及原本作『登』，今據廣記一百三十八改。第。洎原本作『及』，今據廣記改。秉鈞衡，朝廷議授吳元濟節鉞，既而延英候對，憲皇以問宰臣，裴公奏曰：『賊原本作『奸』，今據廣記改。臣跋扈四十餘年，聖朝姑務含弘，原本作『容』，今據廣記改。蓋慮彫原本作『動』，今據廣記改。傷一境，不原本作『未』，今據廣記改。聞歸心效順，乃欲原本脱『欲』字，今據廣記增。坐據一方。若以旄鉞授之，翻恐恣其兇逆。以陛下聰明神武，藩鎮皆願勤王。臣請一詔追兵，可以平蕩妖孽！』於是命晉公爲淮西節度使，興師致討。時陳許、汴、滑三師先於郾城縣郾，原本作『偃』，今據廣記校改。屯軍，晉公統精甲五萬會之，受律鼓行而進，直造蔡州城下，纔兩月，禽賊以獻，淮西遂平。後入朝居廊廟，六拜正司徒，爲侍中中書令，儒風武德，振耀古今。洎留守洛師，每話天津橋老人之事。

狄惟謙請雨

會昌中，北都晉陽縣令狄惟謙，梁公之後，守官清恪，有蒲密之政，撫綏勤恤，不畏强禦。屬邑原本作『州』，今據廣記三百九十六校改。境亢陽，涉歷春夏，數百里水泉農畝，無不耗斁枯竭。禱於晉祠者數旬，略無陰曀之兆。時有郭天師者，本并土女巫，少攻符術，多行厭勝之道。有監軍使將至京師，因緣中貴，出入宮掖，其後軍牒告歸，遂賜天師號。原本作『遂以天師爲號』，今據廣記改。既而亢旱滋甚，闔境莫知所爲，僉言曰：『若得天師，一到晉祠，則災旱不足憂矣！』惟謙請於主帥，主帥難之。惟謙曰：『災厲流行，甿庶焦灼，若非天師一救，萬姓恐無聊生。』既而主帥親往迓焉，原本作『於是主帥親自爲請』，今據廣記改。巫者唯唯。原本作『唯而許之』，今據廣記改。乃具車輿，列幡蓋，迎於私室。惟謙原本『惟謙』在『乃具』上，今據廣記改。躬爲控馬，既至祠所，盛設供帳，豐潔飲饌，自旦及昏，磬折於階庭之下，如此者翌日，語惟謙曰：『我爲爾飛符于上界請雨，已奉天帝之命，必在虔懇至誠，三日雨當足矣。』由是四郊士庶，奔走雲集，三夕于兹，曾不降雨。又曰：原本『曰』下有『此土』二字，今據廣記删。『災沴所興，亦由縣令無德。我爲爾再上天請，七日方合有雨。』惟謙引罪，原本『罪』下有『於己』二字，今據廣記删。奉之愈恭。俄而又及所期，略無霑霪。郭乃驟索馬入州宅，惟謙拜留曰：『天師已爲萬姓此來，更乞至心祈禱。』於是勃然而怒，罵曰：『庸瑣官人，不知道理，天時未肯下雨，留我將復奚爲？』惟謙謝曰：『非敢更煩天師，候明旦排比相送耳。』於是惟謙宿誡左右曰：『我爲巫者所辱，豈可復言爲官邪？原本脱『邪』字，今據廣記增。明晨别有指揮，汝等咸原本作『或』，今據廣記改。須相稟，是非好惡，我自原本作『縣令』，今據廣記改。當之。』及曉，伺門未開，郭已嚴飾歸騎，而狄常供原本『常』上脱『而狄』字，『供』下有『設』字，今據廣記增删。肴醴，一無所施，坐於皇堂，大恣呵責。惟謙遂原本脱『遂』字，今據廣記增。曰：『左道女巫，妖惑日久，當須斃在兹日，焉敢言歸？』叱左右坐於神前，鞭背三十，投於潭水。祠後有山，高萬千丈，遽令設席焚香，從吏悉皆放還，簪笏立於其上。於是合縣駭愕云：『長官打殺天師。』馳走原本『走』下有『者』字，今據廣記删。紛紜，觀者如堵。是時炎旱累月，爍石流金，晴空萬里，略無纖翳。祠上忽有片雲如車蓋，俄頃漸高，先覆惟謙立所，四郊雲物，隨之而合。雷震數聲，甘澤大澍，焦原赤野，無不滋潤。於是士庶數千，自山頂擁惟謙而下。州將以杖殺巫者，初亦怒之，既而精誠有感，廣記作『感應』。深加歎異。與監軍發表上聞，俄有詔書褒奬，賜錢五十萬，寵賜章服，爲絳隰二州刺史，所理咸有政聲。敕書云：「狄惟謙劇邑良才，忠臣華胄。覩此天厲將癉下民，當請禱於晉祠，類投巫於鄴縣。曝山椒之畏景，事等焚軀；起天際之油雲，法同翦爪。遂使旱風潛息，甘澤旋流。天心猶鑑於克誠，余志豈忘於褒善？特頒朱紱，俾耀銅章，勿替令名，更昭殊績。」

王侍中題詩

王侍中智興武略英奇，初授徐方節制，雄才磊落，有命世閒生之譽。幕府既開，所辟皆是儒者。廣記二百作『名士』。一旦，從事於使院會飲，與從容賦詩。頃之，達於王公，乃召護軍俱至。從事乃屏去翰墨，但以杯盤迎接。良久，問之曰：「適聞判官與諸賢作詩，何得見某而罷？」遽令卻取筆硯，復以綵箋數十幅散於座，衆賓相顧遲疑，將俟行觴舉樂，復曰：「本來欲觀製作，非以飲酒爲意。」時小吏亦以箋翰置於王公之前，從事禮爲揖讓，原本脱『讓』字，今據廣記校增。王公曰：原本『曰』下有『前』字，今據廣記删。「某以韜鈐原本作『略』，今據廣記改。發迹，未嘗留心章句。今日陪奉英髦，不免亦陳愚懇。」遂乃引紙援毫，頃刻而就，云：「平生弓劍自相隨，廣記作『三十年來老健兒』。剛被郎官遣作詩。江南花柳從君詠，塞北煙塵我自知。」四座覽之，驚歎無已，咸云：「忠烈詞彩，雖曹景宗、賀若弼無以加也。」曹景宗於御座採韻賦詩云：『去時兒女悲，歸來笳鼓競。借問路傍人，何如霍去病？』宋帝覽之，稱賞無已。又隋將賀若弼贈源雄詩云：『交河驃騎幕，合浦伏波營。莫使騏驎上，無我二人名。』時文人張祜亦預此筵，監軍謂之曰：『覩茲盛事，豈得無言？』祜即席爲詩以獻云：『古來英傑動寰區，武德文經未有餘。王氏柱天勳業外，李陵章句右軍書。』廣記作『十年受命鎮方隅，孝節忠規兩有餘。誰信將壇嘉政外，李陵詩句右軍書』。王公覽之，笑曰：『褒飾之詞，可謂過當矣。』原本作『無所愛惜』，今據廣記改。左右或言曰：『書生之徒，務爲諂佞。』王公叱之曰：『有人道我惡，汝輩又肯否？張秀才海內知名，篇什豈云原本脱『云』字，今據廣記增。易得？天下人聞，原本作『閑』，今據廣記改。且以爲王智興樂善矣。』駐留數旬，臨歧贈絹千匹。原本作『留駐數月，贈行以絹千匹』，今據廣記改。其後移鎮蒲津，子晏平仗節靈武，四遠多士，翕然歸向，風烈遺芳，迄于今日。

道流相夏侯譙公

張侍郎爲河陽烏司徒從事，同幕皆是名輩。原本作『同幕皆至』，今據廣記二百二十四校改。有道流原本作『士』，今據廣記改。殷九霞來自青城山，有知人之鑑。烏公問以年壽、官禄，九霞曰：『司徒貴極藩服，所望者秉持鈞軸，封原本脱『封』字，今據廣記增。建茅土。惟在保守勳庸，苞貯仁義，享福隆厚，殊不可涯。』既而徧問賓僚，九霞曰：『其間必有台輔。』時烏公重一原本作『器重』，今據廣記改。裴副使，應聲曰：『裴中丞是宰相否？』九霞曰：『若以目前人事言之，當如尊旨。以某所觀，即不在此。』時夏侯相國爲館驛巡官，且原本脱『且』字，今據廣記增。形質低悴，烏因戲曰：『裴副使不作宰相，莫是夏侯巡官否？』對曰：『司徒所言是矣！』烏公撫掌而笑曰：『尊師莫錯否？』九霞曰：『某山野之人，早修直道，無意於名宦金玉，蓋以所見，任直而道耳。』烏公曰：『如此，則非某所知也。然其次貴達者爲誰？』曰：『張支使雖不居廊廟，履歷原本脱『歷』字，今據廣記增。清途，亦至榮顯。』既出，遂造張侍郎所居，從容謂曰：『支使神骨清爽，氣韻高邈，若以紱冕累身，止原本作『至』，據廣記改。於三二十年居於世俗。儻能擺脱囂俗，相隨原本作『逐』，今據廣記改。學道，即三廣記作『二』。十年内白日昇天。廣記作『白日上昇』。某之此行，非有塵慮，實亦訪尋修真之士耳。然閲人甚多，無如支使者。』張以其言意浮闊，但唯之而已。將去復來，情甚懇至，審知張意不迴，頗甚嗟惜，因留藥數粒并黄紙書一緘而别去，云：『藥數粒，服之可以無疾。書紀宦途所得，每一遷轉，密自啓之，書窮之辰，當復相憶。』其後譙公顯赫令名，再居鼎鉉。張果踐朝列，出入臺省，佩服朱紫，廉察數州，書載之言，靡不詳悉。年及三紀，時爲户部侍郎，書之所存，蓋亦無幾。雖名位通顯，而齒髮衰退，每言道流之事，話於親友，追想其風，莫能及矣。

華山龍移湫

咸通九年春，華陰縣南十餘里，一夕，風雷暴作，有龍移湫自遠而至。先是，崖壟高亞，無貯水之所，此夕徙開原本作『迴從』，今據廣記四百二十三校改。數十原本脱『十』字，今據廣記增。丈小山，從東西直原本衍『亘』字，今據廣記删。南北，峯巒草樹，一無所傷，碧波迴塘，湛若疏鑿。京洛符旅，無不枉道而觀。有好事者自輦轂蒲津，相率而至，車馬不絶，逮於累月。京城南靈應臺有三娘子湫與炭谷原本作『與崖』，今據廣記改。相近，水波澄明，莫測深淺。每秋風摇落，未嘗有草木飄汎其上。或覩片葉纖莖，必有飛鳥銜而去之。祈禱者多致花鈿粉黛及綺羅之類，啓祝投之，欻然而没。乾符初，有朝士數人同遊終南山，遂及湫所，因話靈應之事，其閒有不信者，試以木石投之，俄有巨魚躍出波心，鱗甲如雪，俄而原本作『忽有』，今據廣記改。風雨冥晦，車馬幾爲暴水所漂。邇後人愈敬伏，原本作『之』，今據廣記改。莫有敢犯者。

田膨郎偷玉枕

文宗皇帝常持白玉枕，德宗朝于闐國所獻，追琢奇巧，蓋希代之寶。置原本『置』下有『於』

字，今據廣記一百九十六删。寢殿帳中，一旦忽失所在，然而禁衛清密，非恩渥原本作『澤』，今據廣記校改。嬪御莫能至者，珍玩羅列，他無所失。上驚駭移時，下詔於都城索賊，密謂樞近及左右廣中尉曰：『此非外寇所能及，盜當在禁掖。原本作『此非外寇入之爲，盜者當在禁掖』，今據廣記改。苟求之不獲，且虞他變，一枕誠不足惜，卿等衛我皇宮，必使罪人斯得，不然天子環列，自兹無用矣！』内官惶慄謝罪，請以浹旬求捕，大懸金帛購求，略無尋究之迹。原本作『所』，今據廣記改。聖旨嚴切，收繫者漸多，坊曲閭巷，靡不搜捕。有龍武二蕃原本作『番』，今據廣記改。將軍王敬弘，常蓄小僕，年甫十八九，神彩俊利，使之無往不届。敬弘曾與流輩於威遠軍會宴，有侍兒善鼓胡琴，四座酒酣，因請度曲，辭以樂器非妙，須常御手者彈之，鐘漏已傳，取之不及，因起解帶。小僕曰：『若要琵琶，頃刻可至。』敬弘曰：『禁鼓纔動，軍門已鎖，尋常汝豈不見，何言之謬也！』既而就飲數巡，小僕以繡囊將琵琶而至。座客歡笑曰：『樂器本相隨，所難者惜其妙手。』南軍去左廣迴復三十里，入夜且無行伍，既而倏忽往來。敬弘驚異如失，時又搜捕嚴緊，意以竊盜疑之。宴罷及明，遽歸其第，引而問曰：『使汝累年，不知趫捷如此。我聞世有俠客，汝莫是否？』小僕謝曰：『非有此事，但能行爾。』因言：『父母俱在蜀川，原本作『中』，今據廣記改。頃年偶至京國，今欲卻歸鄉里，有一事欲以報恩。偷枕者已知姓名，三數日當令伏罪。』敬弘曰：『如此，事即原本作『即事』，今據廣記乙。非等閒，因茲全原本作『令』，今據廣記改。活者不少。未知賊在何許，可報司存掩獲否？』小僕曰：『偷枕者，田膨郎也，市廛軍伍，行止不恆，勇力過人，且善超越。苟非伺廣記無『伺』字。便折其足，雖千兵萬騎亦將奔走。自茲再宿候之於望仙門，何便擒之必矣。將軍隨某觀之，此事仍須祕密。』是時涉旬無雨，向曉埃塵頗甚，車馬踐蹋，跬步閒原本脱三字，今據廣記增。人不相見。膨郎與少年數輩，連臂將入軍門，小僕執毬杖擊之，欻然已折左足，仰而觀之曰：『我偷枕來，不怕他人，惟懼於爾，既而相值，豈復多言？』於是舁至左軍，一款而伏。上喜於得賊，又知獲在禁旅，引膨郎臨軒詰問，具陳常在宮掖往來。上曰：『此乃任俠之流，非常竊盜。』內外囚繫數百人，原本脱『人』字，今據廣記增。於是悉令原之。小僕初得膨郎，已告敬弘歸蜀，於是尋之不可，但賞敬弘而已。

洛中大水

咸通四年秋，洛中大水，苑囿廬舍，靡不淹没。厥後，香山寺僧云：『其日將暮，見暴水自龍門川北下，有如決江海，鼓怒之閒，殷若雷震，有二黑牛出於水上，掉尾躍空而進。』衆僧與居人憑高望之，謂城中悉爲魚矣。俄見定鼎、長夏二門，陰曀忽開，亦有青牛奮躍而出，相去約有百步，黑牛奔走而迴，向之怒浪驚瀾，翕然遂低數丈。是夕飄溺尤甚，京邑遂至蕭條，十餘年間，尚未完葺。先是，皇城守閽者白晝聞五鳳樓中有人歌云：『天津橋畔火光起，魏王隄上看洪水。』時鄭相國涯留守洛師，聞之，以爲妖妄。經月餘，從事宴罷夜歸，執燭者有火燼遺落，騎從纔過，煙焰已高，救之不及，遂燒其半。及潦將興，轂洛先漲，魏王與月波二隄俱壞，乃明閽者之言。

李朱崖知白令公

白中書方居郎署，未有知者，唯朱崖李相國器之，許於搢紳閒多所延譽，然而資用不充，無以祗奉僚友。一旦，相國遺錢十萬，俾爲酒肴之備，約省閣名士數人，剋日同過其第。時秋暮陰沈，涉旬霖瀝，賀拔惎任員外府罷，原本脱『任』字、『府罷』二字，今據廣記一百七十校增。求官未遂，將欲出京薄遊。與白公同年登第，羸駒就門告別，閽者以方俟朝客，乃以他適對之，賀拔惎遂駐車留書，備述羈遊之意。白公覽書，歎曰：『丈夫處世，窮達當有時命，苟不才以僥倖取容，未足爲發身之道，豈得原本脱『得』字，今據廣記增。家蓄美饌，止邀當路豪貴？曩時登第貧交，今日閉關不接，縱使便居原本作『無』，今據廣記改。榮顯，又安得不愧於懷？』遽令僕者命賀拔原本有『惎』字，今據廣記删，下同。回車，遂以杯盤同費。俄而所約朝賢，聯騎而至，閽者具陳與原本脱『與』字，今據廣記增。賀拔從容，無不惋愕而去。翌日，於私第謁見相國，詢朝士來者爲誰，白公對以賓客未至，適有同年出京訪別，憫其龍鍾委困，不忍棄之，留飲數杯，遂闕祇接。既負吹噓之意，原本作『際』，今據廣記改。甘從譴斥之罪。相國稱歎原本作『賞』，今據廣記改。逾時，云：『此事真古人之道，由兹貴達，可原本作『所』，今據廣記改。以激勸澆薄。』不旬日，賀拔原本作『旬月』，又脱『賀拔』二字，今據廣記改增。自使下評事，先授美官。白公以庫部郎中入爲翰林學士，未逾三載，便秉鈞衡，其後五鎮藩方，原本作『維』，今據廣記改。再居廊廟，蹈義懷仁，而終始一致，流芳傳素，士林美之。

大中初，邊鄙不寧，吐蕃吐，原本作『七』，今據廣記改。尤甚，恣其倔强。宣宗欲致討伐，遂於延英殿先問宰臣，公首奏興師，請爲統帥沿邊藩鎮兵士數萬，鼓行而前。時犬戎列陣平川，以生騎數千，伏藏山谷，既而得於諜者，遂設奇兵待之。有蕃中酋原本作『首』，今據廣記改。帥，衣緋茸裘，繫寶裝帶，所乘白馬，駿異無比。鋒鏑未交，揚鞭出於陣面者數四，頻召漢軍鬪將，白公誡兵士無得應之。俄而，駐軍指揮背我師百餘步而立，有潞州小將驍勇善射，馳原本作『請』，今據廣記改。快馬彎弧而出，連發兩矢，皆中其項。躍馬而前，抽短劍踣於鞍上，以手扶挾，如鬬敺原本作『敵』，今據廣記改。之狀。蕃將士卒但呼譟助之，於是脱緋裘，解金帶，奪馬而還，師旅無不奮勇。既大戰沙漠，虜陣瓦解，原本『解』下有『土崩』二字，今據廣記删。乘勝追奔，幾及黑山之下。所獲駞馬輜重，不可勝計，束手而降三四千人。先是河湟郡界在匈奴者，原本作『先是河湟關郡界内在匈奴』，今據廣記改。自此悉爲内地。宣皇初覽捷書，云：『我知敏中必殄兇醜。』白公凱旋，與同列宰相進詩云：『一詔皇城四海頒，醜戎無數束身還。戍樓吹笛人休戰，牧野嘶風馬自原本作『遽』，今據廣記改。閒。河水九盤收數曲，隴山千里鎖諸關。西邊北塞今無事，爲報東南夷與蠻。』馬相植詩云：『舜德堯仁化犬戎，許提河隴款皇風。指揮貔武皆神算，開拓乾坤是聖功。四帥有征無汗馬，七關雖戍已弢弓。天留此事還英主，不在他年在大中。』魏相扶詩云：『蕭關新復舊原本作『萬』，今據廣記改。山川，古戍秦原景象原本作『象緯』，今據廣記改。鮮。戎虜乞降歸惠化，皇威漸被懾腥膻。穹廬遠戍煙塵滅，神武光揚竹帛傳。左衽盡知歌帝澤，從兹不更備三邊。』崔相鉉詩云：『邊陲萬里注恩波，宇宙羣方洽凱歌。右地名王爭解辮，遠方戎壘盡投戈。煙塵永息三秋戍，瑞氣遥清九折河。共偶聖明千載運，更觀俗阜與時和。』

校記

〔一〕社　疑當作『州』。

劇談録卷之下

劉相國宅

通義坊劉相國宅，本文宗朝朔方節度使李進賢舊第。進賢起自戎旅，而倜儻瑰瑋，累居藩翰，富於財寶。雖豪侈奉身，雅好賓客。有中朝宿德，常話在名場日，失意邊遊，進賢接納甚至。其後京華相遇，時亦造其門，屬牡丹盛開，因以賞花爲名，及期而往。廳事備陳飲饌，宴席之間，已非尋常。舉杯數巡，復引衆賓歸内，室宇華麗，楹柱皆設錦繡，列筵甚廣，器用悉是黄金。階前有花數叢，覆以錦幄，妓妾俱服紈綺，執絲簧，善歌舞者至多。客之左右，皆有女僕雙鬟者二人，所須無不必至，承接之意，常日指使者不如。芳酒綺肴，窮極水陸，至於僕乘供給，靡不豐盈。自午迄於明晨，不覩杯盤狼籍。朝士云邇後歷觀豪貴之屬，筵席臻此者甚稀。厥後進賢徙居長興，其宅互爲他人所有。咸通中，劉相國罷北京亞尹，復爲翰林學士。數歲後，自承旨入相，尚以十千税焉。及出鎮荆南，朝野無不惋惜，都城士庶以少及長，聞之俱爲涕泣。其後興化蕭相登庸，舉爲自代，表云：『正人吞聲而扼腕，百姓掩淚於道途。』是時昇道鄭相國在内庭，夜草麻制，具述其事云：『安數畝之居，仍非己有；卻四方之賂，惟畏人知。』是時都下傳寫，爲之紙貴。持權者覩其詞大怒，鄭公自翰林承旨左遷梧州，相國自端溪竄於日南，謫居四年，方獲清雪，以祕書監召還。未久，復持鈞軸，或將甲第爲獻，竟無所受。復於此宅寓居，庭宇不加修飾，清風儉德，充塞寰宇。

君子曰：仁義之感物也大哉！劉公知帝道欽明，欲賢人盡舉，四海之内，翕然嚮風。雖謫居累年，再昇鼎飪，姦邪之口不能掩其善，魑魅之域不能陷其身，振譽一時，流芳千載，豈不偉歟！其有冒官爵，叨貨賄，怙寵專權，身存名滅者，一何謬哉！

李相國宅

朱崖李相國德裕宅，在安邑坊東南隅，桑道茂謂爲玉碗。舍宇不甚宏侈，而制度奇巧，其間怪石古松，儼若圖畫。在文宗、武宗朝，方秉相原本作『化』，今據廣記四百三改。權，威勢與恩澤無比。每好搜掇殊異，朝野歸附者多求寶玩獻之。嘗因暇日休澣，邀同列宰相及朝士宴語，時畏景赫曦，咸有鬱蒸之病。軒蓋候門，已及亭午，搢紳名士，交扇不暇，將期憩息於清涼之所。既而延入原本作『於』，今據廣記改。小齋，不甚高敞，四壁施設，皆古書名畫，而炎爍之患未已。原本作『俱有炎爍之慮』，今據廣記改。及原本『及』下有『别』字，今據廣記删。列坐開樽，煩暑都盡。良久，覺清飆爽氣，凛若高秋。備設酒肴，及昏而罷，出户則火雲烈日，熇然焦灼。有好事者求親信問之，云：『此日唯以金盆貯水，漬白龍皮，置於座末。』龍皮有新羅僧得自海中，云海旁有居者得之於魚尾，原本作『魚扈』，今據廣記改。其初以爲鱗介之屬，曾有老人見而識之。僧知相國好奇，因以金帛贖之而獻。又暖金帶、辟塵簪，皆希代之寶。及南遷，悉爲恶溪沈溺，使崑崙没水求之，在鰐魚穴，不能取。平泉莊去洛城三十里，卉木臺榭，若造仙府。有虚檻前引泉水，縈迴穿鑿，像巴峽、洞庭、十二峯、九派迄于海門江山景物之狀。竹間行徑有平石，以手摩之，原本脱十七字，今據廣記增。皆隱隱見雲霞、龍鳳、草樹之形。有巨魚脅骨一條，長二丈五尺，其上刻云：『會昌六年海州送到。』莊東南隅原本『莊』作『在』，今據廣記改。即徵士韋楚老拾遺别墅，楚老風韻高致，雅好山水。相國居廊廟日，以白衣累擢原本作『擢昇』，今據廣記改。諫署，後歸平泉，造門訪之，楚老避于山谷。相國題詩云：『昔日徵黄詔，余慙在鳳池。今來招隱士，恨不見瓊枝。』原本『莊』以下皆大書，今據廣記改。又新昌北街牛相國宅，即玄宗朝將作監康䛒舊第，桑道茂謂之金杯，俱出良相者也。

慈恩寺牡丹

京國花卉之晨，尤以牡丹爲上。至于佛宇道觀，遊覽者罕不經歷。慈恩浴堂院有花兩叢，每開及五六百朵，繁豔芬馥，近少倫比。有僧思振常話會昌中朝士數人，尋芳徧詣僧室，時東廊院有白花可愛，相與傾酒而坐，因云牡丹之盛，蓋亦奇矣。然世之所玩者，但淺紅深紫而已，竟未識紅之深者。院主老僧微笑曰：『安得無之？但諸賢未見爾！』於是從而詰之，經宿不去，云：『上人向來之言，當是曾有所覩。必希相引寓目，春遊之願足矣！』僧但云：『昔於他處一逢，蓋非輦轂所見。』及旦求之不已，僧方露言曰：『衆君子好尚如此，貧道又安得藏之？今欲同看此花，但未知不泄於人否？』朝士作禮而誓云：『終身不復言之。』僧仍自開一房，其間施設幡像，有板壁遮以舊幕，幕下啓關而入，至一院，有小堂兩間，頗甚華潔，軒廡欄檻，皆是柏材。有殷紅牡丹一窠，婆娑幾及千朵，初旭纔照，露華半晞，濃姿半開，炫燿心目。朝士驚賞留戀，及暮而去。僧曰：『予保惜栽培近二十年矣，無端出語，使人見之，從今已往，未知何如耳！』信宿，有權要子弟與親友數人同來入寺，至有花僧院，從容良久，引僧至曲江閒步。將出門，令小僕寄安茶笈，裹以黄帕，於曲江岸藉草而坐。忽有弟子奔走而來，云有數十人入院掘花，禁之不止。僧俛首無言，唯自吁歎，坐中但相盻而笑。既而卻歸至寺門，見以大畚盛花舁而去。取花者謂僧曰：『竊知貴院舊有名花，宅中咸欲一看，不敢預有相告，蓋恐難於見捨。適所寄籠子，中有金三十兩、蜀茶二斤，以爲酬贈。』

管萬敵遇壯士

會昌中，左軍壯士管萬敵富有膂力，扛鼎挾輈，衆所推伏。角力記作『服』。一日，與儕輩會于東市酒肆，忽有麻衣張蓋者直入其座，引觥而飲，傍若無人。萬敵振腕瞋目，略無所憚。同席恃勇之輩，共爲推挽，竟不微動，而觀者漸衆，乃言曰：『某與管供奉較力以定强弱。先請供奉拳某三拳，後乞搭供奉一搭。』遂袒膊抱樓柱而立。萬敵怒其輕己，欲令殞于手下，盡力拳之，如扣木石，觀者咸見樓柱與屋宇俱震，其人略不微動，既而笑曰：『到某搭供奉矣。』於是奮臂而起，掌大如箕，高及丈餘，屹屹而下，前後有力之輩方甚恐慄，知非常人，衆擁萬敵謝而去之，俄失所在，萬敵寢瘵月餘，力遂消減。

張季弘逢惡新婦

咸通中，有左軍角力記作『左軍有』。張季弘勇而多力，嘗雨中經勝業坊，遇泥濘深隘，有村人驅驢負薪而至，適當其道。季弘怒之，因捉驢四足，擲過水渠數步，觀者無不驚駭。後供奉襄州，暮泊商山逆旅。逆旅有老嫗謂其子曰：『惡人將歸矣，速令備辦茶飯，勿令喧噪！』既而愁憤吁歎，咸有所懼。季弘問之，媪曰：『有新婦悖惡，制之不可。』季弘曰：

『向來見媪憂恐，謂原本脱『謂』字，今據角力記補。有何事，若是新婦，豈不能共語邪？』原本脱『邪』字，今據角力記補。媪曰：『客未知子細，新婦壯勇無敵，衆皆畏懼，遂至於此。』季弘笑曰：『其他則非某所知，若言壯勇，當爲主人除之。』母與子遽叩頭曰：『若此，則母子無患矣。雖然窮闕，當爲酬贈。』頃之，鄰伍鄉社悉來觀視。日暮，婦人負束薪而歸，狀貌亦無他異。逆旅後囿有盤石，季弘坐其上，置騾角力記作『驢』。鞭於側，召而謂曰：『汝是主人新婦，我在長安城即聞汝倚有氣力，不伏承事阿家，豈敢如此！』新婦拜季弘曰：『乞押衙不草草，容新婦分雪，新婦不敢不承事阿家，自是大人憎嫌新婦。』其媪在傍謂曰：『汝勿向客前妄有詞理！』新婦因言曰只如某年月日，如此事，豈是新婦不是。每言一事，引手於季弘所坐石上，以中指畫之，隨手作痕，深可數寸，季弘汗落神駭，但言道理不錯。闔扉假寐，伺晨而發，及迴問之，新婦已他適矣。

玉蕊院真人降

上都安業坊唐昌觀舊有玉蕊花，其花原本作『甚繁』，今據廣記六十九改。每發，若瑤林瓊樹。元和中，春物方盛，車馬尋玩者相繼。忽一日，有女子年可十七八，衣綠繡原本作『繡綠』，今據廣記乙。衣，乘馬，峨髻雙鬟，無簪珥之飾，容色婉約，迥出於衆。從以二女冠三小原本作

『女』，今據廣記改。僕，僕者皆丱頭黄衫，端麗無比。既下馬，以白角扇障面，直造花所，異香芬馥，聞於數十步之外。觀者以爲出自宫掖，莫敢逼而視之。佇立良久，令小僕取花數枝而出。將乘馬迴，謂黄冠者曰：『曩者玉峯之約，自此可以行矣。』時觀者如堵，咸覺烟霏鶴唳，景物輝焕。舉轡百餘原本脱『餘』字，今據廣記增。步，有輕風擁塵，隨之而去。須臾塵滅，望之已在半空，原本作『天』，今據廣記改。方悟神仙之遊。餘香不散者，經月餘日。時嚴給事休復、元相國、劉賓客、白醉吟俱有聞玉蕊院真人降詩。嚴給事詩曰：『味道齋心禱玉宸，原本作『至神』，今據廣記改。魂消眼冷未逢真。不知滿樹瓊瑶蕊，笑對藏花洞裏人。』又云：『羽廣記作『香』。車潛下玉龜山，塵界無由覩蕣顔。唯有無情枝上雪，好風吹綴緑雲鬟。』元相國詩曰：『弄玉潛過玉樹時，不教青鳥出花枝。的應未有諸人覺，只是嚴郎卜廣記作『自』。得知。』劉賓客詩云：『玉女來看玉樹花，異香先引類説作『擁』。七香車。攀枝弄雪時迴首，驚怪人間日易斜。』又云：『雪蕊瓊絲廣記作『葩』。滿院春，羽衣輕步不生塵。君王簾下徒相問，長伴原本作『記』，今據廣記改。吹簫别有人。』白醉吟詩云：『羸女偷乘鳳下原本作『鸞去』，今據廣記改。時，洞中潛廣記作『暫』。歇弄瓊枝。不緣啼鳥春饒舌，青瑣仙郎可得知？』

辛相布施

乾符中，有辛相自中書還第，使人以布囊盛錢數千，沿路以施匄者。於是貧乏相率羅列路隅，所分既微，漸不能普，台鉉行李，無復威儀。時有朝士投箋諫之，其略云：『方今兵寇互興，民力彫弊，所望明公弼成大化，彌綸紀綱，舉賢任能，以光庶事，俾萬物各得其理，百姓日用不知。損不急之官，杜私門之請，如此則刑清俗富，天下自無窮人。不宜專政廟堂，方行小惠。昔子産以己車濟人於溱洧，君子謂不知爲政，不如以時修橋梁，惟明公察焉。』執政者覽書憑怒。俄而巢寇陷京，遂及於難。

崔道樞食井魚

中書舍人韋顔子壻崔道樞，舉進士者屢屢。原本脱『者屢屢』三字，今據廣記四百二十三校增。乾符二年春，下第歸寧漢上。所居因井渫得鯉魚一頭，長可五尺，鱗鬣金色，目光射人。衆原本作『所』，今據廣記改。視異於常魚，令僕投于江水。道樞與表兄韋氏密備鼎俎，烹而食之。經信宿，韋得疾暴卒，有碧衣人引至府舍，廨宇頗甚嚴肅。既入門，見廳事有女人，廣記作『子』。戴金翠冠，著紫繡衣，據案而坐。左右侍者皆黄衫金櫛，如宫内之飾。有一吏人，原本作『人吏』，今據廣記乙。從後 原本脱『後』字，今據廣記增。執簿領而出，及軒陛閒，付雙鬟青衣置 原本作『著』，今據廣記改。於繡衣案上，更引韋生東廡曹署理，詰殺魚之狀。韋引過，道樞云：『非某之罪。』吏曰：『此雨龍也，若潛伏於江海湫湄，雖爲 原本脱『爲』字，今據廣記增。人所食，即無從而辨矣，但昨者得之於井中，崔氏與君又非愚昧，殺而啗之，俱難獲免。然君且卻還，試與崔君 原本脱『君』字，今據廣記增。廣爲佛道功德，庶幾稍減其過。自茲浹旬，當復相召。』韋忽然而寤，具以所説話於眷屬。命道樞具述其事，道樞雖懷憂迫，亦未深信。纔 原本作『讒』，今據廣記改。經及旬餘，韋生果歿。韋乃道樞之姑 原本作『姑之』，今據廣記乙。子也。數日後寄夢於母云：『以殺魚獲罪，所至之地即水府，非久當受重譴，可急修黃籙道齋，尚冀得寬刑辟。表兄之過亦成矣，今夕當自知其事。』韋母泣告道樞。及暝昏然而寢，復見碧衣人引至公署，俱是韋之所述。俄有吏執黑紙，丹書文字，立道樞於屏側，疾趨而入，見繡衣操筆而書訖。吏接之而出，令道樞覽之，其初云『某官登四品，年至七十二』，其後有判詞云：『崔道樞所害雨龍，事關天府，原之不可。按罪急追所有官爵，並皆削除，年壽亦減一半。』時道樞三十五矣。夜分而寤，恍惚悲涕，莫知所爲。時節在冬季，其母方爲修崇福力，纔及春首，抱疾數日而終。時崔之妻孥咸在京師，紫微備述其事。舊傳夔州及牛渚磯皆是水府，未詳道樞所至何許。

洛中豪士

乾符中，洛中有豪貴子弟，承藉勳蔭，物用優足，恣陳錦衣玉食，不以充詘爲戒，飲饌華鮮，極口腹之欲。有李使原本作『史』，今據廣記二百三十七校改，下悉同。君出牧罷歸，居止亦在東洛，深感其家恩舊，欲召諸子從容。有敬愛寺僧聖剛者，常所來往。李因以具原本作『其』，今據廣記改。宴爲説，僧曰：『某與爲原本作『之』，今據廣記改。門徒久矣。每見其飲食，窮極水陸滋味，常饌必以炭炊，往往不愜其意。此乃驕逸成性，使君召之可乎？』李曰：『若朱象髓、白猩脣原本作『若求象白猩脣』，今據廣記改增。恐不可致，止於精潔，修辦小筵，亦未爲難。』原本作『未爲難事』，今據廣記增删。於是廣求珍異，俾妻孥親爲調鼎，備陳綺席雕盤，選日邀致，原本作『爲請』，今據廣記改。弟兄列坐矜持，儼若冰玉。肴羞每至，曾不下筯。主人揖之再三，唯霑果實而已。及至水餐，俱致一匙於口，各相眄原本作『然相盻』，今據廣記改。良久，咸若殞茶食蘗。李莫究其由，但原本脱『但』字，今據廣記補。以失飪爲謝。明日復覩聖剛，備述諸子情貌，僧曰：『某前者原本脱『者』字，今據廣記增。所説豈謬哉！』而因造其門以問之曰：『李使君特備一筵，餚饌原本作『庖膳閒』，今據廣記改。可爲豐潔，何不略領其意？』諸子曰：『燔炙煎和，未得其法。』僧曰：『他物縱不可食，炭炊之餐，原本作『飯』，今據廣記改。又嫌何事？』乃原本作『復』，今據廣記改。曰：『上人未知，凡以炭炊饌，原本作『飯』，今據廣記改。先燒令熟，謂之煉火，方可入爨，不然，猶有煙氣。李使君宅炭不經煉，是以難於餐啗。』僧撫掌大笑曰：『此則原本脱『則』字，今據廣記增。非貧道所知也。』及大寇先陷瀍洛，財産剽掠俱盡，昆仲數人與聖剛同時竄避，潛伏山谷，原本作『草』，今據廣記改。不食者三日。賊鋒稍遠，徒步將往河橋，道中小店始開，以脱粟爲餐而賣。僧囊中有錢數文，買於土杯同食，腹枵原本作『囂』，今據廣記改。既甚，粱肉之美不如。僧笑而謂曰：『此非煉炭所炊，不知可與諸郎君喫否？』但低首慙靦，無復詞對。

古人云膏粱之性難正，其此之謂乎？是以聖人量腹而食，賢者戒於奢逸。宋武帝幸武帳堂，將往，敕諸子弟勿食，至會所賜饌。日旰而食不至，咸有飢色。帝謂曰：『爾曹少長驕貴，不見百姓艱難。今使爾等識有飢苦，知以節儉期物。』前聖用心同旨哉！

鳳翔府舉兵討賊

巢寇攻陷宫闕，近京藩鎮，悉無兵備。初王仙芝敗衄，黄寇引餘黨南走交廣。朝廷以高駢令公統帥諸道兵師，於江湖屯據要路。議者以爲高令公奕世名將，可以坐制兇渠。及賊徒擁衆北來，浮舟遂逼淮甸，於天長縣廣布營寨駐泊。高令公既不出軍，但閉關自保而已。賊鋒因此彌鋭，長驅遂涉淮北。時齊相公領青州，覩蜂蟻强衆，亦不敢進，卷旆逗征，或於中路遲留。藩屛既無捍禦，廟堂復失機謀，盜徧九衢，乃未知覺，豈不異哉！

時李相鎮蒲津，鄭相國鎮岐下，既聞車馬播遷，俱有勤王之念。鄭相國率賓僚將校共巡城壘，雉堞池隍，悉皆毀塞，計其修築之功，萬旅月餘未竟。而賊鋒方盛，立虞奔軼。明晨復召從事大將坐於内廳，詢以謀計，咸以巨盜方熾，未可枝梧。衆議且欲從權，俟兵集乃圖收復。相國曰：『諸君勸某臣賊乎？』於是欻然而倒，左右扶之不及，爲地甃所傷，面首皆破。洎日午達于明旦，口噎尚未能語。是時關輔征鎮，咸已歸款，唯鳳翔信耗不通。賊議興師致討，有奔來者具述其事，於是監軍與僚佐代爲表章，使兩騎馳至京國。賊徒覽之大喜，遣王懷順將百餘人，厚齎綵繒金玉，以申慰勞之意。既而開筵，以待懷順。宴席施設，併於曩口，列坐行觴，將陳飲饌。樂工纔合管絃，文武軍吏及聲妓一時慟哭。監軍從事雪涕止之，良久方定。懷順與來者皆駭愕相眄。就食乃問其由，時吏部孫侍郎亦在幕中，對曰：『相國自鎮此方，恩及萬物。聽政之暇，時命音樂與將吏交歡。遽及風疹所侵，今辰不赴茲會，衆聞絲竹聲，不覺悲泣耳。』是日，合城老幼咸共悽傷。相國聞之曰：『我知億兆人民之心，未厭唐德。賊勢雖甚，竊據宮闕，滅亡當在旦夕。』於是密飛羽檄，告於鄰道會兵。旬朔閒，邠、涇、洋、隴及沿邊藩鎮俱以銳師來集，既而神策守鎮軍士聞風亦至麾下。一旦，賊中遣千餘人，大索糧糗。于時烽候已嚴，偵邏殊密，雲旗霜刃，森羅於百里之內。賊入界大驚，俱就擒戮。有後殿者奔以狀告，兇黨無不奪魄，陷京黔庶亦思奮勇。初，有走還京中者云：『鳳翔鄭相公已叛黄王，兵士甚衆。』巢聞之殊不介意，言：『我行卻半天下，所至無不收克，直至高令公猶不敢出軍敵我，鄭相國擬作何計？』唯趙、張、王、潘聞之，已爲奔軼之備也。俄而蒲關、晉絳幷汾、澤、潞及河北三鎮並舉雄師，翕然響附。相國仗節訓兵，援旗誓衆，摧鋒篤戰，累剉兇渠，首運奇謀，終摧巨孽。其後請朝，庸蜀復秉化權，匡國濟時，終始一致，文經武緯，何謝古人！詩云：『維岳降神，生甫及申。維申及甫，維周之翰。』相國有焉。

老君廟畫

東都北邙山有玄元觀，南有老君廟，臺殿高敞，下瞰伊洛，神仙泥塑之像，皆開元中楊惠之所製，奇巧精嚴，見者增敬。壁有吴道玄畫五聖真容及老子化胡經事，化，原本作『廟』，今據廣記二百二十校改。丹青絶妙，古今無比。杜工部題詩云：『配極玄都閟，憑高禁籞長。守祧嚴具禮，掌節鎮非常。碧瓦初寒外，金莖一氣旁。山河扶繡户，日月近雕梁。仙李蟠根大，猗蘭奕葉光。世家遺舊史，道德付今王。畫手看前輩，吴生遠擅場。森羅移地軸，妙絶動宫牆。五聖聯龍衮，千官列鴈行。冕旒俱秀發，旌旆盡飛揚。翠柏深留景，紅梨迥得霜。風箏吹玉柱，露井凍銀牀。身退卑周室，經傳拱漢皇。谷神如不死，養拙更何鄉？』敬愛寺復有雉尾病龍，莫知畫者誰氏，繪事奇巧，皆入神之迹。雉尾在東廡觀音院，天王部從中，緋衣神人抱野雉一隻，逼而觀之，勢若飛動。

政平坊安國觀，明皇朝玉真公主所建。門樓高九十尺而柱端無栱枓。殿南有精思院，琢玉爲天尊、老君之像，葉法善、羅公遠、張果先生並圖之於壁。院南池沼引御渠水注之，壘石像蓬萊、方丈、瀛州三山，女冠多上陽退宫嬪御，其東與國學相接。咸通中，有書生云：『每清風朗月，即聞山池之内步虚笙磬之音。』盧尚書有詩云：『夕照紗窗起暗塵，青松繞殿不知春。君看白首誦經者，半是宫中歌舞人。』

白傅乘舟

白尚書爲少傅，分務洛師。情興高逸，每有雲泉勝境，靡不追遊。常以詩酒爲娱，因著醉吟先生傳以敘。盧尚書簡辭有别墅，近枕伊水，亭榭清峻。方冬，與羣從子姪同遊，倚欄眺玩嵩洛。俄而霰雪微下，情興益高，因話廉察金陵，常記江南煙水，每見居人以葉舟浮泛，就食菰米鱸魚，近來思之，如在心目。良久，忽見二人衣蓑笠，循岸而來，牽引水鄉蓬艇。船頭覆青幕，中有白衣人與衲僧偶坐。船後有小竈，安桐甑而炊，丱角僕烹魚煮茗。泝流過於檻前，聞舟中吟嘯方甚，盧撫掌驚歎，莫知誰氏。使人從而問之，乃曰：『白傅與僧佛光同自建春門往香山精舍。』其後每遇親友，無不話之，以爲高逸之情莫能及矣。

嚴使君遇終南山隱者

大中末，建州刺史嚴士則本穆宗朝爲尚衣（原本作『醫』，今據廣記三十七校改。）奉御，頗好真道。因午日於終南山采藥迷路，徘徊（原本作『迷誤於』，今據廣記增改。）巖嶂之間（原本『間』下有『不覺遂行』四字，今據廣記删。）數日，所賷糗糧既盡，四遠復無居人，（廣記作『四望無居人』。）計其道路，去京不啻五六百里，然而林岫深僻，風景明麗，忽有茅屋數間出於松竹之下，煙蘿四合，纔通小徑。士則連扣其門，良久竟無出者。窺其籬隙內，見（原本作『之內』，脱『見』字，今據廣記改。）有一人於石榻偃臥看書，士則（原本脱『士則』二字，今據廣記增。）推户直造其前，方乃攝衣而起。士則拜罷，自陳行止，因遣坐于盤石之上，亦問京華近事，復詢天子嗣位幾年，云自安史犯闕居此，迄于今日。士則具陳奔馳涉歷，資糧已絶，迫於枵腹，請以食饌救之。隱者曰：『自居山谷，且無煙爨，有一物可以療饑，（原本作『之』，今據廣記改。）念君遠來相過。』（原本作『遺』，今據廣記改。）自起，於梁棟間（原本『間』上有『之』字，今據廣記削。）脱紙囊開啓，其中有百餘顆如藕豆之狀，（廣記作『形』。）俾於蘂室取鐺，拾薪汲泉而煮。良久，盛有香氣，視之已如掌大，曰：『可以食矣，渴即取鐺中餘水飲之。』士則方啗其半，已極豐飽。（原本作『飢』，今據廣記改。）復曰：『汝得至此，當有宿分。自兹三十年閒，無復飢渴，原本作『不飢渴』，今據廣記改。俗慮塵情，將澹泊也。原本作『俗情慮將淡泊也』，今據廣記增改。他時位至方伯，當取羅浮相近，儻能脱去紛華，兼獲長生之道。辭家日久，可以還矣！』士則將欲告歸，因述慮失道，曰：『勿憂，去此二三里，與采薪人廣記作『者』。相值，可隨之而去，原本作『可以隨之而至』，今據廣記削改。國門不遠。』既出於山隅，果有人采薪原本作『果有采薪者』，今據廣記改。在路側，因原本作『或』，今據廣記改。問隱者姓名，竟無所對。繞經信宿，已及樊川村野。既還輦轂，不喜更嘗滋味，日覺氣壯神清，有驂鸞馭鶴之意。衣褐杖藜，原本作『棃』，今據廣記改。多止廣記作『依』。巖岫。居守盧僕射耽味玄默，思覩異人。有道流具述其由，原本作『有道流述其事』，今據廣記改。延之致於門下。及聞方伯之説，因以處士奏官，自梓州别駕作牧建溪，時年已九十。到郡纔經周歲，即解印歸原本作『解印乃歸』，今據廣記改。羅浮。及韋相公宙出鎮廣南，使人訪之，猶在山谷。大中十四年之任建安，路由江浙，時蕭相國觀風浙右，於桂樓開原本作『宿』，今據廣記改。宴召之，唯飲酒數杯，他無所食矣。原本作『他皆無食也』，今據廣記改。

韋顓梟鳴

大中年，韋顓舉進士，詞學優贍，而貧寠滋甚，歲暮飢寒，無以自給。有韋光者，待以宗黨，後名般裕之□〔一〕。輟所居原本作「居所」，今據廣記四百六十二校改。外舍館之。放榜之夕，風雪凝互，報光成名者絡繹而至。顓略無登第之耗，光延之於堂際小閣，備設肴饌慰安之。見光婢妾羅列衣裝，僕者排比鞍馬，顓夜分歸于所止，擁鑪而坐，愁歎無已，候光成名，將修賀禮。寢榻迫于壞牖，以横竹挂席蔽之。檐際忽有鳴梟，頃之集于竹上，顓神魄驚駭，杖策出户逐之，飛起復還，久而方去。謂僕者曰：『我失意亦無所恨，妖禽作怪如此，兼恐横罹災患！』俄而禁鼓忽鳴，榜到，顓已登第。光之服用車馬，悉皆遺焉。世以鵩至梟鳴，不祥之兆，近觀數事，亦不然乎？

昔鄧艾梟鳴牙旗，乃軍勝之兆，張率更聞於庭樹，亦授官之祥。以此推之，未必皆爲不吉者。

命相日雨雹 崔沆、豆盧瑑

乾符六年夏五月，巢寇自廣陵將及襄漢，朝廷以王鐸令公爲南面都統，崔相國、豆盧相國同日策拜。宣麻之際，殿庭霧氣四塞，及政事堂立班賀，有雹大如鷄卵，時五月二十三日。識者以爲鈞軸不祥之兆。明年大寇攻陷京師，二相俱及于難，其天意乎，非人事也！

李生見神物遺酒

咸通中，有中牟尉李潯寓居圃田別墅，稟性剛戾，不以鬼神爲意。每見人銜杯酹酒，無不怒（廣記三百五十一作『每見人酹酒必怒』）。而止之。一旦暴得風眩，方臥檐廡之下，忽有田父立於榻前，云鄰伍閒欲來省疾。見數人形貌尪劣，服飾或青或紫，後有矮僕提酒兩壺，相與歷階而上，左右妻孥悉無所覩。謂潯曰：『爾常日負氣，忽於我曹，至於醪醴之閒，必爲他人愛惜。今有醇酎數斗，衆欲遺君一醉！』俄以巨盆滿酌逼飲，兩壺俱盡，牀笫衾裯，皆是餘瀝。將出，謂潯曰：『何似當（廣記作『常』）。時惜酒也邪！』（原本脱『也邪』二字，今據廣記增。）自兹百骸昏悴，如病宿醒，寢瘵惙然，數月方愈。馮給事爲鄭州刺史，親召李生而説之。

説方士

武宗皇帝好神仙異術，海内道流方士多至輦下。趙歸真探賾玄機，善制鉛汞，氣貌清爽，見者無不竦敬。請於禁中築望仙臺，高百尺，以爲鸞驂鶴馭可指期而降。常云飛鍊中須得生銀，詔使於樂平采取。既而大役工徒，所出者皆銜石礦，非烹冶乃無從而得。歸真齋醮數朝，寫御書置於巖穴閒。俄有老人策杖而至曰：『山川藏寶，蓋因有道而出。況明主以修真爲念，是何感應不臻？尊師無復懷憂，明旦當從所請。』語罷而出，莫知其所之。是夕有聲如雷，山礦豁開數丈，銀液坌然而湧出，與入用之數相符。禁中修鍊至多，外人罕知其術。復有金陵人許元長、王瓊者，善書符幻變，近於役使鬼神。會昌初，召至京國，出入宮闈。武皇謂之曰：『吾聞先朝有明崇儼善於符籙，嘗取羅浮山柑子以資御果，萬里往來，止于旬日。我雖聖德不逮前朝，卿之術豈便劣於崇儼？』元長謝曰：『臣之受法，未臻玄妙。若涉越山海，恐誣聖德，但千里之間，可一日而至。』上曰：『東都常進石榴，時已熟矣，卿今夕當致十顆。』元長奉語而出，及旦，寢殿始開，金盤貯石榴致於御榻。俄有中使奉進，亦以所失之數上聞，靈驗變通，皆如此類。王瓊妙於化物，無所不能。方冬，以藥栽培桃杏數株，一夕繁英盡發，芳蕊穠豔，月餘方謝。及武皇厭代，歸真與瓊俱竄逐嶺表，唯元長逸去，莫知所在。

昊天觀周尊師，乾符中年九十七，自言以童幼閒便居洞庭山，諸父隱堯深得真道。有張孺華者，襄漢豪士，耽味玄默，一旦廣齎財寶，訪道於江湖之間。至吳門，知隱堯出世修鍊，徑往洞庭詣之。囊橐中所挈金帛，傾竭以資香火。隱堯知其志，俾於岸頂，坐守藥鑪，其或風雨晦冥，往往有神物來萃，殊形詭狀，深可駭人。孺華端潔自安，竟不微動。如此者涉於周歲，隱堯謂之曰：『鑪中鍊藥乃七返靈砂也，雖非九轉金丹，餌之可還魂返魄。囊令子弟數輩守之，靡不畏怯而罷。汝相從未久，遂能苦節如是。』及鼎開藥成，纔成十粒，但令寶之以囊篋，未傳吞餌之法。孺華以去鄉逾年，一旦告歸覲省，隱堯别謂之曰：『吾知汝未能久住，自兹復爲世網所縈。苟慕仙之意不忘，勿以囂塵爲戀。付汝之藥，每丸可益算十二。有疾終者，審其未至朽敗，雖涉旬能使再活，然事關陰騭，非行道有心之徒，不可輕授。凡欲此藥救人，當焚香啓告，吾爲助爾。』孺華歸，甚爲鄉里所敬。父母遘疾而没，服之皆愈。居數歲，復詣洞庭，繫舟於金陵江岸。有良賈徐士則者，乘巨艘十餘隻，亦於浦閒同泊。有子一人，方及壯歲，無疾而殞於中夜。父母咸以衰耄，哭泣不食崇朝。孺華憫之，因以靈砂往救。其初服之時未驗，再服一粒，蹶然而蘇，云：『所至之處，城府甚嚴。方爲吏從拘録，俄有二黄衣人，手執丹書文字洞庭周尊師令唤，廳事閒有紫衣者據案而坐，於是簪笏而興，謂左右曰：「仙師來召，焉可復留？」乃令放還。謂曰：「汝因此壽命增延，當可力行善道。」』士則所將財物分其半以答孺華。孺華取錢五十萬散施貧乏，至洞庭與隱堯俱隱。

廣謫仙怨詞　台州刺史竇弘餘撰

玄宗天寶十五載正月，安禄山反，陷没洛陽。王師敗績，關門不守。車駕幸蜀，途次馬嵬驛，六軍不發，賜貴妃自盡，然後駕發。行次駱谷，上登高下馬，謂力士曰：『吾蒼惶出狩長安，不辭宗廟，此山絶高，望見秦川，吾今遥辭陵廟。』因下馬望東再拜，嗚咽流涕，左右皆泣。謂力士曰：『吾取九齡之言，不到於此。』類説作『吾聽張九齡言，不至於此』。乃命中使往韶州，以太牢祭之。中書令張九齡每因奏對，未嘗不諫誅祿山。上怒曰：『卿豈以王夷甫識石勒，便殺祿山？』於是不敢諫矣。因上馬，遂索長笛吹於曲，曲成，潸然流涕，佇立久之。時有司旋録成譜，及鑾駕至成都，乃進此譜，請曲名。上不記之，視左右曰：『何曲？』有司具以駱谷望長安，下馬後索長笛吹出對。上良久曰：『吾省矣，吾因思九齡，亦別有意，可名此曲爲謫仙怨。』其旨屬馬嵬之事。厥後以亂離隔絶，有人自西川傳得者，無由知，但呼爲劍南神曲，其音怨切，諸曲莫比。大曆中，江南人盛爲此曲。隨州刺史劉長卿左遷睦州司馬，祖筵之内，吹之爲曲。長卿遂撰其詞，意頗自得，蓋亦不知本事。詞云：『晴川落日初低，惆悵孤舟解攜。鳥去平蕪遠近，人隨流水東西。白雲千里萬里，明月前溪後溪。獨恨長沙謫去，江潭春草萋萋。』

余在童幼，亦聞長老話謫仙之事頗熟，而長卿之詞甚是才麗，與本事意興不同。余既備知，聊因暇日，輒撰其詞，復命樂工唱之，用廣不知者。其詞曰：『胡塵犯闕衝關，金輅提攜玉顔。雲雨此時消散，君王何日歸還？傷心朝恨暮恨，迴首千山萬山。獨望天邊初月，蛾眉猶在彎彎。』駢以爲竇使君序謫仙怨云劉隨州之詞，未知本事，及詳其意，但以貴妃爲懷。蓋明皇登駱谷之時，實有思賢之意，竇之所製，殊不述焉。駢因更廣其詞，蓋欲兩全其事，雖才情淺拙，不逮二公，而理或可觀，貽諸識者。詞云：『晴山礙日横天，緑疊君王馬前。鑾輅西巡蜀國，龍顔東望秦川。曲江魂斷芳草，妃子愁凝暮煙。長笛此時吹罷，何言獨爲嬋娟？』

含元殿

含元殿，國初建造，鑿龍首崗以爲基趾，彤墀釦砌，高五十餘尺，左右立棲鳳、翔鸞二闕，龍尾道出於闕前，倚欄下瞰，前山如在諸掌。殿去五門二里，每元朔朝會，禁軍與御仗宿於殿庭，金甲葆戈，雜以綺繡，羅列文武，纓佩序立，蕃夷酋長仰觀玉座，若在霄漢。識者以爲自姬漢之代迄于亡隋，未有如斯之盛。京城自朱泚之亂逮乾符中，近百年無事，君臣和叶，四表靖謐，文物之盛，籠罩姬漢，藩方職貢，府無虚月。上至士君子，下及庶民，皆修飭廉謹，以邀時譽。食禄者守其官，耕賈者專其業，八紘四海，遂同文軌。承平既久，稍務奢逸。貴族豪家，輕視稼穡，征鎮牧守，或非其才。黔黎興杼軸之嗟，郡邑有萑蒲之盜。然主上勞謙端委，無虧聖政，亦使寇犯神州，鑾輅播越。況秦漢之代，魏晉之時，主荒臣殘，豈不顛覆？今則覩淳輝之列，啓中興之期，億兆人心，復新於唐德矣。禮樂刑政，得無誠哉！

曲江

曲江池，本秦世隑洲，開元中疏鑿，遂爲勝境。其南有紫雲樓、芙蓉苑，其南有杏園、慈恩寺。花卉環周，煙水明媚。都人遊玩，盛於中和、上巳之節。綵幄翠幬，帀於隄岸，鮮車健馬，比肩擊轂。上巳即賜宴臣僚，京兆府大陳筵席，長安、萬年兩縣以雄盛相較，錦繡珍玩，無所不施，百辟會於山亭，恩賜太常及教坊聲樂。池中備綵舟數隻，唯宰相、三使、北省官與翰林學士登焉。每歲傾動皇州，以爲盛觀。入夏則菰蒲葱翠，柳陰四合，碧波紅蕖，湛然可愛。好事者賞芳辰，玩清景，聯騎攜觴，亹亹不絕。

昇平裴相國廉察宣城，朝謝後，未離京國。時曲江荷花盛發，與省閤名士數人同遊。自慈恩寺屏去左右，各領小僕，步至紫雲樓下，見五六人坐於水際。裴公與名士憩于旁，中有黄衣飲酒半酣，軒昂頗甚，指顧笑語輕脱。裴意稍不平，揖而問之：『吾賢所任何官？』率爾而對曰：『喏，即不敢，新授宣州廣德縣令。』連問裴曰：『押衙所任何職？』裴公效曰：『喏，即不敢，新授宣州觀察使。』於是狼狽而走，同坐亦皆奔散，朝士撫掌大笑。不數日，布於京華，左右於銓司訪之，云有廣德縣令請換羅江宰矣。宣皇在宮，即聞是說，與諸王每爲戲談其事。及龍飛，裴公入秉鈞軸，因書麻制，迴謂樞近曰：『喏，即不敢，新授中書侍郎平章事。』

真身

咸通十四年，詔自鳳翔迎真身至于輦下。真身，相傳云是釋迦文佛中指節骨，長一寸八分，瑩凈如玉，以小金棺盛之，舊於鳳翔建塔。又釋氏涅槃經云：如來於雙林滅度，貯於金棺銀槨，積旃檀香焚之，諸天以八金剛分取舍利，唯留四牙，餘悉煨燼。未詳此骨從何而有。都城士庶奔走雲集，自開遠門達於岐川，車馬晝夜相屬，飲饌盈溢路衢，謂之無礙檀施。京城坊曲舊有迎真身社，居人長幼旬出一錢。自開成之後，迄于咸通，計其資積無限。於是廣爲費用，時物之價高，茶米載以大車，往往至於百兩。他物豐盈，悉皆稱是。至京日，上與諸王親御城樓，坊市以繒綵結爲龍鳳象馬之形，紙竹作僧佛鬼神之狀，幡花幢蓋之屬，羅列二十餘里。間之歌舞管絃，雜以禁軍兵仗，緇徒梵誦之聲，沸聒天地。民庶間有嬉笑踴躍者，有悲愴涕泣者。真身以寶轝舁之，居于内殿數月。俄屬懿皇厭代，密使送於鳳翔。先是，真身到城，每坊十字街以甎壘浮圖供養，妖妄之輩互陳感應。或云夜中震動，或云其上放光，以求化資財，因此獲利者甚衆。及宫車晏駕，怗然乃定。諸坊浮圖，一時毁拆。有好事者密詢放光之由，云以大雲母片窺看，遠而望之，靡不傾信耳。咸通、乾符中，興善寺復有阿闍黎，以教法傳授，都下翕然宗之。所居院金碧華焕，器用俱是寶玉。語人云：『焚香結坐，每告西方。』及遷化，謚爲普照大師，信者咸爲出涕，劉都尉、崔給事寓、張常侍同，與中貴多爲弟子。出城之日，皆縞素後隨，勸朝士持齋。受其法者，不復思理時務。

騈常讀名僧傳，宋文帝時，有永那跋摩永，原本作『求』，今據廣記九十一校改。居金陵祇園寺。原本作『秖洹喜』，今據廣記改。文帝謂之曰：『弟子常願持齋，不殺生命，以身徇物，不獲其志。原本作『持齋不殺，迫於以身徇物，不獲遂從』，今據廣記改。法師不遠萬里，來化此國，將何以教原本『教』下有『化』字，今據廣記删。之？』對曰：『道在心，不在事；法由己，非原本作『不』，今據廣記改。由人。且帝王與原本脱『與』字，今據廣記增。凡庶，所修亦有殊矣。若凡庶者，身賤名微，德不及遠，其教不出於閨門，廣記作『門庭』。其言不行於僕妾。若不克己苦躬，廣記作『苦身刻己』。行善持戒，廣記作『誡』。將何以用廣記『用』下有『其』字。心哉？帝王以四海爲家，萬民爲子，出一原本脱『一』字，今據廣記增。嘉言，則士庶咸悦；布一善政，原本脱『政』字，今據廣記增。則人神以和。刑清則原本脱『則』字，今據廣記增。不夭其命，役簡則無原本脱『則』字，『無』作『不』，今據廣記增改。勞其力，然後原本脱『然後』二字，今據廣記增。辨鍾律、定廣記作『正』。時令。鍾律辨則風雨調，號令時則寒暑節。知百姓之飢，斯所以就於無飢；知百姓之寒，斯所以就於無寒。如此，則原本脱『則』字，今據廣記增。持齋亦大矣，不殺亦已衆矣，原本作『則衆矣』，今據廣記改。安在於闕一時之膳，全一禽之命，然後乃弘濟也？』文帝撫几原本作『机』，今據廣記改。嗟歎，稱善良久，乃曰：『俗人迷於遠理，沙門滯於近教。迷遠理者謂爲虚説，原本作『謂至道虚説』，今據廣記改。滯近教者則拘攣章句。如公者，真所開悟明達，可以言天人之際矣。』

元相國謁李賀

元和中，進士李賀善爲歌篇。韓文公深所知重，於縉紳之閒每加延譽，由此聲華藉甚。時元相國稹年老，以明經擢第，亦攻類説作『工』。篇什，常願交結於原本脱『於』字，今據廣記二百六十五增。賀。一日，執贄造門，賀覽刺不容，遽令僕者謂曰：『明經擢第，何事來看李賀？』相國無復致情，慙憤而退。其後左拾遺制策登科，日當要路。及爲禮部郎中，因議賀父名晉，原本作『賀祖禰諱進』，據類説改，與昌黎諱辯合。不合應進士舉。賀原本脱『賀』字，今據廣記增。亦以輕薄爲原本脱『爲』字，今據廣記增。時輩所排，遂致原本作『成』，今據廣記改。轗軻。文公惜其才，爲著諱辯録明之，然竟不成事。廣記作『名』。

自大中、咸通之後，每歲試春官者千餘人，其閒章句有聞，亹亹不絶。如何植、李玫、皇甫松、李孺犀、梁望、毛濤、貝庥、來鵠、賈隨，以文章著美；温庭筠、鄭瀆、河涓〔二〕、周鈐、宋耘、沈駕、周繁，以詞賦標名；賈島、平曾、李陶、劉得仁、喻坦之、張喬、劇燕、許琳、陳覺，以律詩流傳；張維、皇甫川、郭鄩、劉延暉，以古風擅價，皆苦心文華，厄於一第。然其間數公，麗藻英詞，播於海内，其虚薄叨聯名級者，又不可同年而語矣。

唐人最拈弄小説，雖金紫大老，趨蹡殿陛之餘，使命一方，鞅掌簿書之暇，盡日有所記録，積久成編。李文饒、劉賓客尤兢兢耳。時至咸通，以迨乾寧，其間韻事，足新耳目。況三輔、曲江，士庶都冶景物，爲之點次，事事俱堪捃拾也。康校書能無技癢乎？古人讀漢書，至留侯遇高帝於下邳，便浮一大白。想此時長安酒壚閒，聲價不啻倍蓰矣。

湖南毛晉識。

校記

〔一〕□　原刻爲墨釘。

〔二〕河　當作「何」。

劇談錄逸文 五條 從廣記録補

桑道茂

唐盛唐令李鵬遇桑道茂，曰：『長安只此一邑而已，賢郎二人，大者位極人臣，次者殆於數鎮，子孫百世。』後如其言，長子石出入將相，子孫二世及第。至次子福，歷七鎮，終於使相，凡八男，三人及第，至尚書、給諫、郡牧，諸孫皆朱紫。建中元年，道茂請城奉天爲王者居，列象龜別，内分六街。德宗素神道茂言，遂命京尹嚴郢發衆數千，與六軍士雜往城之。時屬盛夏，而土功大起，人不知其故，至播遷都彼乃驗。

司徒杜佑曾爲楊炎判官，故盧杞見忌，欲出之。杜見道茂，曰：『年内出官，則福壽無疆。』既而，自某官九十餘日出爲某官，官名遺忘，福壽果然。廣記三百九十四。

元積

唐元積鎮江夏，襄州賈墅有别業。構堂架梁纔畢，疾風甚雨。時户各輸油六七甕，忽震一聲，甕悉列於梁上，都無滴汙於外。是年，積卒。同上。

裴度

裴度出征淮西，請韓愈自中書舍人爲掌書記。及賊平朝覲，樂和李僕射方爲華州刺史，戎服櫜鞬，迎於道左。愈有詩云：『荆山行盡華山來，日照潼關四扇開。刺史莫辭迎候遠，相公親破蔡州回。』廣記四百五〔一〕。

李德裕

初德裕之營平泉也，遠方之人多以土產異物奉之，故數年之閒，無物不有。時文人有題平泉詩者『隴右諸侯供語鳥，日南太守送花錢』，威勢之使人也。同上。

劇談録二卷，唐康駢撰。駢字駕言，詞林紀事作『駕輕』。池陽人。乾符二年進士，官崇文館校書郎，後爲田頵客，薦授中書舍人。四庫收入小説類，提要云：凡四十條，以太平廣記勘之，一一相合。非當時全部收入，即後人從廣記鈔合也。書末有『臨安府陳道人書籍鋪刊行』字，是四庫所收出於宋刊外間流傳，祇僅毛氏津逮本。按，津逮本首缺自序一篇，次行題『宋池州康駢述』，又誤唐爲宋。上卷二十條，下卷二十二條，與提要所云四十條不合。爰取談本廣記對核，祇采二十條，並非全部收入。廣記三百九十四有桑道茂二條、元稹一條，廣記四百五有裴度一條、李德裕一條、元李二條，今書所無桑李三條，又均在今書所引之外。其他字句譌錯極多，津逮本不如廣記遠甚。況館臣所見既係影鈔，其爲舊本流傳，更無可疑，不必以爲鈔合也。兹從廣記照補逸文五條，復取類説、角力記諸書斟校，又假繆藝風丈所藏明稽古堂刻本補録自序一篇，餘篇字句異同，均爲訂正，雖未見影宋舊鈔，固已出津逮本上矣。余近年蒐羅鄉邦文獻，彙刻貴池先哲遺書，今復輯貴池唐人集，獲得是録，因以冠之。光緒二十九年癸卯十二月二十有一日，縣後生劉世珩謹跋。

校記

〔一〕本則當取自太平廣記卷一百三十八，宋李昉撰，中華書局一九六一年版。

貴池唐人集　第二

費冠卿

詩一卷

附文一首

（康熙）池州府志卷第五十八唐費冠卿傳第一

唐費冠卿字子軍，青陽人。以鄉貢進士，久居京師，有感懷詩曰：『㷀獨不爲苦，求名始辛酸。上國無交親，請謁多少難？九月風到面，羞汗成冰片。求名俟公道，名與公道遠。力盡得一名，他喜我且輕。家書十年絶，歸去知誰榮。馬嘶渭橋柳，特地起愁聲。』登元和二年進士第，聞母病，馳歸，而母卒，已葬矣，遂廬墓側三年，哭不輟聲，且歎曰：『干禄養親耳，得禄而親喪，何以禄爲！』遂隱九華山不出。長慶二年，殿院李仁修舉其孝節，拜右拾遺，制曰：『前進士費冠卿嘗預計偕，以文中第，禄不及於榮養，恨每積於永懷，遂乃屏身邱園，絶迹仕進，守其至性十有五年，峻節無同，清飆自遠。夫旌孝行、舉逸人，所以厚風俗而敦名教也。宜承高獎，以儆薄夫。擢參近侍之榮，載佇移忠之效。』冠卿竟不應命，賦詩曰：『君親同是先王道，何如骨月一處老。也知臣子合佐時，自古榮華誰可保？』又曰：『拾遺帝側知難得，官緊才微恐不勝。好是中朝絶親友，九華山下詔來徵。』又曰：『三千里外一微臣，二十年來任運身。今日忽蒙天子詔，自慚驚動國中人。』時人因名其所隱之山曰少微峯，使者焚香宣詔處曰天香嶺。朝士蕭建、姚合輩往往作詩以寄之，又有崔中丞者亦與冠卿遊，有酬崔中丞見惠詩，俱寓高致。卒葬鷄母山。詩一卷，今存十一首，散見志中。

唐詩紀事·費冠卿

閒居即事云：『生計惟將三尺僮，學他賢者隱牆東。照眠夜後多因月，掃地春來祇藉風。幾處紅旗驅戰士，一園青草伴衰翁。子房仙去孔明死，更有何人解指踪？』酬范中丞見惠云：『花宫柳陌正從行，紫袂金鞍問姓名。戰國方須禮干木，康時何必重侯嬴？捧將束帛山童喜，傳示銀鉤邑客驚。直爲雲泥相去遠，一言知己殺身輕。』秋日與泠然上人寺莊觀稼云：『世人從擾擾，獨自愛身閒。美景當新霽，隨僧過遠山。村橋出秋稼，空翠落澄灣。惟有中林犬，猶應望我還。』題中峯云：『中峯高柱泬寥天，上有茅菴與石泉。晴景獵人曾望見，青藍色裏一僧禪。』蒙召拜拾遺書情二首云：『拾遺帝側知難得，官緊才微恐不勝。好是中朝絶親友，九華山下詔來徵。』又云：『三千里外一微臣，二十年來任運身。今日忽蒙天子召，自慙驚動國中人。』桂樹云：『本爲獨立難，寄彼高樹枝。蔓衍數條遠，溟濛千朵垂。向日助成陰，當風藉特危。誰言柔可屈，坐見蟠蛟螭。』

枕流石云：『不爲幽岸隱，古色涵空出。願以清泚流，鑑此堅貞質。傍臨玉光潤，時瀉苔花密。往往驚遊鱗，尚疑垂釣日。』

冠卿字子軍，池州人。久居京師感懷詩云：『煢獨不爲苦，求名姑辛酸。上國無交親，請謁多少難？九月風到面，羞汗成冰片。求名俟公道，名與公道遠。力盡一得名，他喜我且輕。家書十年絕，歸去知誰榮？馬嘶渭橋柳，特地起秋聲。』登元和二年第，母卒，既葬而歸，歎曰：『干祿養親耳，得祿而親喪，何以祿爲？』遂隱池州九華山。長慶中，殿院李行修舉其孝節，拜右拾遺，制曰：『前進士費冠卿當預計偕，以文中第，祿不及於榮養，恨每積於永懷，遂乃屏身邱園，絕迹仕進，守其至性十有五年，峻節無悶，清飆自遠。夫旌孝行、舉逸人，所以厚風俗而敦名教也。宜承高獎，以儆薄夫。擢參近侍之榮，載佇移忠之效。』冠卿竟不應命。杜荀鶴有詩弔其墓曰：『凡弔先生者，多傷荆棘閒。不知三尺墓，高卻九華山。天地有何外，子孫無亦閑。當時若徵起，未必得身還。』冠卿以拾遺召不起，賦詩云：『君親同是先王道，何如骨肉一處老。也知臣下合佐時，自古榮華誰可保？』姚合嘗寄詩云：『逍遥矰繳外，高鳥與潛魚。闕下無朝籍，林閒有詔書。夜眠幽洞石，曉飯白雲蔬。四海人空老，九華君獨居。此心誰復識，日與世相疏。』李羣玉經費拾遺故居云：『雲臥竟不起，少微空隕光。惟應孔北海，爲立鄭公鄉。舊館苔蘚合，幽齋松菊荒。空餘書帶草，日日上階長。』

全唐詩話·費冠卿

冠卿字子軍，池州人。久居京師感懷詩云：『螢燭不爲苦，求名始辛酸。上國無交親，請謁多少難。九月風到面，羞汗成冰片。求名俟公道，名與公道遠。力盡得一名，他喜我且輕。家書十年絶，歸去知誰榮？馬嘶渭橋柳，特地起愁聲。』登元和二年第，母卒，既葬而歸，歎曰：『干禄養親耳，得禄而親喪，何以禄爲！』遂隱池州九華山。長慶中，殿院李行修舉其孝節，拜右拾遺。制曰：『前進士費冠卿嘗欲計偕，以文中第，禄不及於榮養，恨每積於永懷，遂乃屏身丘園，絶迹仕進，守其志性十有五年，峻節無用，清飆自遠。夫旌孝行、舉逸人，所以厚風俗而敦名教也。宜承高奬，以儆薄夫。擢參近侍之榮，載佇移忠之效。』冠卿竟不應命。杜荀鶴有詩弔其墓曰：『凡弔先生者，多傷荆棘閑。不知三尺墓，高卻九華山。天地有何外，子孫無亦閑。當時若徵起，未必得身還。』冠卿以拾遺召不起，賦詩云：『君親同是先王道，何如骨肉一處老？也知臣子合佐時，自古榮華誰可保？』

詩

費冠卿字子軍，池州人。元和登第，母卒，歎曰：『干禄養親，得禄而親喪，何以禄爲！』遂隱池州九華山。長慶中，殿院李行修舉其孝節，召拜右拾遺不赴。集一卷。今存詩十一首。

五言古二首

久居京師感懷詩

煢獨一作『螢燭』。不爲苦，求名始辛酸。上國無交親，請謁多少難？九月風到一作『刮』。面，羞汗成冰片。求名俟公道，名與公道遠。力盡得一名，他喜我且輕。家書十年絶，歸去知誰榮？馬嘶渭橋柳，特地起秋聲。

答蕭建 一本有『問九華山』四字

自地上青峯，懸崖一萬重。踐危頻側足，登塹半齊胸。飛狖啼攀桂，遊人喘倚松。入林寒瘁瘁，一作『瘁瘁』。近瀑雨濛濛。徑滑石稜上，寺開山掌中。幡花撲淨地，臺殿印晴空。勝境層層別，高僧院院逢。泉魚候洗鉢，老玃戲撞鐘。外户憑雲掩，中廚課水舂。搜泥時一作『如』。和麪，拾橡半添穜。渡壑緣槎險，持燈入洞窮。夾天開壁峭，透石甃波雄。澗藹清無土，潭深碧有龍。畬田一片淨，谷樹萬株濃。野客登臨慣，山房幽寂同。寒爐樹根火，夏牖竹梢風。邊鄙籌賢相，黔黎託聖躬。君能棄名利，歲晏一相從。

五言律三首

秋日與冷然上人寺莊觀稼

世人徒擾擾，獨自愛身閒。美景當新霽，隨僧過遠山。村橋出秋稼，空翠落澄灣。維有中林犬，猶應望我還。

挂樹藤

本爲獨立難，寄彼高樹枝。蔓衍數條遠，溟濛千朵垂。向日助成陰，當風藉持危。誰言柔可屈，坐見蟠蛟螭。

枕流石

不爲幽岸隱，古色涵空出。願以清泚流，鑑此堅貞質。傍臨玉光潤，時瀉苔花密。往往驚遊鱗，尚疑垂釣日。

七言律二首

閒居即事

生計唯將三尺僮，學他賢者隱牆東。照眠夜後多因月，掃地春來祇藉風。幾處紅旗驅戰士，一園青草伴衰翁。子房仙去孔明死，更有何人解指踪？

酬范中丞見惠

花宫柳陌正從行，紫袂金鞍問姓名。戰國方須禮干木，康時何必重侯嬴？捧將束帛山僮喜，傳示銀鉤邑客驚。直爲雲泥相去遠，一言知己殺身輕。

七言絶句四首

不赴拾遺召 一作以拾遺召不起賦詩

君親同是先王道，何如骨肉一處老？也知臣子合佐時，自古榮華誰可保？

題中峯

中峯高拄泬寥天，上有茅菴與石泉。晴景獵人曾望見，青藍色裏一僧禪。

蒙召拜拾遺書情二首

拾遺帝側知難得，官緊才微恐不勝。好是中朝絶親友，九華山下詔來徵。

三千里外一微臣，二十年來任運身。今日忽蒙天子召，自慙驚動國中人。

附文

九華山化成寺記

九華山古號九子山，崛起大江之東，揖灊廬於西岸，儼削成於天外。旁臨千餘里，高峯峻嶺臣焉，連岡走隴子焉。自元氣凝結，幾萬斯年。六朝建都，此爲關輔。人視山而天長，山閱人而波逝。其間聖后賢臣，歌詠疊興，言不及者，兹山屈焉。開元末，有僧檀號，姓張，自羣舒至，爲鄉老胡彦請住，廣度男女。時豪所嫉，長吏不明，焚其居而廢之。時有僧地藏，則新羅王子金氏近屬，項聳奇骨，軀長七尺，而力倍百夫。嘗曰：『六籍寰中，三清術內，惟第一義，與方寸合。』落髮涉海，捨舟而徒，睹兹山於雲端，自千里而徑進。披榛援藟，跨峯越壑，得谷中之地，面陽而寬平。其土黑壤，其泉滑甘，巖棲澗汲，以示高潔。曾遇毒螫，端坐無念，有美婦人作禮奉藥云：『小兒無知，願出泉補過。』應視坐石，石間潗湆，時人謂九子神焉。素願寫四部經，遂下山至南陵，有俞蕩等寫獻焉。自此歸山，迹絶人里。逮至德初，有諸葛節等自麓登峯，山深無人，雲日雖鮮明，居惟一僧閉目石室。其旁折足鼎中，惟白土少米烹而食之。羣老投地號泣：『和尚苦行若此，某等深過已。出泉布買檀公舊地，敢冒死請！』大師從之。近山之人，聞者四集，伐木築室，焕乎禪居。有上首僧勝諭等同建臺殿。梗枏豫章，土地生焉，斷而斲之。珷玞琪瓊，不求他山，肆其磨礱。開鑿溪澗，盡成稻田，相水攸瀦爲放生池。乃當殿設釋迦文像，左右備飾。次立朱臺，挂蒲牢於其中，立樓門以冠其寺。丹素交彩，層層倚空。嵒巒隊起於前面，松檜陣横於後嶺。日月晦明，以增其色；雲霞聚散，而變其狀。松聲猿嘯，相與斷續，都非人間也。

建中初，張公嚴典是邦，仰師高風，施捨甚厚，因移舊額，奏置寺焉。本州牧賢者到寺，嚴師之敬，江西估客於雲外見山，施帛若干匹、錢若干緡，焚香作禮，遥以祈祐，師廣德焉。況親承善誘，感悟深哉！旁邑豪右，一瞻一禮，必獻桑土，豈諸牧不合禮焉？富商大族輕其産哉？道德感也。本國聞之，相與渡海，其徒實衆，師憂無糧，發石得土，其色青白，不墋如麵。夏則兼食土，冬則衣半火。無少長，畬田採薪自給。中歲領一從者，居於南臺，自緝麻衣，其重兼鈞，堂中榻上，惟此而已。池邊建臺，晋四部經，終日焚香，獨味深旨。時年九十九，貞元十年夏，忽召衆告别，罔知攸適，但聞山鳴石隕，感動無情。與將滅，有尼侍者來。未及語，寺中扣鐘無聲墮地，尼來入室，堂椽三壞，吾師其神歟！趺坐函中，經三周星，開將入塔，顏狀亦如活時；畀動骨節，若撼金鎖。經云：『菩薩鉤鎖，百骸鳴矣！基塔之地，發光如火，其圓光與？佛廟羣材締構，衆力保護。施一金錢，報一重果。下爲輪王，上登聖地。』昔有護法良吏，洎施一僧檀越等，具刻銘於石。士疾殁代不能立殊績以濟衆，又不能破餘財崇勝因緣，啄腥羶，顧兒婦，生爲人非，死爲鬼責，悲哉！

時元和癸巳歲，余閑居山下，幼所聞見，謹而録之。孟秋十五日記。

貴池唐人集　第三

張　祜

張處士詩集五卷

題金山寺云：『一宿金山頂，微茫水國分。僧歸夜船月，龍出曉堂雲。樹影中流見，鐘聲兩岸聞。因悲在朝市，終日醉醺醺。』寓懷寄蘇州劉郎中云：『一聞周召佐明時，西望都門强策羸。天子好文才自薄，諸侯力薦命猶奇。賀知章口徒勞説，孟浩然身更不疑。惟是勝遊行未徧，欲離京國尚遲遲。』入潼關云：『都城三百里，雄險此迴還。地勢遥尊岳，河流側讓關。秦皇曾虎視，漢祖昔龍顔。何處梟兇輩，干戈自不閒。』

『故國三千里，深宫二十年。一聲何滿子，雙淚落君前』，『自倚能歌曲，先皇掌上憐。新聲何處唱，腸斷李延年』二章，祜所作宫詞也。傳入宫禁，武宗疾篤，目孟才人曰：『吾即不諱，爾何爲哉？』才人指笙囊泣曰：『請以此就縊。』上憫然。復曰：『妾嘗藝歌，請對上歌一曲，以泄其憤。』上許，乃歌一聲何滿子，氣亟立殞。上令醫候之，曰：『脉尚温而腸已絶。』帝崩，柩重不可舉。或曰：『非俟才人乎？』爰命具櫬，櫬至乃舉。祜爲孟才人歎，予曰〔一〕：『才人以誠死，上以誠命，雖古之義激，無以過也。』歌曰：偶因歌態詠嬌嚬，傳唱宫中十二春。卻爲一聲河滿子，下泉須弔舊才人。』

杜牧之與祜遊，酷吟其宫詞，亦知樂天有非之之論，乃爲詩曰：『睫在眼前人不見，道超身外更何求？誰人得似張公子，千首詩輕萬户侯。』

寧哥來云：『日映宫城霧半開，太真簾下畏人猜。黄翻綽指向西樹，不信寧哥迴馬來。』

退宫人云：『開元皇帝掌中憐，流落人間二十年。長説承天門上宴，百官樓下拾金錢。』

又云：『歌喉漸退出宫闈，泣訴伶官上許歸。猶説入時歌聖壽，内人初著五方衣。』

玉環琵琶云：『宫樓一曲琵琶聲，滿眼雲山是去程。指顧段師非汝意，玉環休把恨分明。』

春鶯囀云：『興慶池南柳未開，太真先把一枝梅。内人已唱春鶯囀，花下傞傞軟舞來。』

容兒鉢頭云：『争走金車叱鞅牛，笑聲誰是説千秋〔二〕。兩邊角子羊門裏，猶學容兒弄鉢頭。』

邠娘羯鼓云：『新教邠娘羯鼓成，大酺初日最先呈。冬兒指向真真説，一曲乾鳴杖子輕。』

要娘歌云：『宜春花夜雪千枝，妃子偷行上密隨。便唤要娘歌一曲，六宫生老是娥眉。』

悖拏兒舞云：『春風南内百花時，道調梁州急便吹。揭手便拈金碗舞，上皇驚笑悖拏兒。』

集虛臺云：『日光斜照集虛臺，紅樹花迎曉露開。昨夜上皇新授籙，太真含笑入簾來。』

阿䳾湯云：『月照宮城紅樹芳，緑窗燈影在雕梁。金輿未到長生殿，妃子偷尋阿䳾湯。』

和杜牧之齊山登高云：『秋溪南岸菊霏霏，急管繁絃對落暉。紅葉樹深山徑斷，碧雲江淨浦帆稀。不堪孫盛嘲時笑，願送王洪醉夜歸〔三〕。流落正憐芳意在，砧聲徒促授寒衣。』

感王將軍柘枝妓歿云：『寂寞春風舊柘枝，舞人休唱曲休吹。鴛鴦鈿帶拋何處？孔雀羅衫付阿誰？畫鼓不聞招節拍，錦靴空想挫腰支。今來坐上偏惆悵，曾是堂前教徹時。』

題于越亭云：『扁舟亭下駐煙波，十五年遊重此過。洲觜露沙人渡淺，樹梢藏竹鳥啼多。山銜落照攲紅蓋，水蹙斜文卷緑羅。腸斷中秋正圓月，夜來誰唱異鄉歌？』

世傳韋鮑二生以妾換馬之事云：韋生下第東歸，同憩水閣。鮑有美妾，韋有良馬，鮑以夢蘭、小倩佐歡，飲酣停杯，閲馬軒楹。韋曰：『能以人換，任選殊尤。』鮑欲馬之意頗切，密遣四絃更衣盛裝，頃之而至。乃命勸韋酒，歌云：『白露濕庭砌，皓月臨前軒。此時去留恨，含思獨無言。』又歌送鮑生酒云：『風颭荷珠難暫圓，多生信有短姻緣。西橋今夜三更月，還照離人泣斷絃。』韋乃命牽紫叱撥以酬之。俄有紫衣冠二人，自閣西升階而來，二生恐悚，閉户窺之。一人長髯曰：『足下賦云：「斜漢左界，北陸南躔。白露曖空，素月流天」，可謂光絕。』對曰：『何不見賞「風霽地表，雲斂天末。洞庭始波，木葉微脱」？

今夜月如晝，可以賦。』長鬚曰：『向聞妾換馬之事，可以爲題。以彼傾城求其駿，足爲韻。』長鬚曰：『彼佳人兮如瓊之英，此良馬兮負駿之名。將有求於駿足，亦何惜於傾城？香暖深閨，未厭夭桃之色；風清廣陌，曾憐噴玉之聲。』希逸曰：『原夫人以矜其容，馬乃稱其德，既各從其所好，諒何求而不克？長跪而別，姿容休耀其金鈿；右牽而來，光彩頻生於玉勒。』文通曰：『步及庭砌，效當軒墀。望新恩懼非吾偶也，戀舊主疑借人乘之。香散緑駿，意已忘於鬒髮；汗流紅頷，愛無異於凝脂。』希逸曰：『是知事有廢興，用有取捨。彼以絶代之容爲鮮矣，此以軼羣之足爲貴也。買笑之思既盡，有類求之；據鞍之力尚存，猶希進也。』賦訖，行十餘步已失。故祜有愛妾換馬什云〔四〕：『綺閣香銷華殿空，忍將行雨換追風。休憐柳葉雙眉緑，卻愛桃花兩耳紅。侍宴永辭春色裏，趁朝休立漏聲中。恩勞未盡情先盡，暗泣西風兩意同。』祜長慶中深爲令狐楚所知。楚鎮天平，日草薦表，令以詩三百篇隨狀表進。祜至京，屬元稹在内庭，上問之，稹曰：『祜雕蟲小巧，壯夫不爲，或奬激之，恐變陛下風教。』上頷之，於是失意東歸，有『孟浩然身更不疑之句。

詩曰：驪宮小禽名阿濫堆，明皇御玉笛，採其聲，翻其曲，且名焉，遠近以笛爭效之。祜有華清宮詩曰：『紅樹蕭蕭閣半開，玉皇曾幸此宮來。至今風俗驪山下，村笛猶吹阿濫堆。』

皮日休云〔五〕：『祜字承吉。元和中作宫體小詩，辭曲豔發，當時輕薄之流能其才，合譟得譽。老大稍窺建安風格，誦樂府録，知作者本意，短章大篇往往間出，講諷怨譎，時與六義相左右。善題目佳境，言不可刊置别處，此爲才子之最也。或薦之天子，書奏不下，亦受辟諸侯府，性狷介不容物，輒自劾去。以曲阿地古澹，有南朝遺風，遂築室種植而家焉。性嗜石筍，悉力致之，從南海閒罷職事，載羅浮石筍還。不蓄美田利産爲身後計，死未廿年，而故姬遺孕，凍餒不暇。』豈其怨刺於神明耶？天果不愛才，没而猶譴耶？又進士顔萱過祜丹陽遺居，見其愛姬崔氏貧居荆棘，下有一子杞兒，求食汝墳矣，憫然作詩弔之。萱詩曰：『憶昔爲兒逐我兄，曾抛竹馬拜先生。書齋已换當時主，詩壁空題故友名。豈是争權留怨敵？可憐當路盡公卿。柴扉草屋無人問，猶向荒田責地征。』日休詩云〔六〕：『滕華通子共悲辛，荒徑今爲舊宅鄰。一代交遊非不貴，五湖風月合教貧。魂應絶地爲才鬼，名與遺編在史臣。聞道平生偏愛石，至今猶泣洞庭人。』陸龜蒙云〔七〕：『先生清骨葬煙霞，業破孤存孰爲嗟？幾篋詩編分貴位，一林石筍散豪家。兒過舊宅啼楓影，姬繞荒田泣稗花。唯我共君堪便戒，莫將文譽作生涯。』杞兒後名望虔，嘉興監裴洪慶以爲冬瓜堰官。張爲作主客圖，以白樂天爲廣大救化主，而以祜爲入室。取其句云：萬國見清道，一身成白頭。上令狐相公句。此地榮辱盛，豈宜山中人？秋晚句。葛溪謾淬張家劍，卻是猿聲斷客腸。葛溪句。書空疑未決，卓地計初成。拄秋句〔八〕。春申還有三千客，寂寞無人報李園。句〔九〕。

杜牧之酬祜詩云：『七子論詩誰似公，曹劉須在指揮中。薦衡昔日知文舉，令狐公曾表薦。乞火無人作蒯通。北極樓臺長挂夢，西江波浪遠吞空。可憐故國三千里，虚唱歌辭滿六宫。』

或言祜，清河人，嘗賦淮南詩，有『人生只合揚州死，禪智山頭好墓田』，果卒于丹陽隱舍。

全唐詩話·張祜

題金山寺云：『一宿金山頂，微茫水國分。僧歸夜船月，龍出曉堂雲。樹影中流見，鐘聲兩岸聞。因悲在朝市，終日醉醺醺。』

入潼關云：『都城三百里，雄險此迴環。地勢遥尊嶽，河流側讓關。秦皇曾虎視，漢祖昔龍顔。何處梟凶輩，干戈自不閑。』

『故國三千里，深宫二十年。一聲河滿子，雙淚落君前』，『自倚能歌曲，先皇掌上憐。新聲何處唱，腸斷李延年』二章，祜所作宫詞也。傳入宫禁，武宗疾篤，目孟才人曰：『吾即不諱，爾何爲哉？』才人指笙囊泣曰：『請以此就縊。』上惻然。復曰：『妾嘗藝歌，請對上歌一曲，以泄其憤。』上許，乃歌一聲河滿子，氣亟立殞。上令醫候之，曰：『脉尚温而腸已絶。』帝崩，柩重不可舉。或曰：『非俟才人乎？』爰命其櫬，櫬至乃舉。祜爲孟才人歎，序曰：『才人以誠死，上以誠命，雖古之義激，無以過也。歌曰：偶因歌態詠嬌嚬，傳唱宫中二十春。卻爲一聲河滿子，下泉須弔舊才人。』

寧哥來云：『日映宫城霧半開，太真簾下畏人猜。黄翻綽指向西樹，不信寧哥迴馬來。』

感王將軍柘枝妓殁云：『寂寞春風舊柘枝，舞人休唱曲休吹。鴛鴦鈿帶抛何處，孔雀羅衫付阿誰？畫鼓不聞招節拍，錦靴空想挫腰肢。今來坐上偏惆悵，曾是堂前教徹時。』

祜長慶中深爲令狐楚所知。楚鎮天平，自草薦表，令以詩三百篇隨狀表進。祜至京，屬元稹在内廷，上問之，稹曰：『祜雕蟲小技，壯夫不爲，或奬激之，恐變陛下風教。』上頷之，由是失意東歸，有『孟浩然身更不疑』之句。

校記

〔一〕予　唐詩紀事校箋作『序』，王仲鏞校箋，中華書局二〇〇七年版。下同。

〔二〕誰　張祜詩集校注作『唯』，尹占華校注，巴蜀書社二〇〇七年版。下同。

〔三〕洪　張祜詩集校注作『弘』。

〔四〕什　張祜詩集校注作『詩』。

〔五〕以下唐陸龜蒙甫里先生文集（四部叢刊初編，上海商務印書館縮印江南圖書館藏黄蕘圃校本，一九一九年版）、皮日休、陸龜蒙松陵集（文淵閣四庫全書上海古籍出版社一九八七年影印本）皆作陸龜蒙詩。

〔六〕以下唐陸龜蒙甫里先生文集、皮日休、陸龜蒙唱和之松陵集皆作陸龜蒙詩。

〔七〕以下唐皮日休、陸龜蒙唱和之松陵集皆作皮日休詩。

〔八〕秋　唐詩紀事校箋作『杖』。

〔九〕句　清席啓禹刻本張祜詩集作『感春申君句』。

張處士詩集卷之一

五言古八首 劉世珩從全唐詩補入四首

遊天台山

崔嵬海西鎮，靈迹傳萬古。羣峯日來朝，累累孫侍祖。三茅即拳石，二室猶塊土。傍洞窟神仙，中巖宅龍虎。名從乾取象，位與坤作輔。鸞鶴自相羣，前人空若瞽。巉巉割秋碧，媧女徒巧補。視聽出塵埃，處高心漸苦。纔登招手石，肘底笑天姥。仰看華蓋尖，赤日雲上午。奔雷撼深谷，下見山脚雨。回首望四明，矗若城一堵。昏晨邈千態，恐動非自主。控鵠大夢中，坐覺身栩栩。東溟子時月，卻孕元化母。彭蠡不盈杯，浙江微辨縷。石梁屹橫架，萬仞青壁豎。卻瞰赤城顛，勢來如刀弩。盤松國清道，九里天莫覩。穹崇上攢三，突兀傍聳五。空崖絕凡路，癡立麋與麈。邈峻極天門，覷深窺地户。金庭路非遠，徒步將欲舉。身樂道家流，惇儒若一矩。行尋白雲叟，禮象登峻宇。佛窟繞杉嵐，仙壇半榛莽。懸崖與飛瀑，險噴難足俯。海眼三井通，洞門雙闕拄。瓊臺下昏側，手足前采乳。但造不死鄉，前勞何足數？

送蜀客

楚客去岷江，西南指天末。平生不達意，萬里船一發。行行三峽夜，十二峯頂一作「上」。月。哀猿別曾林，忽忽聲斷咽。嘉陵水初漲，巖嶺耗積雪。不妨高唐雲，卻藉宋玉説。峨眉遠凝黛，脚底谷洞穴。錦城晝氳氳，錦水春活活。成都滯遊地，酒客須醉殺。莫戀卓家壚，相如已屑屑。

西江行

日下西塞山，南來洞庭客。晴空一鳥渡，萬里秋江碧。惆悵異鄉人，偶言空脉脉。

湞川寺路

日沈西澗陰，遠驅愁突兀。煙苔濕凝地，露竹光滴月。時見一僧來，柳邊雲勃勃。

夜　雨

靄靄雲四黑，秋林響空堂。始從寒瓦中，淅瀝斷一作『滴入愁』。人腸。愁腸方九迴，寂寂夜未央。

秋晚途中作

落日馳車道，秋郊思不勝。水雲遥斷緒，山日半銜棱。遠吠鄰村處，計想羡他能。

團扇郎

白團扇，今來此去捐。願得入郎手，團圓郎眼前。

拔蒲歌

拔蒲來，領郎鏡湖邊。郎心在何處？莫趁新蓮去。拔得無心蒲，問郎看好無？

七言古六首

劉世珩從全唐詩補入

車遥遥

東方曨曨車軋軋，地色不分新去轍。閨門半掩窗一作『牀』。半空，斑斑枕花殘淚紅。君心若車千萬轉，妾身如轍遺漸遠。碧川迢迢一作『樓迢』，一作『樓樓』。山宛宛，馬蹄在耳輪在眼。桑間女兒情不淺，莫道野蠶能作繭。

捉搦歌

門上關，牆上棘，窗中女子聲唧唧。洛陽大道徒自直，女子心在婆舍側。嗚嗚籠鳥觸四隅，養男男娶婦，養女女嫁夫。阿婆六十翁七十，不知女子長日泣，從他嫁去無悒悒。

雁門太守行

城頭月没霜如水，趚趚蹋沙人似鬼。鐙前拭淚試香裘，長引一聲殘漏子。駝囊瀉酒酒一杯，前頭滴血心不回。閨中年少妻莫哀，魚金虎竹天上來，雁門山邊骨成灰。

思歸引

重重作閨清且鐍，兩耳深聲長不徹。深宮坐愁百年身，一片玉中生憤血。焦桐彈罷絲自絕，漠漠暗魂愁夜月。故鄉不歸誰共穴？石上作蒲蒲九節。

司馬相如琴歌

鳳兮鳳兮非無皇，山重水闊不可量。梧桐結陰在朝陽，濯羽弱水鳴高翔。

雉朝飛操

朝陽隴東泛暖景，雙啄雙飛雙顧影。朱冠錦襦聊日整，漠漠霧中如衣褧。傷心盧女弦，七十老翁長獨眠。雄飛在草雌在田，衷腸結憤氣呵天。聖人在上心不偏，翁得女妻甚可憐。

五言雜題七十六首

觀徐州李司空獵

曉出郡城東，分圍淺草中。紅旗開向日，白馬驟迎風。背手抽金鏃，翻身控角弓。萬人齊指處，一雁落寒空。

獵

殘獵渭城東，蕭蕭西北風。雪花鷹背上，冰片馬蹄中。臂挂捎荆兔，腰懸落箭鴻。歸來逞餘勇，兒子亂彎弓。

鸚鵡

棲棲南越鳥，色麗思沈淫。暮隔碧雲海，春依紅樹林。雕籠悲斂翅，畫閣豈關心？無事能言語，人聞怨恨深。

再吟鸚鵡

萬里去心違，奇毛覺自非。美人憐解語，凡鳥畏多機。未勝無丹觜，何勞事緑衣？雕籠終不戀，會向故山歸。

酬鄭模一作『樸』司直見寄

故人滄海曲，聊復話平生。喜是狂奴態，羞爲老婢聲。官一作『宦』。途終日薄，身事一作『計』。長年輕。猶賴書千卷，長隨一棹行。

送蘇紹之歸嶺南

孤舟一作『身』。越客吟，萬里曠離襟。一作『衿』。夜月江流闊，春雲嶺路深。珠繁楊氏果，翠耀孔家禽。無復天南夢，相思空樹林。

送沈下賢謫尉南康

秋風江上草，先是客心摧。萬里故人去，一行新雁來。山高雲緒斷，浦迥日一作『月』。波頽。莫怪南康遠，相思不可裁。

送盧弘本浙東覲省

東望故山高，秋歸值小舠。懷中陸績橘，江上伍員濤。好去寧鷄口，加餐及蟹螯。知君思無倦，一作『限』。爲我續一作『讀』。離騷。

晚次荆溪館呈崔明府

艤舟陽羨館，飛步繚疏楹。山暝水雲碧，月涼煙樹清。長橋深漾影，遠櫓下摇聲。況是無三害，絃歌初政成。

寄朗州徐員外

江嶺昔飄蓬，人閒值俊雄。闕西今孔子，城北舊徐公。清夜遊何處，良辰此不同。傷心幾年事，一半在湖中。

旅次上饒溪

碧溪行幾折，凝棹宿汀沙。角斷孤城掩，樓深片月斜。夜橋昏水氣，秋竹静霜華。更想曾題壁，彫零可歎嗟。

送徐彦夫南遷

萬里客南遷，孤城漲海邊。瘴雲秋不斷，陰火夜長然。月上行虚市，風迴望舶船。知君還自潔，更爲酌貪泉。

送韋整尉長沙

遠遠一作『道』。長沙去，憐君利一作『屈』。一官。風帆彭蠡疾，雲水洞庭寬。木客提蔬束，江烏接飯丸。莫言卑濕地，未必乏新歡。

送外甥

衰年生姪少，惟爾最關心。偶作魏舒别，聊爲殷浩吟。白波舟不定，黄葉路難尋。自此尊中物，誰當更共斟？

贈薛鼎臣侍卿 一作送劉崇德尉睦州建德縣

一命前途遠，雙曹小邑閒。夜潮人到一作『帶』。郭，春霧鳥啼山。淺瀨横沙堰，高巖峻石班。不堪曾倚棹，猶復夢昇攀。

送曾黯遊夔州

不遠夔州路，層波灩澦連。下來千里峽，入去一條天。樹色秋帆上，灘聲夜枕前。何堪正危側，百丈半山巔？

送李長史歸涪州

涪江江上客，歲晚卻還鄉。暮過高唐雨，秋經巫峽霜。急灘船失次，疊障樹無行。好爲題新什，知君思不忘。

贈契衡上人

小門開板閣，終日是逢迎。語笑人同坐，修持意別行。水花秋始發，風竹夏長清。不一作『二』。恨悽惶久，憐師記姓名。

走筆贈許玖赴桂州命〔一〕

桂林真重德，蓮幕藉殊才。直氣自消瘴，遠心無甕灰。劍稜叢石險，箭激亂流迴。莫説雁不到，長江魚盡來。

題上饒亭

溪亭拂一琴，促軫坐披衿。夜月水南寺，秋風城外砧。早霜紅葉静，新雨碧潭深。惟是壺中物，憂來且自斟。

題僧壁

出門無一事，忽忽到天涯。客地多逢酒，僧房卻厭花。棋因王粲覆，鼓是禰衡撾。自喜疏成品，生前不怨嗟。

寄盧載

故人盧氏子，十一作『數』。載曠佳期。少見雙魚信，多聞八米詩。侏儒他甚飽，款段爾應羸。勿謂今劉二，相逢不熟餖。

送楊秀才遊蜀

鄂渚逢遊客，瞿塘上去船。峽深明月夜，江静碧雲天。舊俗巴渝舞，新聲一作『離情』。蜀國絃。不堪揮慘恨，一涕自潸然。

送楊秀才往夔州

鄂渚逢遊客，瞿塘上去船。此二句與送楊秀才遊蜀詩同。南連萬里海，狹入一條天。鳥影沈沙日，猿聲隔樹煙。新詩逢北使，爲草幾巴箋。

途中逢李道實遊蔡州

征馬漢江頭，逢君上蔡遊。野橋經亥市，山路過申州。僻地人行澀，荒林虎迹稠。殷勤話新守，生物賴諸侯。

江南雜題

積潦池新漲，頹垣址舊高。怒蛙横飽腹，鬬雀墮輕毛。碧瘦三稜草，紅鮮百葉桃。幽棲日無事，痛飲讀離騷。

潤州楊別駕宅送蔣侍御收兵歸揚州〔一〕

冷氣清金虎，兵威壯鐵冠。揚旌川色暗，吹角水風寒。人對輜軿醉，花垂睥睨殘。羨歸丞相閣，空望舊門闌。

閒　居

僻巷新苔徧，空庭弱柳垂。井闌防稚子，盆水試鵝兒。喜客加籩食，邀僧長路棋。未能抛世事，除此更何爲？

富陽道中送王正夫

析析上荒原，霜林赤葉翻。孤帆天外出，遠戍日中昏。摘橘防深刺，攀蘿畏斷根。何堪衰草色，一酌送王孫。

送韋正貫赴制舉

一作韋正字枍貫赴制舉。舉，一作『科』。

可愛漢文年，鴻恩蕩海壖。木鷄方備德，金馬正求賢。大戰希游刃，長途在著鞭。佇看晁董策，便向史中傳。

贈貞固上人

南國披僧籍，高標一道林。律儀精氎布，真行正吞鍼。掇火身潛起，焚香口旋吟。非論坐中社，余亦舊知音。

題贈志凝上人

悟色身無染，觀空事不生。道心長日笑，覺路幾年行。片月山林一作『房』。靜，孤雲海棹輕。願爲塵外契，一就智珠明。

送瓊貞發述懷

送出南溪日，離情不忍看。漸遥猶顧首，帆去意難判。最恨臨行夜，相期幾百般。但能存歲節，終久得同歡。

贈靈澈上人

老僧何處寺，秋夢繞江濱。獨樹月中鶴，孤舟雲外人。榮華長指幻，衰病久一作『病久不』。觀身。應笑無成者，滄洲垂一輪。一作『綸』。

溪行寄京師故人道侣 一本無『京師故人』四字

白日長多事，清溪偶獨尋。雲歸秋水闊，月出夜山深。坐想天涯去，行悲澤一作『海』。畔吟。東郊一作『京華』。故人在，應笑未抽簪。一作『誰復念浮沈』。

贈僧雲栖

麈尾與筇杖，幾年離石壇。梵餘林雪厚，棋罷岳鐘殘。開卷喜先悟，漱瓶知早寒。衡陽寺前雁，今日到長安。

送魏尚書赴鎮州行營

河塞日駸駸，恩讎報盡深。伍員忠是節，陸績孝爲心。坐激書生憤，行歌壯士吟。慙非燕地客，不得受黄金。

寄遷客

萬里南遷客，辛勤嶺路遥。溪行防水弩，野店避山魈。瘴海須求藥，貪泉莫舉瓢。但能堅志義，白日甚昭昭。

題蘇小小墓

漠漠窮塵地，蕭蕭古樹林。臉濃花自發，眉恨柳長深。夜月人何待，春風鳥自一作『爲』。吟。不知誰共穴，徒願結同心。

江　南一本作江上旅泊，一本作江南作。

楚塞南行久，秦城北望遥。華年花已過，衰病柳先彫。客淚收迴日，鄉心寄落潮。殷勤問春雁，何處是煙霄？

題王右丞山水障子二首

精華在筆端，咫尺匠心難。日月中堂見，江湖滿座看。夜凝嵐氣濕，秋浸壁光寒。料得昔人意，平生詩思殘。

右丞今已沒，遺畫世間稀。咫尺江湖盡，尋常鷗鳥一作『鴻雁』。飛。山光全在掌，雲氣欲生衣。以此常爲玩，平生滄海機。

將之衡陽道中作

萬里南方去，扁一作『孤』。舟泛自一作『自販』。身。長年無愛物，深話少情人。醉臥襟長散，閒書字不貞。衡陽路猶遠，獨與雁爲賓。

讀狄梁公傳

失運廬陵厄，乘時武后尊。五丁扶造化，一柱正乾坤。上保儲皇位，深然國老勳。聖朝雖百代，長合問王孫。

題貞娘墓 在虎丘西寺内

佛地葬羅衣，孤魂此是歸。舞爲蝴蝶夢，歌謝伯勞飛。翠髮朝雲在，一作『斷』。青蛾夜月微。傷心一花落，無復怨一作『戀』。春暉。

洞庭南館

一徑逗霜林，朱闌繞碧岑。地盤雲夢角，山鎮洞庭心。樹白看煙起，沙紅見日沈。還因此悲屈，惆悵又行吟。

題贈仲儀上人院

星霜幾朝寺，香火静居一作『中』。人。黄葉不經意，青山無事身。拋生臺上日，結座覆中座。自説一時課，一作『乘果』。别來詩更新。

題聖女廟

古廟無人入，蒼皮澀老桐。蟻行蟬殼上，蛇竄雀巢中。淺水孤舟泊，輕塵一座蒙。晚來雲雨去，荒草是殘風。

題山水障子

一見秋山色，方憐畫手稀。波濤連壁動，雲物下檐飛。嶺樹冬猶發，江帆暮不歸。端然是漁叟，相向日依依。

詠　風

摇摇歌一作『遥遥輕』。扇舉，悄悄舞衣輕。引笛秋臨塞，吹沙夜繞城。向峯迴雁影，出峽送猿聲。何似琴中奏，依依帶别情？

奉和令狐相公送陳肱侍御

高館動離瑟，親賓聊歎稀。笑歌情不盡，歡待禮無違。清露府蓮結，碧雲皋鶴飛。還家與□惠〔三〕，雨露豈殊歸？

陪范宣城北樓夜讌

華軒敞碧流，官妓擁諸侯。粉項高叢鬢，檀妝慢裹頭。亞身摧蠟燭，斜眼送香球。何處偏堪恨，千迴下客籌。

憲宗皇帝挽歌詞

嗚咽上攀龍，昇平不易逢。武皇虚好道，文□未登封〔四〕。壽域無千載，泉門是九重。橋山非遠地，雲去莫疑峯。

發蜀客

風吹魯國人，飄蕩蜀江濱。濕地饒蛙黽，衰年足鬼神。時清歸去路，日復病來身。千萬長隄柳，從他爛熳春。

江城晚眺

重檻構雲端，江城四鬱盤。河流出郭靜，山色對樓寒。浪草侵天白，霜林映日丹。悠然此江思，樹杪幾檣竿。

題樟亭

曉霽憑虛檻，雲山四望通。地盤江岸絶，天映海門空。樹色連秋靄，潮聲入夜風。年年此光景，催盡白頭翁。

樂　静

引手强篸巾，徐徐起病身。遠心羣野鶴，閒話對村人。發匣琴徽静，開瓶酒味真。縱聞兵賦急，原憲本家貧。

登廣武原

廣武原西北，華夷此浩然。地盤山入海，河繞國連天。遠樹千門邑，高檣萬里船。鄉心日云暮，猶在楚城邊。

觀宋州田大夫打毬

白馬頓紅纓，梢毬紫袖輕。曉冰蹄下裂，寒瓦杖頭鳴。叉手膠黏去，分鬃綫道絣。自言無戰伐，髀肉已曾生。

題丹陽永泰寺練湖亭

小檻俯澄鮮，龍宫浸浩然。孤光懸夜月，一片割秋天。淺派殁沙草，餘波漂岸船。聊當因眹澮，披拂坐潺湲。

題程氏書齋

僻巷難通馬，深園不藉籬。青蘿纏柏葉，紅粉墜蓮枝。雨燕銜泥近，風魚咂網遲。緣君尋小阮，好是更題詩。

毀浮圖年逢東林寺舊

可惜東林寺，空門失所依。翻經謝靈運，畫壁陸探微。隙地泉聲遠，荒途馬迹稀。殷勤話僧輩，未敢保儒衣。

貴池道中作

羸驂驅野岸，山遠路盤盤。清露月華曉，碧江星影寒。離羣徒長泣，去國自加餐。霄漢寧無舊，相哀是一作『自』。語端。

喜王子載話舊

相逢青眼日，相歎白頭時。累話三朝事，重看一局棋。歡娛非老大，成長是嬰兒。且盡尊中物，無煩更後期。

秋日病中

淅淅檐前竹，秋聲拂簟涼。病加陰已久，愁覺夜初長。坐拾車前子，行看肘後方。無端憂食忌，開鏡倍萎黃。

訪許用晦

遠郭日曛曛，停橈一訪君。小橋通野水，高樹入江雲。酒興曾無敵，詩情舊逸羣。怪來音信少，五十我無聞。

題海鹽南館

故人營此地，臺館尚依依。黑夜山魈語，黄昏海燕歸。舊陰楊葉在，殘雨槿花稀。無復南亭賞，高檐紅燭輝。

晚秋江上作

萬里窮秋客，蕭條對落暉。煙霞山鳥散，風雨廟神歸。地遠蛩一作「蟲」。聲切，天長雁影稀。那堪正砧杵，幽思想寒衣。

吴宫曲

日下苑西宫，花飄一作「開」。香徑紅。玉釵斜白燕，羅帶弄青蟲。皓齒初含雪，柔條欲斷風。可憐傾國艷，一作「色」。誰信女爲戎？

賦昭君冢

萬里關山冢，明妃舊死心。恨爲秋色晚，愁結暮雲陰。夜切吴風起，天高漢月臨。已知無玉貌，何事送黄金？

哭汴州 一作『夷門』陸大夫

利劍一作『刃』。太堅操，何妨拔一毛？冤深陸機霧，憤積伍員一作『胥』。濤。直道非無驗，一作『險』。明時不録勞。誰當青史上，卒爲顯詞褒？

晚夏歸別業

古岸扁舟晚，荒園一徑微。鳥啼新果熟，花落故人稀。宿潤侵苔甃，斜陽照竹扉。相逢盡鄉老，無復話時機。

公子行

春色滿城池，杯盤著一作『看』。處移。燈金斜雁字，鞍帕嫩鵝兒。買笑歌桃李，尋歌折柳枝。可憐明月夜，長是管絃隨。

題曾氏園林

十畝長隄宅，蕭疏半老槐。醉眠風卷簟，棋罷月一作『日』。移階。斫樹遺桑斧，澆花濕筍鞋。還將齊物論，終歲自安排。

讀始興公傳

殁世議方存，昇平道幾論。詩情光日月，筆力動乾坤。亂首先雄算，朝綱在典墳。明時封禪績，山下見丘門。

中秋月

碧落桂含姿，清秋是素期。一年逢好夜，萬里見明時。絶域行應久，高城下更遲。人閒繫情事，何處不相思？

校記

〔一〕玖　張祜詩集校注作『玫』。
〔二〕本詩張祜詩集校注作李嘉祐詩。
〔三〕□　原刻爲墨釘，宋蜀刻本張承吉文集作『詡』。
〔四〕□　原刻爲墨釘，張承吉文集作『帝』。

張處士詩集卷之二

五言雜題四十三首〔一〕

江西道中作三首

日落江村遠，煙雲度幾重。問人孤驛路，驅馬亂山峯。夜入霜林火，寒生水寺鐘。淒涼哭途意，行處又饑凶。

西江江上月，遠遠照征衣。夜色草中網，秋聲林外機。渚田牛路熟，石岸客船稀。無復是鄉井，鷓鴣聊自飛。

秋灘一望平，遠遠見山城。落日啼烏柏，空林露寄生。燒畬殘火色，盪槳夜溪聲。況是曾遊處，荒田小變更。

題常州水西館

隙地叢篔植，修廊列堵環。樓臺疏占水，岡岸遠成山。盡日草深映，無風舟自閒。聊當俟一作『候』。芳夕，一泛芰荷閒。

題李瀆山居玉潭一作玉潭山居

古樹千年色，蒼崖百尺陰。髮寒泉氣静，神駭玉光沈。上穴青冥小，中連碧海深。何當煙月下，一聽夜龍吟。

題陸墉金沙洞居

東溪泉一眼，歸臥愜高疏。決水金沙静，梯雲石壁虚。細吟搔短髮，深話笑長裾。莫道遺名品，嘗聞入洛初。

題陸敦禮山居伏牛潭

伏牛真怪事，餘勝幾人諳？日彩沈青壁，煙容静碧潭。泛心何慮冷，漱齒詎忘甘？幸挈壺中物，期君止興酣。

旅次石頭岸

行行石頭岸，身事兩相違。舊國日邊遠，故人江上稀。水聲寒不盡，山色暮相依。惆悵未成語，數行鵶又飛。

觀宋州于使君家樂琵琶

歷歷四絃分，重來上界聞。玉盤飛夜雹，一作「電」。金磬入秋雲。隴霧笳凝水，砂風雁咽羣。不堪天塞恨，青冢是昭君。

箏

綽綽下雲煙，微收皓腕鮮。夜風生碧柱，春水咽紅絃。翠佩輕猶觸，鶯枝澀未還。芳音何更妙，清月共嬋娟。

吹（一作歌）

一夜列三清，聞歌曲阜城。雪飛紅燼影，珠貫碧雲聲。皓齒嬌微發，青蛾怨自生。不知新弟子，誰解囀喉輕？

笙

董雙成一妙，歷歷韻風篁。清露鶴聲遠，碧雲仙吹長。氣侵銀項濕，膏殁漆瓢香。曲罷不知處，巫山空夕陽。

五絃

小小月輪中，斜抽半袖紅。玉瓶秋滴水，珠箔夜懸風。徵調侵絃乙，商聲過指攏。只愁纔曲罷，雲雨去巴東。

觱篥

一管妙清商，纖紅玉指長。雪藤新換束，霞錦旋抽囊。併揭聲猶遠，深含曲未央。坐中知密顧，微笑是周郎。

笛

紫清人一管，吹在月堂中。雁起雪雲夕，龍吟煙水空。虜塵深漢地，羌思切邊風。試弄陽春曲，西園桃已紅。

舞

荆臺呈妙舞，雲雨半羅衣。裊裊腰疑折，褰褰袖欲飛。霧輕紅躑躅，風豔紫薔薇。强許傳新態，人間弟子稀。

箜篌

星漢夜牢牢，深簾調更高。亂流公莫度，沈骨嫗空嘷。向月輕輪甲，迎風重紉條。不堪聞別引，滄海恨波濤。

簫

清籟遠愔愔，秦樓夜思深。碧空人已去，滄海鳳難尋。杳妙和雲絶，依微向水沈。還將九成意，高閣佇芳音。

夕次桐廬

百里清溪口，扁舟此去過。晚潮風勢急，寒葉雨聲多。戍出山頭鼓，樵通竹裏歌。不堪無酒夜，回首夢煙波。

入潼關

都城三百一作『二百』。里，雄險此迴環。地勢遥尊嶽，河流側讓關。秦皇曾虎視，漢祖昔龍顔。何處梟凶輩，干戈自不閒。

南宫歎亦述玄宗追恨太真妃事

北陸冰初結，南宫漏更長。何勞卻睡草，不驗返魂香。月隱仙娥豔，風殘夢蝶揚。徒悲舊行迹，一夜玉階霜。

題平望驛 一本無『題』字

一派吳興水，西來此驛分。路遥經幾日，身去是孤雲。雨氣朝忙蟻，雷聲夜聚蚊。何堪秋草色，到處重離羣。

隋宫懷古

廢宫深苑路，煬帝此東行。往事餘山色，流年是水聲。古牆丹雘盡，深棟墨煤生。惆悵從今客，經過未了情。

偶蘇求至話别 按，後六句與送蘇紹之歸嶺南詩同。

幾年滄海别，萬里白頭吟。夜月江流闊，春雲嶺路深。珠繁楊氏果，翠耀孔家禽。無復天南夢，相思空樹林。

秋霽 一作『齋』

垂老歸休意，棲棲陋巷中。暗燈棋子落，殘語酒瓶空。滴幂侵檐露，虛疏入檻風。何妨一蟬嘒，自抱木蘭叢。

詠史二首

漢代非良計，西戎世世塵。無何求善馬，不算苦生民。外國雖虛結，中華憤莫伸。卻教爲後恥，昭帝遠和親。

留名魯連去，於世絶遺音。盡愛聊城下，寧知滄海深？偶然飛一箭，無事在千金。迴望凌煙閣，何人是此心？

洞房燕

清曉洞房開，佳人喜燕來。乍疑釵上動，輕似掌中迴。暗語臨 一作『通』。窗户，深窺傍鏡臺。新妝 一作『妝成』。正含思，莫拂畫梁埃。

答僧贈拄杖

千迴掌上横，珍重遠方情。客問何人與，閩僧寄一莖。畫空疑未決，卓地計初成。幸以文堪采，扶持力不輕。

鷺鷥

深窺思不窮，揭趾淺沙中。一點山光浄，孤飛潭影空。暗棲松葉露，雙一作『輕』。下蓼花風。好是滄波侶，垂絲趣亦同。

塞下

萬里配長征，連年慣野營。入羣來揀馬，抛伴去禽生。箭插雕翎闊，弓盤鵲角輕。閒看行近遠，西去受降城。

憶雲陽宅

一別雲陽宅，深愁度歲華。翠濃春檻柳，紅滿夜庭花。鳥影垂纖竹，魚行踐淺沙。聊當因寤寐，歸思浩無涯。

題造微禪師院

夜香聞偈後，岑寂掩雙扉。照竹鐙和雪，穿雲一作『松』。月到衣。草堂疏磬斷，江寺故人稀。惟憶江南雨，春風獨鳥啼。

酬武蘊之乙丑之歲始見華髮余自悲遂成繼和

賈生年尚少，華髮近相侵。不是流光促，因緣別恨深。憐君成苦調，感我獨長吟。豈料清秋日，星星共映簪？

題萬道人禪房

何處鑿禪壁？西南江上峯。殘陽過遠水，落葉滿疏鐘。世事静中去，道心塵外逢。欲知情不動，牀下虎留踪。

病後訪山客

久病倦衾枕，獨行來訪君。因逢歸馬客，共對出溪雲。新月坐中見，暮蟬愁處聞。相歡貴無事，莫想路歧分。

題松汀驛 一本無『題』字

山色遠含空，蒼茫澤國東。海明先見日，江白迥聞風。鳥道高原去，人煙小徑通。那知舊遺逸，不在五湖中。

處士隱居

斜日半飛閣，高簾輕翳一作『檐翳遠』。空。清香芙蓉水，碧冷琅玕風。絶岸派沿洑，修廊趾崇隆。惟當餌仙尤，坐作朱顔翁。

早春錢塘湖晚眺

落日下林坂，撫襟睇前蹤。輕澌流迴浦，殘雪明高峯。仰視天宇曠，俯登雲樹重。聊當問真界，昨夜西巒鐘。

濠州水館

高閣去煩燠，客心遂安舒。清流中浴鳥，白石下遊魚。秋樹色彫翠，夜橋聲裹虛。南軒更何待，坐見玉蟾蜍。

石頭城寺

山勢抱煙光，重門突兀傍。連檐金一作「天」。像閣，半壁石龕廊。碧樹藂高頂，清池占下方。徒悲宦遊意，盡日老僧房。

傷遷客歿南中

故人何處歿，謫宦極南天。遠地身狼狽，窮途事果然。白鬚纔過海，丹旐卻歸船。腸斷相逢路，新來客又遷。

烏夜啼

忽忽南飛返，危絲共怨悽。暗霜移樹宿，殘夜繞枝啼。咽絶聲重敘，愔淫思乍迷。不妨還報喜，誤使玉顏低。

校記

〔一〕三　原誤作『四』，據底本中張處士詩集子目目次校正。

張處士詩集卷之三

五言雜題三十六首

題潤州金山寺（一本無「題潤州」三字）

一宿金山寺，（一作「頂」）。超然離世羣。（一作「微茫水國分」）。僧歸夜船月，龍出曉堂雲。樹色（一作「影」）。中流見，鐘聲兩岸聞。翻思（一作「因悲」）。在朝（一作「城」）。市，終日醉醺醺。

題潤州甘露寺（一本無「題」字）

千重構横險，高步出塵埃。日月光先見，（一作「到」）。江山勢盡來。冷雲歸（一作「虛」）。水石，清露滴樓臺。況是東溟上，平生意一開。

題杭州孤山寺

樓臺聳碧岑，一徑入湖心。不雨山長潤，無雲水自陰。斷橋荒蘚澀，空院落花深。猶（一作

「獨」。憶西窗月，一作「夜」。鐘聲在一作「到」。此一作「北」。林。

題餘杭一作「姚」縣龍泉觀一本無「題」字

四迴一作「明」。山一面，臺殿已嵯峨。中路見山一作「江」。遠，上方行石多。大一作「山」。晴花氣漫，地暖鳥音一作「聲」。和。徒漱葛仙井，此生其一作「真」。奈何？

題徑山大覺禪師影堂

超然彼岸人，一徑謝微塵。見相即一作「想應」。非相，一作「想」。觀身應是身。空門性未滅，舊里化猶新。謾指堂中影，誰言影似真？

題濠州鍾離寺

遥遥東郭寺，數里占原田。遠岫碧光合，長淮清派連。院藏歸鳥樹，鐘到落帆船。惟羡空門叟，棲心盡百年。

秋夜宿靈隱寺師上人居一本『人』下無『居』字

月色荒城外，江聲野寺中。貧知交道薄，老信釋門空。露葉彫階蘚，風枝戛井桐。不妨無酒夜，閒話值生公。

題蘇州靈巖寺

碧海西陵岸，吳王此盛時。山行今佛寺，水見舊宮池。亡國人遺恨，空門事少悲。聊當值僧侶，一作『語』。盡日把松枝。

題蘇州楞伽寺

樓臺山半腹，又此一經行。樹隔夫差苑，溪連句踐城。上坡松徑澀，深坐石池清。況是西峯頂，淒涼故國情。

蘇州思益寺

四面山形斷，樓臺此迴臨。兩峯高崒屼，一水下淫滲。鑿石西龕小，穿松北隝深。會當來結社，長日爲僧吟。

題重居寺

浮圖經近郭，長日羡僧閒。竹徑深開院，松門遠對山。重廊標板榜，高殿鎖金環。更問尋雷室，西行咫尺間。

題善權寺

碧峯南一寺，最勝是仙源。峻坂依巖壁，清泉泄洞門。金函崇寶藏，玉樹閟靈根。寄謝香花叟，一作『林客』。高踪不可援。

題南陵隱静寺

松徑上登攀，深行煙靄閒。合流廚下水，對聳殿前山。澗壁鳥音迴，泉源僧步閒。更憐飛一錫，天外與雲還。

題丘山寺

幾代儒家業，何年佛寺碑？地平邊海處，江出上山時。故國人長往，空門事可知。淒涼問禪客，身外即無爲。

題道光上人山院

真僧上方界，山路正巖巖。地僻泉長冷，亭香草不凡。火田生白菌，煙岫老青杉。盡日唯山水，當知律行嚴。

贈廬山僧

一室鑪峯下，荒榛手自開。粉牌新薤葉，竹援小葱臺。樹黑雲歸去，山明日上來。便知心是佛，堅坐對寒灰。

題惠山寺 一作常州無錫惠山寺

舊宅人何在，空門客自過。泉聲到池盡，山一作『月』。色上樓多。小洞生一作『穿』。斜竹，重階夾細一作「瘦」。莎。殷勤望一作「入」。城市，雲水暮鐘和。

題虎丘寺

輕棹駐迴流，門登西虎丘。霧青山月曉，雲白海天秋。倚殿松株澀，敧庭石片幽。青娥幾時墓，空色尚悠悠。

題普賢寺

何人知寺路，松竹暗春山。潭黑龍應在，巢空鶴未還。經年來客倦，半日與僧閒。更共嘗新茗，聞鐘笑語閒。

題虎丘東寺

雲樹擁崔嵬，深行異俗埃。寺門山外入，石壁地中開。仰砌池光動，登樓海氣來。傷心萬里一作「古」，一作「年」。意，金玉葬寒灰。

題虎丘西寺

囂塵楚城外，一寺枕通波。松色入門遠，岡形連院多。花時長到處，別路半經過。惆悵舊禪客，空房深薜蘿。

題招隱寺

千年戴顒宅，佛廟此崇修。古井人名在，清泉鹿迹幽。竹光寒閉院，山影夜藏樓。未得高僧旨，煙霞空暫浮。一作『游』。

塞下曲

二十逐嫖姚，分兵遠戍遼。雪迷經塞夜，冰壯渡河潮。促放雕難下，生騎馬未調。小儒何足問，看取劍横腰。

宿淮陰水館

積水自成陰，昏昏月映林。五更離浦棹，一夜隔淮砧。漂母鄉非遠，王孫道豈沈？不當無健嫗，誰肯效前心？

題小松

何處斸雲煙，新移此館前。碧姿塵不染，清影露長鮮。聳地心纔直，淩雲操未全。可悲人自老，何日是千年？

夏日梅溪館寄龐舍人

東陽賓禮重，高館望行期。掃簟因松葉，篸瓜使竹枝。卷簾聞鳥近，翻枕夢人遲。坐聽津橋說，今營太守碑。

感河上兵

一聞河塞上，非是欲觀兵。首尾誠須畏，膏肓慎勿輕。多門徒可入，盡室且思行。莫爲無媒者，滄浪不濯纓。

贈淮南將 一作少年行

年少好一作「少年足」。風情，垂鞭眥睚一作「賣眼」。行。帶金獅子小，裘錦麒麟獰。揀匠一作「選將」。裝銀一作「金」。鐙，堆一作「推」。錢買細箏。李陵雖效死，時論亦輕生。一作「得虛名」。

題惠昌上人院 一本「人」下無「院」字

半巖開一室，香燧細氛氳。石上潄秋水，月中行夏雲。律持僧講疏，經誦梵書文。好是風廊下，遥遥挂褐裙。

塞上曲

悲風卷地時，日暮帳初移。磧迴三通角，山寒一點棋。連收蹋索馬，引滿射雕兒。莫道功勳細，將軍昔戍師。

折楊柳

紅粉青樓曙，垂楊仲月春。懷君重攀折，非妾妬腰身。舞帶縈絲斷，嬌娥向葉嚬。橫吹凡幾曲，獨自最愁人。

采桑

自古多征戰，由來尚甲兵。長驅千里去，一舉兩番平。按劍從沙漠，歌謡滿帝京。寄言天下將，須立武功名。

禪智寺

寶殿依山嶮，臨虚勢若吞。畫檐齊木末，香砌壓雲根。遠景窗中岫，孤煙竹裏一作『海上』。村。憑高聊一望，鄉思隔吳門。

寄題商洛王隱居〔一〕

近逢商洛口，知爾坐南塘。草閣平春水，柴門掩夕陽。隨蜂收野蜜，尋麝采生香。更憶前年醉，松花滿石牀。

送客歸湘楚〔二〕

無辭一杯酒，昔日與君深。秋色換歸鬢，曙光生別心。桂花山廟冷，楓樹水樓陰。此路千餘里，應勞楚客吟。

登金山寺〔三〕

古今斯島絶，南北大江分。水闊吞滄海，亭高宿斷雲。返潮千澗落，啼鳥半空聞。皆是登臨處，歸帆酒半醺。

校記

〔一〕本詩張祜詩集校注作唐代許渾詩。

〔二〕本詩張祜詩集校注作唐代許渾詩。

〔三〕本詩張福清關於張祜詩歌注釋辨僞輯佚的幾個問題作明代張祜詩，江南大學學報（人文社科版）二〇〇六年第四期。

張處士詩集卷之四

七言律二十四首 劉世珩從全唐詩補入

洛陽感寓

擾擾都城曉一作『晚』。四開，不關名利也塵埃。千門甲第身遥入，萬里銘旌死後來。洛水暮煙一作『天』，一作『雲』。橫莽蒼，丘山秋日露崔嵬。須知此事堪爲鏡，莫遣黄金漫作堆。

從軍行

少年金紫就光輝，直指邊城虎翼飛。一卷旌一作『旍』。收千騎虜，萬全身出百重圍。黄雲斷塞尋鷹去，白草連天射雁歸。白首漢廷刀筆吏，丈夫功業本相依。

愛妾換馬二首

一面妖桃千里蹄，嬌一作『芳』。姿駿骨價應齊。乍一作『試』。牽玉勒辭一作『超』。金棧，一作

『埒』。催一作『初』。整花鈿出繡閨。去日豈無沾袂一作『袖』。泣，歸時還有一作『別時猶解』。頓銜嘶。嬋娟躞蹀春風裏，一作『暮』。揮手摇鞭楊柳隄。

綺一作『粉』。閣香銷華殿空，忍將行雨換追風。休憐柳葉雙眉翠，一作『緣』。卻愛桃花兩耳紅。侍宴永辭春色裏，趁朝休立漏聲中。恩勞未盡情先盡，暗泣嘶風一作『長嘶』。兩意同。

此篇一作陳標詩。

病宫人 一作袁不約詩

佳人卧病動經秋，簾幕繿縿不挂鉤。四體强扶藤夾膝，雙鬟慵插一作『整』。玉搔頭。花顔有幸君王問，藥餌無徵待詔愁。惆悵近來消瘦盡，淚珠時傍枕函流。

觀杭州柘枝

舞停歌罷鼓連催，軟骨仙一作『纖』。娥暫起來。紅罨畫衫纏腕出，碧排方胯背腰來。旁收拍拍金鈴擺，脚踏聲聲錦袎推。看著偏頭香袖褶，粉屏香一作『蘭』。帕又重隈。一作『偎』。

周員外席上觀柘枝 一作周員外出雙舞柘枝妓

畫鼓拖環錦臂攘，小娥雙换舞衣裳。金絲蹙霧紅衫薄，銀蔓垂花紫帶長。鸞影乍迴頭並一作『對』。舉，鳳聲初歇翅齊張。一時欻腕一作『折』。招殘拍，斜斂輕身拜玉郎。

觀楊瑗柘枝

促疊蠻鼉引柘枝，卷檐虚帽帶交垂。紫羅衫宛蹲身處，紅錦靴柔踢節時。微動翠蛾拋舊態，緩遮檀口唱新詞。看看舞罷輕雲起，卻赴襄王夢裏期。

感王將軍柘枝妓殁

寂寞春風舊柘枝，舞人休唱曲休吹。一作『美人休舞曲停吹』。鴛鴦鈿帶拋何處，孔雀羅衫付阿誰？畫鼓不聞招節拍，錦靴空一作『虚』。想挫腰肢。今來座上偏惆悵，一作『翻如醉』。曾是堂前一作『見梨園』。教徹時。

揚州法雲寺雙檜

謝家雙植本圖一作『南』。榮，樹老人因一作『亡』。地變更。朱頂鶴知深蓋偃，白眉僧見小枝生。高臨月殿一作『户』。秋雲影，静入風檐一作『廊』。夜雨聲。縱使一作『從此』。百年爲上壽，緑陰終借暫時一作『是借君』。行。

憶遊天台寄道流

憶昨天台到赤城，幾朝仙籟耳中生。雲龍出水風聲過，海鶴鳴皋日色清。石筍半山移步險，桂花當洞拂衣輕。今來盡是人間夢，劉阮茫茫何處行？

寄王尊師

天台南洞一靈仙，骨聳冰稜貌瑩然。曾對浦雲一作『樗蒲』。長昧齒，重來華表不知年。溪橋晚下玄龜出，草露朝行白鹿眠。猶憶夜深華蓋上，更無人處話丹田。

公子行

錦堂晝永繡簾垂，一作『玉堂前後畫簾垂』。立卻花驄待出時。紅粉美人擎酒勸，錦一作『青』。衣年少一作『健僕』。臂鷹隨。輕將玉杖敲花片，旋把金鞭約柳枝。一作『絲』。近地一作『晴日』。獨遊三五騎，等閒行傍曲江池。

寓懷寄蘇州劉郎中 時以天平公薦罷歸

一聞周召佐明時，西望都門强策羸。天子好文才自薄，諸侯力薦命猶奇。賀知章口徒勞說，孟浩然身更不疑。唯是勝遊行未徧，欲離京國尚遲遲。

和杜牧之齊山登高 一作奉和池州杜員外重陽日齊山登高

秋溪南岸菊霏霏，急管煩一作『繁』。弦對落暉。紅葉樹深山徑斷，碧雲江静浦帆稀。不堪孫盛嘲時笑，願送王弘醉夜歸。流落一作『浪』。正憐芳意在，砧聲徒促授寒衣。

題于越亭〔一〕

扁舟亭下駐煙波，十五年遊重此過。洲觜露沙人渡淺，樹梢藏竹鳥啼多。山銜落照欹紅蓋，水蹙斜文卷綠羅。一作『層闌漲水痕猶在，古板題詩字已訛』。腸斷中一作『況是高』。秋正圓月，夜來誰一作『可堪聞』。唱異鄉歌？

秋夜登潤州慈和寺上方上方，一作『塔』。

清夜浮埃暫歇一作『暫出』，一作『歇井』。鄽，塔輪金照露華鮮。人行中路月生海，鶴語上方星滿天。樓影半一作『暗』。連深岸水，鐘聲寒徹遠林一作『溪』。煙。僧房閉盡下樓去，一半夢魂離一作『歸』。世緣。

寄獻蕭相公

東去江干一作『山』。是勝遊，鼎湖興一作『相』。望不堪愁。謝安近日違朝旨，傳說當時允帝求〔二〕。暫向聊城飛一箭，長爲滄海繫扁舟。分明此事無人見，白首相看未肯休。

哭京兆龐尹

揚子江一作『津』。頭昔共迷，一爲京兆隔雲泥。故人昨日同時弔，舊馬今朝別處嘶。向壁愁眉無復畫，扶牀稚齒已能啼。也知世路名一作『多』。堪貴，一作『歎』。誰信莊周論物一作『物調』，一作『物論』。齊？

送周尚書赴滑臺〔三〕

楚謡襦袴整三年，喉舌新恩下九天。鼓角雄都分節鉞，蛇龍舊國罷樓船。崑河已在兵鈐内，堂柳空留鶴嶺前。多病無由酬一顧，鄢陵千騎去翩翩。

和杜使君九華樓見寄

孤城高柳曉鳴鴉，風簾半鉤清露華。九峯聚翠宿危檻，一夜孤光懸冷沙。出岸遠暉帆欲落，入谿寒影雁差斜。杜陵歸去春應早，莫厭青山謝朓家。

送人歸蜀

錦城春色一作『櫂』。泝江源，三峽經過幾夜猿。紅樹兩厓開霽色，碧巖千仞漲波痕。蕭蕭暮雨荆王夢，漠漠春煙蜀帝魂。長怨相如留滯處，富家還憶卓王孫。

酬答柳宗言秀才見贈

南下天台壓絶冥，五湖波上汎如萍。江鷗自戲爲踪迹，野鹿閒驚是性靈。任子偶垂滄海釣，戴逵虚認少微星。金門後俊徒相唁，且爲人閒寄茯苓。

賦得福州白竹扇子探得『輕』字

金泥小扇謾多情，未勝南工巧織成。藤縷雪光纏柄滑，篾鋪銀薄露花輕。清風坐向羅衫起，明月看從玉手生。猶賴早時君不棄，每憐初作合歡名。

五言排律十首

中秋夜杭州玩月

萬古太陰精，中秋海上生。鬼愁緣辟照，人愛爲高明。歷歷華星遠，霏霏薄暈縈。影流江不盡，輪曳谷無聲。似鏡當樓曉，如珠出浦盈。岸沙全借白，山木半含清。小檻循環看，長隄蹋陣行。殷勤未歸客，煙水夜來情。

高閒上人

座上辭安國，禪房戀沃州。道心黄葉老〔四〕，詩思碧雲秋。卷軸朝廷餞，書函内庫收。陶欣入社叟，生怯論經儔。日色屏初揭，風聲筆未休。長波溢一作『浮』。海岸，大點出嵩丘。不絶羲之法，難窮智永流。殷勤一箋在，留著看銀鈎。

題靈隱寺師一上人十韻

八十空門子，深山土木骸。片衣閒百衲，單食老長齋。道性終能遣，人情少不乖。櫟栒居上院，薜荔俯層階。洗鉢前臨水，窺門外有一作『掩』。柴。朗吟揮竹拂，高揖曳芒鞋。迸筍斜穿隝，飛泉下噴崖。種花欣土潤，撥石慮沙埋。舊往師招隱，初臨我詠懷。何一作『聊』。當緣一作『因』。興玩，更爲表新牌。

投常州從兄中丞

扁舟何所往？言入善人邦。舊愛鵬搏海，今聞虎渡江。士因爲政樂，儒爲説詩降。素履冰容静，新詞玉潤摐。金魚聊解帶，畫鷁稍移椿。邀妓思一作『促坐邀』。逃席，留賓命倒缸。成龍須講郲，展驥莫先史一作『吏』。材誰是伍？經術世無雙。廣廈當宏構，洪鐘併待撞。寵。應念宗中末，秋螢照一窗。

送王昌涉侍御

十里指東平，軍前首出征。諸侯青服舊，御史紫衣榮。入陳梟心死，分一作『衝』。圍虎力生。畫時安楚塞，刻一作『剋』。日下齊城。號令朝移幕，偷踪夜斫營。雲梯曾險上，地道慣深行。舉旆招降將，投戈趁敗兵。自慙居虜者，當此立功名。

觀泗州李常侍打毬

日出樹烟紅，開場畫鼓雄。驟騎鞍上月，輕撥鐙前風。斗轉時乘勢，旁捎乍迸空。等來低背手，争得旋分鬃。遠射門斜入，深排馬迴通。遥知三殿下，長恨出征東。

少年樂 一作貴家郎

二十便封侯，名居第一流。緑鬟深小院，清管下高樓。醉把金船擲，閒敲玉鐙遊。帶盤紅鼴鼠，袍砑紫犀牛。錦袋歸調箭，羅鞋起撥毬。眼前長貴盛，那信世間愁？一作『碧瓦坊牆上，朱橋柳巷頭。眼前長少貴，那信有春愁』。

華清宫和杜舍人

五十年天子，離宫舊粉一作『仰傾』。牆。登封時正泰，御宇日初一作『何』。長。上位先名實，中興事憲章。舉一作『起』。戎輕甲胄，餘地取河湟。道帝玄元祖，儒封孔子王。因緣百司署，蘩會一人湯。渭水波摇緑，秦山一作『郊』。草半黄。馬頭開夜照，一作『馬馴金勒細』。鷹眼利星芒。一作『鷹健玉鈴鏘』。下箭朱弓滿，鳴鞭皓腕攘。畋思獲吕望，諫祇避周昌。兔迹貪前一笛逐，梟心不早防。幾添鸚鵡𨑝，頻一作「先」。賜荔支嘗。月鎖千門静，天高一作「吹」。涼。細音摇翠一作「羽」。佩，輕步宛霓裳。禍亂根一作「基」。潛結，昇平意遽忘。衣冠逃犬虜，鼙鼓動漁陽。外戚心殊迫，中途事可量。雪一作「血」。埋妃子貌，一作「豔」。刃斷禄兒腸。近侍煙塵隔，前踪輦路荒。益知迷寵佞，惟一作「遺」。恨喪忠一作「賢」。良。北闕尊明主，南宫遜上皇。禁清餘鳳吹，池冷映一作「睡」。龍光。祝壽山猶在，流年水共傷。杜鵑魂厭蜀，蝴蝶夢悲莊。雀卵遺雕栱，蟲絲罥畫梁。紫苔侵壁潤，紅樹閉門芳。守吏齊鴛瓦，耕民得翠璫。歡康一作「登年」。昔時一作「酺」。樂，講武舊兵場。莫草深巖靄，一作「翠」。幽花墜徑香。不堪垂白叟，行折御溝楊。

題杭州天竺寺

西南山最勝，一界是諸天。上路穿巖竹，分流入寺泉。躡雲丹井畔，望月石橋邊。洞壑江聲遠，樓臺海氣連。塔明春嶺雪，鐘散暮松煙。何處去猶恨，更看峯頂蓮。

題杭州靈隱寺

峯巒開一掌，朱檻幾環延。佛地花分界，僧房竹引泉。五更樓下月，十里郭中煙。後塔聳亭後，前山横閣前。溪沙涵水静，澗石點苔鮮。好是呼猿久，西巖深響連。

五言絶句四十二首

穆護砂〔五〕

玉管朝朝弄，清歌日日新。折花當驛路，寄與隴頭人。

思歸樂二首〔六〕

晚日催弦管，春風入綺羅。杏花如有意，偏落舞衫多。

萬里春應盡，三江雁亦稀。連天漢水廣，孤客未言歸。

金殿樂〔七〕

入夜秋砧動，千聲起四鄰。不緣樓上月，應爲隴頭人。

牆頭花二首

蟋蟀鳴洞房，梧桐落金井。爲君裁舞衣，天寒翦刀冷。
妾有羅衣裳，秦王在時作。爲舞春風多，秋來不曾著。

胡渭州〔八〕

楊柳千尋色，桃花一苑芳。風吹入簾裏，唯有惹衣香。

白鼻騧

爲底胡姬酒，長來白鼻騧。摘蓮抛水上，郎意在浮花。

戎　渾

風勁角弓鳴，將軍獵渭城。草枯鷹眼疾，雪盡馬蹄輕。此首即王維觀獵詩前四句。

楊下采桑〔九〕

飛絲惹緑塵，輭葉對孤輪。今朝入園去，物色强著人。

宫詞二首

故國三千里，深宫二十年。一聲河滿子，雙淚落君前。

自倚能歌日，先皇掌上憐。新聲何處唱？腸斷李延年。

昭君怨二首

萬里邊城遠，千山行路難。舉頭唯見日，一作『月』。何處是長安？

漢廷無大議，戎虜幾先和。莫羡傾城色，昭君恨最多。

夕次竟陵

南風吹五兩，日暮竟陵城。腸斷巴江月，夜蟬何處聲？

信州水亭

南檐架短廊，沙路白茫茫。盡日不歸去，一庭梔子香。

蘇小小歌三首

車輪不可遮，馬足不可絆。長怨十字街，使郎心四散。

新人千里去，故人千里來。翦刀橫眼底，方覺淚難裁。

登山不愁峻，涉海不愁深。中擘庭前棗，教郎見赤心。

樹中草

青青樹中草，託根非不危。草生樹卻死，榮枯君可知？

七里瀨漁家

七里垂釣叟，還傍釣臺居。莫恨無名姓，嚴陵不賣魚。

讀曲歌五首

窗中獨自起，簾外獨自行。愁見蜘蛛織，尋思直到明。

碓上米一作『人』。不舂，窗中絲罷絡。看渠駕去車，定是無四角。

不見心相許，徒云脚漫勤。摘荷空摘葉，是底采蓮人？

窗外山魈立，知渠脚不多。三更機底下，摸著是誰梭？

郎去摘黄瓜，郎來收赤棗。郎耕種麻地，今作西舍道。

玉樹後庭花

輕車何草草，獨唱後庭花。玉座誰爲主？徒悲張麗華。

莫愁樂

儂居石城下，郎到石城遊。自郎石城出，長在石城頭。

襄陽樂

大隄花月夜，長江春水流。東風正上信，春夜特來一作『待郎』。遊。

自君之出矣

自君之出矣，萬物看成古。千尋葶藶枝，争奈長長苦？

夢江南

行吟洞庭句，不見洞庭人。盡日碧江夢，江南紅樹春。

將離岳州留獻徐員外

高齋長對酒，下客亦霑魚。不爲江南去，還來郡北居。

題彭澤盧明府新樓

碧落新樓迴，清池古樹閑。先賢盡爲宰，空看縣南山。

贈禪師

坐見三生事，宗傳一衲來。已知無法說，心向定中灰。

江南逢故人

河洛多塵事，江山半舊遊。春風故人夜，又醉白蘋洲。

松江懷古

碧樹吳洲遠，青山震澤深。無人踪范蠡，煙水暮沈沈。

書　憤

三十未封侯，顛狂徧九州。平生鏌鋣劍，不報小人讎。

題孟處士一作『浩然』宅

高才何必貴，下位不妨賢。孟簡雖持節，襄陽屬浩然。

首陽竹

首陽山下路，孤竹節長存。爲問無心草，如何庇本根？

題僧影堂

寒葉墜清霜，空簾著燼香。生前既無事，何事更悲傷？

邊思

蘇武節旌盡，李陵音信稀。花當隴上發，人向隴頭歸。

戲簡朱壇詩

祜客於丹徒，有朱壇者輕佻，侮慢祜之篇詠。後壇與祜卷，欲其潤飾之，祜乃戲簡二十字，欣而不悟，厚爲餞别焉。

劉世珩從全唐詩夢詩補入。

昔人有玉碗，擊之千里鳴。今日覩斯文，碗有當時聲。

校記

〔一〕于　張祜詩集校注作『干』。

〔二〕傳　當作『傳』。

〔三〕本詩張祜詩集校注作陳陶詩。

〔四〕蘖　張福清關於張祜詩歌注釋辨僞輯佚的幾個問題作『蘗』，指的是張祜創立的黄蘗禪學。

〔五〕本詩張祜詩集校注作無名氏作品。

〔六〕本詩張祜詩集校注作無名氏作品。

〔七〕本詩張祜詩集校注作無名氏作品。

〔八〕本詩張祜詩集校注作無名氏作品。

〔九〕本詩張祜詩集校注作無名氏作品。

張處士詩集卷之五

七言絶句百一十四首

題秀師影堂

陰陰古寺松杉下，記得長明一焰燈。盡日看山人不會，影堂中是别來僧。

題弋陽館

一葉飄然下弋陽，殘霞昏日樹蒼蒼。吳溪漫淬干將劍，卻是猿聲斷客腸。

題一作「贈」李修源一作送温飛卿赴方城

岳陽一作「方城」。新尉曉衙參，卻是傍人意未甘。昨一作「盡」。夜與君思賈誼，長沙一作「瀟湘」。猶在洞庭南。

瓜洲聞曉角

寒耿星稀照碧霄，月樓吹角夜江遥。五更人起煙霜静，一曲殘聲送一作『遍』。落潮。

連昌宫

龍虎旌旗雨露飄，玉樓歌斷碧山遥。玄宗上馬太真去，紅樹滿園香自銷。

感春申君

薄俗何心議感恩，諂容卑迹賴君門。春申還道三千客，寂寞無人殺李園。

元日仗

文武千官歲仗兵，萬方同軌奏昇平。上皇一御含元殿，丹鳳門開白日明。

千秋樂

八月半時花蕚樓，萬方同樂是一作『奏』。千秋。傾城人看長竿出，一技初成趙解愁。

大酺樂二首

車駕東來值太平，大酺三日洛陽城。小兒一技竿頭絶，天下傳呼萬歲聲。

紫陌酺歸日欲斜，紅塵開路薛王家。雙鬟笑一作『前』。説樓前鼓，兩仗一作『妓』。争輪好落一作『結』。花。

正月十五日夜燈

千門開鎖夜燈明，正月中旬動帝京。三百内人連袖舞，一時天上著詞聲。

熱戲樂

熱戲争心劇火燒，銅鎚暗熱一作『執』。不相饒。上皇失喜寧王笑，百尺幢竿果動摇。

上巳樂

猩猩血綵繫頭標，天上齊聲舉畫橈。卻是内人争意切，六宫羅一作『紅』。袖一時招。

邠王小管

虢國潛行韓國隨，宜春深院映一作『闞』。花枝。金輿遠幸無人見，偷把邠一作『寧』。王小管吹。

李謨笛

平時東幸洛陽城，天樂宫中夜徹鳴。一作『明』。無奈李謨偷曲耳，一作『譜』。酒樓吹笛是新聲。

孟才人歎 并序

武宗皇帝疾篤，遷便殿，孟才人以歌笙獲寵者，密侍其右。上目之曰：『吾當不諱，爾何爲哉？』指笙囊曰：一作『泣曰』。『請以此就縊。』上憫然。復曰：『妾嘗藝歌，願對上歌一曲，以泄其憤。』上以懇許之。乃歌一聲河滿子，氣亟立殞。上令醫候之，曰：『脉乃一作『尚』。温而腸已絶。』及上一作『帝』。崩，將以一作『將殯帝』。其柩，舉之愈重。一作『柩重不可舉』。議者曰：『非俟才人乎？』爰命其櫬，及一本無『及』字。櫬至乃舉。嗟夫！才人以誠死，上以誠明，一作『命』。雖古之義激，無以過也。進士高璩登第年宴，傳於禁令，一作『伶』。明年秋，貢士文多以爲之目。大中三年，過一作『遇』。高由一作『於由』。拳話一作『哀話』。於余，聊爲興歎。詩曰：

宮中十二偶因歌態詠嬌嚬，一作『清唱奏歌頻』，劇談録作『詠歌頻』。傳唱一作『選入』，劇談録作『奏入』。宮中十二春。卻爲一作『絶後』。一聲河滿子，下泉一作『九原』。須弔舊劇談録作『孟』。才人。

退宮人二

開元皇帝掌中憐，流落人間二十年。長説承天門上宴，百官樓下拾金錢。

歌喉漸退出宮闈，泣話伶官上許歸。猶説入時歡聖壽，内人初著五方衣。

玉環琵琶

宮樓一曲琵琶聲，滿眼雲山是去程。迴顧段師非汝意，玉環休把恨分明。

春鶯囀

興慶池南柳未開，太真先把一枝梅。内人已唱春鶯囀，花下傞傞軟舞來。

寧歌一作『哥』來

日映宮城霧半開，太真簾下畏人猜。黄幡綽指向西樹，不信寧歌一作『哥』。迴馬來。

鄴中懷古

鄴中城下漳河水，日夜東流莫記春。腸斷宮中望陵處，不堪臺下也無人。

讀池州杜員外杜秋一本作『秋娘』詩

年少多情杜牧之，風流仍在杜秋詩。可知不是長門閉，也得相如第一詞。

杭州開元寺牡丹花

濃豔初開小藥闌，人人惆悵出長安。風流卻是錢塘寺，不蹋紅塵見牡丹。

招徐宗偃畫松石

咫尺雲山便出塵，我生長日自因循。馮君盡一作『畫』。取江南勝，留向東齋伴老身。

贈元道處士 一作贈處士

小徑上山山甚小，每憐僧院笑僧禪。人閒莫道無難事，二十年來已是玄。

平陰夏日作

西來漸覺細塵紅，擾擾舟車路向東。可惜夏天明月夜，上一作『土』。山前面障南風。

題酸棗驛前碑

蒼苔古澀字一作『自』。雕疏，誰道中郎筆力餘？長愛當時遇王粲，每來碑下不關書。

題朱邱一作『兵』曹山房

朱氏西齋萬卷書，水門山闊自高疏。我來穿穴非無意，願向君家作壁魚。

容兒鉢頭

争走金車叱鞅牛，笑聲惟是説千秋。兩邊角子羊門裏，猶學容兒弄鉢頭。

郊娘羯鼓

新教郊娘羯鼓成，大酺初日最先呈。冬兒指向真真一作『貞貞』。説，一曲乾鳴兩杖一作『杖子』。輕。

耍娘歌〔一〕

宜春花夜雪千枝，妃子偷行上密隨。便喚耍娘歌一曲〔二〕，六宫生老是蛾眉。

悖拏兒舞

春風南内百花時，道調一作『唱』。梁州急徧吹。揭手便拈金碗舞，上皇驚笑悖拏兒。

酬惟信上人贈張僧繇畫僧全唐詩載作題畫僧二首之一

骨峭情一作『清』。高彼岸人，一杯長泛海爲津。僧儀又入清流品，卻恐前生是許詢。

題靈澈上人舊房

寂寞空門支道林，滿堂詩版舊知音。秋風吹葉古廊下，一半繩牀燈影深。

晚秋潼關西門作

日落寒郊煙物清，古槐陰黑少人行。關門西去華山色，秦地東來河水聲。

贈内人

禁門宫樹月痕過，媚眼惟看宿鷺一作『燕』。窠。斜拔玉釵燈影畔，剔開紅焰救飛蛾。

折楊柳枝二首

莫折宫前楊柳枝，玄宗曾向笛中一作『玉笛』。吹。傷心日暮煙霞起，無限春愁生翠眉。

凝碧池邊斂翠眉，景陽樓下綰青絲。那勝妃子朝元閣，玉手和煙弄一枝。

華清宮四首

風樹離離月稍明，九天龍氣在一作『有』。華清。宮門深鎖無人覺，半夜雲中羯鼓聲。

天闕沈沈夜未央，碧雲仙曲舞霓裳。一聲玉笛向空盡，月滿驪山宮漏長。

紅樹蕭蕭閣半開，玉一作『上』。皇曾幸此宮來。至今風俗驪山下，村笛猶吹阿濫堆。

山一作『水』。遶宮牆處處聲，殘紅長綠露華清。武皇一夕夢不覺，十二玉樓空月明。

洛中作

元和天子昔平戎，惆悵金輿尚未通。盡日洛橋閒處看，秋風時節上陽宮。

送走馬使

新樣花紋配蜀羅，同心雙帶蹙金蛾。慣將喉舌傳軍好，一作『號』。馬迹鈴聲徧兩河。

贈竇家小兒

深緑衣裳小小人，每來廳一作『聽』。裹解相親。天生合去雲霄上，一尺松栽已出塵。

聽崔吕侍御葉家歌吕，一作『莒』，一本無『吕』字。

宛羅重縠起歌筵，活鳳生花動碧煙。一聲唱斷無人和，觸破秋雲直上天。

題畫僧

瘦頸隆肩碧眼僧，一作『生』。翰林親讚虎頭能。終年不語看如意，似證禪心入大乘。

長門怨

日映宫牆柳色寒，笙歌遥指碧雲端。珠鉛滴盡無心語，强把花枝冷笑看。

讀老莊

等閑緝綴閒言語，誇向時人唤作詩。昨日偶拈莊老讀，萬尋山上一毫釐。

偶題

古來名下豈虛爲？李白顛狂自稱時。惟恨世閒無賀老，謫仙常在没人知。

題御溝

萬樹垂楊拂御溝，溶溶漾漾繞神州。都緣濟物心無阻，從此恩波處處流。

别玉華仙侣

繞舍煙霞爲四鄰，寒泉白石日相親。塵機不盡住不得，珍重玉山山上人。

汴上同楊昇秀才送客歸 一作汴上送客

河流西下雁高飛，楚客相逢淚濕衣。張翰思鄉一作『歸』。何太切，扁舟不住又東歸。

平原路上題郵亭殘花 一作郵亭殘花

雲暗山横日欲斜，郵亭下馬對殘花。自從身逐征西府，每到花時不在家。

秋曉一作『時』送鄭侍御

離鴻聲怨碧雲净，楚瑟調高清曉天。盡日相看俱不語，西風摇落數枝蓮。

宿武牢關

行人候曉久徘徊，不待鷄鳴未得開。堪羨寒溪自無事，潺湲一夜向一作『宿』。關來。

夜宿溢浦逢崔昇

江流不動月西沈，南北行人萬里心。况是相逢雁天夕，星河寥落水雲深。

京城寓懷

三十年持一釣竿，偶隨書薦入長安。由來不是求名者，惟待春風看牡丹。

感　歸

行去一作『卻』。江南路幾千，歸來不把一文錢。鄉人笑我窮寒鬼，還似襄陽孟浩然。

偶作

徧識青青一作『霄』。路上人，相逢衹是語逡巡。可勝飲盡江南酒，歲月猶殘李白身。

題青龍寺

二十年沈滄海閒，一遊京國也應閒。人人盡到求名處，猶向青龍寺看山。

丁巳年仲冬月江上作

南來驅馬渡江濆，消息前年此月聞。惟是賈生先慟哭，不堪天意重陰雲。

勸飲酒

燒得硫黃謾學仙，未勝長付酒家錢。竇常不喫齊推藥，一作『樂』。卻在人閒八十年。

硫黃

一粒硫黃入貴門，寢堂深處問玄言。時人盡說韋山甫，昨日餘干弔子孫。

集靈一作『虛』臺二首

日光斜照集靈一作『虛』。臺，紅樹花迎曉露開。昨夜上皇新授籙，太真含笑入簾來。

虢國夫人承主恩，平明騎馬入金門。卻嫌脂粉污顏色，淡掃蛾眉朝至尊。此篇亦作杜甫詩。

阿鴇湯

月照宮城紅樹芳，綠窗燈影在雕梁。金輿未到長生殿，妃子偷尋阿鴇湯。

馬嵬歸

雲愁鳥恨驛坡前，孑孑龍旗指望賢。無復一生重語事，柘黃衫袖掩潸然。

馬嵬坡

旌旗不整奈君何？南去人稀北去多。塵土已殘香粉豔，荔枝猶到馬嵬坡。

太真香囊子

蹙金妃子小花囊，銷耗胸前結舊香。誰爲君王重解得？一生遺恨繫心腸。

散花樓

錦江城外錦城頭，回望秦川上軫憂。正值血魂來夢裏，杜鵑聲在散花樓。

雨霖鈴

雨霖鈴夜卻歸秦，猶見一作『是』。張徽一曲新。長説上皇和淚教，月明南内更無人。

聽劉端公田家歌全唐詩作聽歌二首之一

兒郎漫説囀喉輕，須待情來意自生。只是眼前絲和竹，大家聲裏唱新聲。

題宋州田大夫家樂邱家箏一作聽箏

十指纖纖玉筍紅，雁行輕遏翠絃中。分明似説長城苦，水咽雲寒一夜風。

狄家歌 全唐詩作聽歌二首之二

十二年前邊塞行，坐中無語歎歌情。不堪昨夜先垂淚，唱出陽關第一聲。

王家琵琶

金屑檀槽玉腕明，子絃輕撚爲多情。只愁拍盡涼州破，畫出風雷是撥聲。

董家笛 一作塞上聞笛

一夜梅花笛裏飛，陽春白雪復輝輝。一作『冷沙晴檻月光輝』。東風卻定北風起，一作『北風吹盡向何處』。高入塞雲燕雁稀。

王家五絃

五條絃出萬端情，撚撥閒關漫態生。惟羨風流田太守，小金鈴子耳邊鳴。

李家柘枝

紅一作「細」。鉛拂臉細腰人，金繡羅衫輭著身。長恐舞時殘拍盡，卻思雲雨更元一作「無」。因。

楚州韋中丞箜篌

千重鉤鎖撼金鈴，萬顆真珠瀉玉瓶。恰值滿堂人欲醉，甲光纔觸一時醒。

邊上逢歌者

垂老愁一作「秋」。歌出塞庭，遏雲相付舊秦青。少年翻擲新聲盡，卻向人前側一作「傾」。耳聽。

聽薛陽陶吹蘆管

紫清人下薛陽陶，末曲新笳調正高。無奈一聲天外絶，百年已死斷腸刀。

聽李簡上人吹蘆管三首 一本無『李』字

蜀國僧吹蘆一枝，隴西遊客淚先垂。至今留得新聲在，卻爲中原人不知。

細蘆僧管夜沈沈，越鳥巴猿寄恨吟。吹到耳邊聲盡處，一條絲斷碧雲心。

月落江城樹繞鴉，一聲蘆管是天涯。分明西國人來説，赤佛堂西是漢家。

聽岳州徐員外彈琴

玉律潛符一古琴，哲人心見聖人心。盡日南風似遺意，九疑猿鳥滿山吟。

經舊遊

去年來送行人處，依舊蟲聲古岸南。斜日照溪雲影斷，水葓花穗倒空彈。

東山寺

寒色蒼蒼老柏風，石苔清滑露光融。半夜四山鐘磬盡，水晶一作『精』。宫殿月玲瓏。

李夫人詞

延年不語望三星，莫説夫人上涕零。争奈世間惆悵在，甘泉宫夜見安一作『看圖』。形。

縱遊淮南

十里長街市井連，月明橋上看神仙。人生只合揚州死，禪智山邊一作『光』。好墓田。

櫻　桃

石榴未折梅猶小，愛此山光四五株。斜日庭前風裹裹，碧油千片漏紅珠。

鴻　溝

龍蛇百戰争天下，各制雄心指此溝。寧似九州分國土，地圖初割海中流。

題峯頂寺一本無『題』字

月明如水山頭寺，仰面看天石上行。夜半深廊人語定，一枝松動鶴來聲。

悲納鐵

長聞爲政古諸侯，使佩刀人盡佩牛。誰謂今來正耕墾，卻銷農器作戈矛。

題潤州鶴林寺

古寺名僧多異時，道情虚遣俗情悲。千年鶴在市朝變，來去舊山人不知。

題勝上人山房

清晝房廊山半開，一瓶新汲灑莓苔。古松百尺始生葉，颯颯風聲天上來。

題金陵渡

金陵津渡小山樓，一宿行人自可愁。潮落夜江斜月裏，兩三星火是瓜州。

過陰陵山 一本無『山』字

壯士悽惶到山下，行人惆悵上山頭。生前此路已迷失，寂寞孤魂何處遊？

過汾水關

千里南來背日行，關門無事一侯嬴。山根百尺路前去，十一作『半』。夜耳中汾水聲。

鉤弋夫人詞

惆悵雲陵事不迴，萬金重更築仙臺。莫言天上無消息，猶是夫人作鳥來。

登樂遊原

幾年詩酒滯江干，水積雲重思萬端。今日南方惆悵盡，樂遊原上見長安。

過石頭城

纍纍墟墓葬西原，六代同歸蔓草根。惟是歲華流盡處，石頭城下水千痕。

酬靈符一作『酬凌秀才』秀才惠枕一作『惠虎枕』

八寸黄楊惠不輕，虎頭光照簟文清。空心想此緣成夢，拔劍燈前一夜行。

黄蜀葵花

名花八葉嫩黄金，色照書窗透竹林。無奈美人閒把嗅，直疑檀口印中心。

楊　花

散亂隨風處處行，一作『匀』。庭前幾日雪花新。無端惹著潘郎鬢，驚殺緑窗紅粉人。

薔薇花

曉一作『明』。風扶盡燕支顆，夜雨催成蜀錦機。當晝開時正明媚，故鄉疑是買臣歸。

戲顔郎中 一作『官』獵 一本無『戲』字，一本有『騎』字。珩按，全唐詩載夢詩一首，有注云：温州顔郎中，儒士也，不知弧矢之能。張祜觀其騎獵馬上，以詩戲之。

忽聞射獵出軍城，人著戎衣馬帶纓。倒把角弓呈一箭，滿川狐兔當頭行。

江上旅泊呈杜員外

牛渚南來沙岸長，遠吟佳句望池陽。野人未必非毛遂，太守還須是孟嘗。

胡渭州

亭亭孤月照行舟，寂寂長江萬里流。鄉國不知何處是，雲山漫漫使人愁。

破陣樂

秋風四面足風沙，塞外征人暫別家。千里不辭行路遠，時光早晚到天涯。

楓橋

長洲苑外草蕭蕭，卻算遊城歲月遥。唯有別時今不忘，暮煙疏雨過楓橋。

即席爲詩以獻王侍中

劉世珩從劇談録補入

古來英傑動寰區，武德文經未有餘。王氏柱天勳業外，李陵章句右軍書。太平廣記作『十年受命鎮方隅，孝節忠規兩有餘。誰信將軍嘉政外，李陵章句右軍書」。

聯句 劉世珩從全唐詩聯句詩補入

妓席與杜牧之同詠

骰子逡巡裹手拈，無因得見玉纖纖。牧。但知報道金釵落，髣髴遥應露指尖。祜。

斷句 劉世珩從全唐詩補入

萬國見清道，一身成白頭。上令狐相公，以下見紀事。

此地榮辱盛，豈宜山中人？秋晚

椿兒繞樹春園裏，桂子尋花夜月中。見桂苑叢談。

一身扶杖二兒隨。見野客叢談。

夏雨蓮苞破，秋風桂子彫。題天竺寺，以下並見海録碎事。

杜鵑花發杜鵑叫，烏臼花生烏臼啼。

茶風無奈筆，酒秃不勝簪。

唐張承吉處士集五卷，爲明正德間刻本。詩祇五言律三卷，七言絶句二卷，且錯入五言古四首於七言絶句中，編次甚爲失當，因檢全唐詩互校，補入五七言古、七言律三體，得五古四首、七古六首、七律二十四首，又從劇談録及全唐詩聯句補入七言絶句二首，餘亦各有增益。有兩本所作不同者，均以『一作』注於下，重爲釐正，仍訂五卷，存其舊觀，並録紀事、詩話補載目録，可稱完善。後之人慎勿以正德本改此本也。光緒三十一年乙巳六月二十有九日開元鄉人彭城劉世珩識。

校　記

〔一〕要　張祜詩集校注作『要』。

〔二〕要　張祜詩集校注作『要』。

貴池唐人集　第四

周繇

詩一卷
附文一首

(康熙)池州府志卷第六十唐周繇傳第三

周繇字爲憲，至德人，登咸通十三年進士第，與許棠、張喬、鄭谷、李昌符、俞坦之、吳宰、張蠙、季棲遠、温憲齊名，謂之『咸通十哲』。嘗著明皇夢鍾馗賦曰：『皇躬抱疾，佳夢通神。見番綽兮上言丹陛，引鍾馗兮來舞華茵。寢酣方悦於宸扆，不知爲異；覺後全銷於美疢，始訝非真。開元中撫念齊民，憂勤大國。萬幾親決於宸斷，微瘧遂沾於聖德。金丹術士，殊乖九轉之功；銅籙醫師，又寡十全之力。爰感神物，來康哲王。於時漏滴長樂，鐘敲建章。扃禁闥兮閑羽衛，虚寢殿兮闃嬪嫱。虎魄枕攲，象榻透熒熒之影；蝦鬚簾捲，魚燈摇閃閃之光。聖魂惝怳以方寐，怪狀朦朧而遽至。硉矹標衆，顱頰特異。奮長髯於闊臆，斜領全開；搔短髮於圓顱，危冠欲墜。顧視纔定，趨蹡忽前，不待乎調鳳管，撥鸞絃，曳藍衫而颯纚，揮竹簡以蹁躚。頓趾而虎跳幽谷，昂頭而龍躍深淵。或呀口而揚音，或蹲身而節拍。震雕栱以將落，躍瑶階而欲折。萬靈沮氣以張皇，一鬼旁隨而奮擲。煙雲忽起，難留舞罷之姿；雨雹交馳，旋失去來之迹。睿想纔寤，清宵已闌。祛沈疴而頓愈，撫御體以猶寒。對真妃言寤寐之祥，六宫皆賀；詒道子寫婆娑之狀，百辟咸觀。彼號伊祈，亦名鬱壘。儺祆於凝沍之末，驅厲於發生之始。豈如呈妙舞兮薦夢，明君康寧兮福履。』

時最稱之。筮仕河南尉，罷去，與段成式、韋蟾、温庭皓輩同遊襄陽徐商幕府。商罷鎮，歸九華山，僕射王徽薦繇孝友，足以表俗，用爲建德令，歷檢校御史中丞。卒葬紙阬山。有集一卷。

唐詩紀事·周繇

繇字爲憲，池州人。及咸通進士第，以明皇夢鍾馗賦知名。弟繁，亦工爲詞。調池之建德令，李昭象以詩送之曰：『投文得仕而今少，佩印還家古所榮。』後以御史中丞與段成式、韋蟾、温庭皎同遊襄陽徐商幕府〔一〕。繇有看牡丹贈段成式詩云：『金蕊霞英疊彩香，初疑少女出蘭房。逡巡又是一年別，寄語集山呼索郎〔二〕。』成式前有呑酒絶句贈繇曰：『太白東來飛正狂，新芻石凍雜梅香。詩中反語常迴避，尤怪花前呼索郎。』繇又以人參遺成式，有詩云：『人形上品傳方志，我得真英自紫團。慙非叔子空持藥，更請伯言審細看。』式求人參詩曰：『少賦令才猶强作，衆醫多失不能呼。九莖仙草真難得，五葉靈根許惠無？』襄陽中堂賞花，繇與妓人戲語，成式嘲之曰：『鶯裏花前選孟光，東山逋客酒初狂。』繇和云：『迴鐅轉黛喜猜防，粉署裁詩助酒狂。青娥畢竟難防備，燒得河車莫遣嘗。』若遇仙丹偕羽化，便隨蕭史亦何傷？』

成式不赴光風亭夜宴贈繇云：『屏開屈膝見吳娃，絳臘同心四照花。姹女不愁難管領，斬新鉛裏得黄牙。』繇和云：『玉樹瓊筵映彩霞，澄虚樓閣似仙家。只緣存想歸蘭室，不向春風看夜花。』

廣陽公宴，成式速罷馳騁，坐觀花豔，或有眼飽之嘲，繇賦詩云：『蹙鞠且徒爲，寧如目送時？報讎慙選耎，存想恨逶遲。促坐疑辟咡，啣杯强朵頤。恣情窺窈窕，曾恃好風恣。色授應難奪，神交願莫辭。請君看曲譜，不負少年期。』段成式和并序云：『近者初開金埒，大敞紅筵，騎歷塊而風生，鼓摻撾而雷發。成式未曾盤馬，徒效執鞭，喜過君子之營，徒接將軍之第。款段辭退，因得坐觀。是時滿目鉛黄，迷鼻蘭麝。晚薪餘論，恨織素而不憐；斜柯新知，歎因針而難假。化符端公，妾换名馬，賦闕長門，莫逆賞心，形於善謔。爲憲老舅，吟飄白雪，思效碧雲。六韻傳觀，不得落地，鏗如珮玉，粲若列星。僦眼詎貴於千金，貸心只勞於一句。輒鳴瓦缶，方應金鐃，拗輔宜哈，足代諧笑。詩云：才甘魚目並，藝怯馬蹄閒。王謝初飛蓋，姬姜盡下山。縛鷄方角逐，射雉豈開顔？亂翠移林色，狂紅照座殷。防梭齒雖在，乞帽鬢慙斑。儻恕相如瘦，應容累騎還。』庭筠和云：『齊馬馳千駟，盧姬逞十三。玳筵方喜睞，金勒自趍趲。墮珥情初洽，鳴鞭戰未酣。神交花苒苒，眉語柳毿毿。柳吳興云：窗疏眉語度。卻略青鸞鏡，翹翻翠鳳篸。專城有佳對，寧詣顧春蠶。』

校記

〔一〕皎　唐詩紀事校箋作『皓』。

〔二〕山　全唐詩作『仙』，清彭定求等編，中華書局一九六〇年排印本。下同。

詩

周繇字爲憲，池州人，咸通十二年登進士第，以明皇夢鍾馗賦知名。調建德令，辟襄陽徐商幕府檢校御史中丞，與段成式、韋蟾、温庭筠同在賓筵，倡和爲多。集一卷。唐宋二志無，通考書録有。

五言律詩

望海

蒼茫空泛日，四顧絶人煙。半浸中華岸，旁通異域船。島間應有國，波外恐無天。欲作乘槎客，翻愁去隔年。

登甘露寺

盤江一作『山』。上幾層，峭壁半垂藤。殿鎖南朝像，龕禪外國僧。海濤舂砌檻，山雨灑窗燈。日暮疏鐘起，聲聲徹廣陵。

甘露寺東軒

每日憐晴眺，閑吟只自娱。山從平地有，水到遠天無。老樹多封楚，輕煙暗染吴。雖居此廊下，入户亦踟躕。

甘露寺北軒

曉色宜閒望，山風遠益清。白雲連晉閣，碧樹盡蕪城。水静沙痕出，煙消野火平。最堪佳此境，爲我長詩情。

題東林寺虎掊泉

勝致通幽感，靈泉有虎掊。爪擡山脉斷，掌託石心坳。竹藹疑相近，松陰蓋亦交。轉令棲遁者，真境愈難抛。

送洛陽崔員外

塞詔除嵩洛，觀圖見廢興。城遷周古鼎，地列漢諸陵。日送歸朝客，時招住嶽僧。郡齋臺閣滿，公退即吟登。

送邊上從事

戎裝佩鏌鋣，走馬逐輕車。衰草城邊路，殘陽壟上笳。黄河穿漠界，青冢出胡沙。提筆男兒事，功名立可誇。

送人尉黔中

盤山行幾驛，水路復通巴。峽漲三川雪，園開四季花。公庭飛白鳥，官俸請丹砂。知尉黔中後，高吟采物華。

送宇文虞

此别欲何往？未言歸故林。行車新歲近，落日亂山深。野店寒無客，風巢一作『窠』。動有禽。潛知經目事，大半是愁吟。

螢 一作詠螢

熠熠與娟娟，池塘竹樹邊。亂飛同曳火，成聚卻無煙。微雨灑不滅，輕風吹欲燃。舊曾書案上，頻把作囊懸。

五言排律

送江州薛尚書 一作『郎中』

匡廬千萬峯，影帀郡城中。忽佩虎符去，遥疑鳥道通。煙霞時滿郭，波浪暮連空。樹翳樓臺月，帆飛鼓角風。郡齋多岳客，鄉户半漁翁。王事行春外，題詩寄遠公。

廣陽公宴段柯古速罷馳騁坐觀花豔或有眼飽之嘲因賦此詩 一作『段成式』

蹙鞠且徒爲，寧如目送時？報讎慚選耎，存想恨逶遲。促坐疑辟咡，銜杯强朵頤。恣情窺窈窕，曾恃好風姿。色授應難奪，神交願莫辭。請君看曲講，不負少年期。

七言律詩

白石潭秋霽作

潭心煙霧破斜暉，殷殷雷聲隔翠微。崖蹙盤渦翻蜃窟，灘吹白石上漁磯。淩風舴艋謳啞去，出水鸕鷀薄泊飛。秋霽更誰同此望，遠鐘時見一僧歸。

題金陵栖霞寺贈月公

明家不要買山錢，施作清池一作『花宮』。種白蓮。松檜老依雲外地，樓臺深鎖洞中天。風經絶頂迴疏雨，石倚危峯挂落泉。欲結茅菴伴師住，肯饒多少薜蘿煙？

送楊環校書歸廣南

天南行李半波濤，灘樹枝枝拂戲猱。初著藍衫從遠嶠，乍辭芸署泊輕艘。山村象踏桄榔葉，海外人收翡翠毛。名宦兩成歸舊隱，徧尋親友興何饒。

送入番使

獵獵旗旛過大荒，敕書猶帶御爐一作『煙』。香。滹沱河凍軍迴探，邏沙城孤雁著行。遠寨燒一作『風』。狂移帳幕，平沙日晚卧牛羊。早終册禮朝天闕，莫遣虬髭染塞霜。

經故宅有感

身没南荒雨露賒，朱門空鎖舊繁華。池塘鑿就方通水，桃杏栽成來見花。異代圖書藏幾篋，傾城羅綺散誰家？昔年埏埴生靈地，今日生人爲歎嗟。

七言絶句

公子行

青衫薄薄漏春風，日暮鳴鞭柳影中。回望玉樓人不見，酒旗深處勒花驄。

津頭望白水

晴江暗漲岸吹沙，山畔船衝樹杪斜。城郭半淹橋市鬧，鷺鷥繚繞入人家。

看牡丹贈段柯古 自注：柯古前者吝酒。

金蕊霞英疊彩香，初疑少女出蘭房。逡巡又是一年別，寄語集僊呼索郎。

和段柯古不赴光風亭夜宴

玉樹瓊筵映彩霞，澄波虛閣一作『澄虛樓閣』。似僊家。只緣存想歸蘭室，不向光風看夜花。

段贈詩有『姹女不愁難管領，斬新鉛裏得黃芽』，故云。

和段柯古 一作和段成式。

襄陽中堂賞花，繇與妓戲語。段有詩嘲之云：『素娥畢竟難防備，曉得河東莫遣嘗。』繇和之。

迴簪轉黛喜猜防，粉署裁詩助酒狂。若遇仙丹偕羽化，便隨蕭史亦何傷？

以人參遺段柯古 段有求人參詩

人形上品傳方志，我得真英白一作『自』。紫團。慚非叔子空持藥，更請伯言審細看。

附　文

明皇夢鍾馗賦 以『德至前王，始觀神迹』爲韻。

皇躬抱疾，佳夢通神。見番綽兮上言丹陛，引鍾馗兮來舞華茵。寢酣方悅於宸扆，不知爲異；覺後全銷於美疢，始訝非真。開元中撫念齊民，憂勤大國。萬幾親決於宸斷，微瘧遂沾於聖德。金丹術士，殊乖九轉之功；銅籙醫師，又寡十全之力。爰感神物，來康哲王。於時漏滴長樂，鐘敲建章。扃禁闥兮閉羽衛，虚寢殿兮閴嬪嫱。虎魄枕欹，象榻透熒熒之影；蝦鬚簾捲，魚燈摇閃閃之光。聖魂惝怳以方寐，怪狀朦朧而遽至。硉矹標衆，嶇頰特異。奮長髯於闊臆，斜領全開；搔短髮於圓顱，危冠欲墜。顧視纔定，趨蹡忽前。不待乎調鳳管，撥鸞絃，曳藍衫而颯纚，揮竹簡以蹁躚。頓趾而虎跳幽谷，昂頭而龍躍深淵。或矸口而揚音，或蹲身而節拍。震雕栱以將落，躍瑶階而欲折。萬靈沮氣以張皇，一鬼旁隨而奮擲。煙雲忽起，難留舞罷之姿；雨雹交馳，旋失去來之迹。睿想纔寤，清宵已闌。祛沈痾而頓愈，撫御體以猶寒。對真妃言寤寐之祥，六宫皆賀；詔道子寫婆娑之狀〔一〕，百辟咸觀。彼號伊祈，亦名鬱壘。儺祆於凝沍之末，驅厲於發生之始。豈如呈妙舞兮薦萼，明君康寧兮福履。

校記

〔一〕詒 全唐文作「詔」，上海古籍出版社一九九〇年版。

貴池唐人集　第五

顧雲

詩一卷

文一卷

貴池縣志・人物志・宦績本傳

顧雲字垂象，秋浦人。初與杜荀鶴、殷文圭同讀書九華山，有文名。與羅隱俱受知於宰相令狐綯，隱鄉音乖刺，雲風韻詳整，綯子弟獨與雲遊。咸通十五年登進士第，會世亂，退居霅川，以著書爲事。執政薦修國史，與盧知猷、陸希聲、司空圖、錢珝、馮渥輩同奉敕撰宣、懿、僖三宗實録，時稱直筆，雖權貴不敢以私干。書成，加虞部員外郎。乾寧初卒。所著有苕亭雜筆五卷、苕川總載十卷、纂新文苑十卷、集遺具録十卷、啓事一卷、編稾十卷、表奏類賦二卷、鳳策聯華編□卷〔一〕。江南通志池州府志

唐詩紀事・顧雲

雲字垂象，池州鹾賈之子也。風韻詳整，與杜荀鶴、殷文圭友善，同肄業九華。咸通中登第，爲高駢淮南從事。師度之亂〔二〕，退居霅川，杜門著書。宰相杜某奏雲與盧知猷、陸希聲、錢珝、馮渥、司空圖等分修宣、懿、德三朝實録，皆一時之選也。書成，加虞部外郎。乾寧初卒。有文號鳳策聯華編稿、昭亭雜筆。

雲在淮南，李昭象以學仙詞寄之云：『記得初傳九轉方，碧雲峯下祝虛皇。丹砂未熟心

徒切，白日難留鬢欲蒼。無路洞天尋穆滿，有時人世羨劉郎。仙人思重何由報？焚盡星壇午夜香。』蓋招隱之義也。

雲大順中制同羊昭業等十人修史。雲至江淮，遇高逢休諫議。時劉子長爲僕射，其弟崇望復在中書。雲叩逢休，希致先容，逢休許之久矣。雲臨歧請書，授之一函，甚草創，雲微有惑，潛啓閱之，凡一幅，並不言雲，但曰：『羊昭業等擬將一尺三寸汗脚，踏他燒殘龍尾道，懿宗皇帝雖薄德不任，被前件人羅織，執大政者，亦太悠悠。』雲歎而已。

雲詠柳云：『閒花野草總争新，眉皺絲乾獨不匀。乞與東風殘氣力，莫教虚度一年春。』雲爲虞部郎中、高駢淮南從事，駢章疏不恭，皆雲之辭也。雲箸述目爲鳳策聯華。雲初下第，鄭谷有詩勉之云：『鳳策聯華是國華，春來偶爲上仙槎。鄉連南渡思菰米，淚滴東風避杏花。吟聒暮鶯歸廟院，睡消遲日寄僧家。一般情緒應相信，門静莎深樹影斜。』

校　記

〔一〕□　原本爲墨釘。

〔二〕度　舊唐書卷一八三高軿傳作『鐸』，後晉劉昫等撰，中華書局一九七五年版。

詩

顧雲字垂象，池州人。風韻詳整，與杜荀鶴、殷文珪友善，同肄業九華。咸通十五年登第，爲高駢淮南從事。師鐸之亂，退居霅川，杜門著書。大順中與羊昭業、盧知猷、陸希聲、錢翊、馮渥、司空圖等分修宣、懿、德三朝實録。書成，加虞部員外郎。乾寧初卒。存詩一卷。

七言古詩

華清詞

祥雲皓鶴盤碧空，喬松稍稍韻微風。絳節影來，朱旛響丁東，相公清齋朝蕊宫。太上符籙龍蛇蹤，散花天女侍香童。隔煙遥望見雲水，彈璈吹鳳清瓏瓏。丹砂黄金世可度，願啓一言告仙翁。道門弟子山中客，長向山中禮空碧。九色真龍上漢時，願把霓幢引煙策。

天威行

蠻嶺高，蠻海闊，去舸迴艘投此歇。一夜舟人得夢閒，草草相呼一時發。颶風忽起雲顛狂，波濤擺掣魚龍殭。海神怕急上岸走，山靈股慄入石藏。金蛇飛狀霍閃過，白日倒挂銀繩長。轟轟砢砢雷車轉，霹靂一聲天地戰。風定雲開始望看，萬里青山分兩片。車遥遥，馬闐闐，平如砥，直如弦。雲南八國萬部落，皆知此路來朝天。耿恭拜出井底水，廣利刺開山上泉。若論終古濟物意，二將之功皆小焉。

築城篇

三十六里西川地，圍繞城郭峨天横。一家人率一口甓，版築纔興城已成。役夫登登無倦色，饌飽觴酣方暫息。不假神龜出指踪，盡憑心匠爲籌畫。畫閣團團真鐵甕，堵闊巉巖一作『巉巉』。齊石壁。風吹四面旌旗動，火焰相燒滿天赤。散花樓晚挂殘虹，濯錦秋江澄倒碧。西川父老賀子孫，從兹始是中華人。

蘇君廳觀韓幹馬障歌

杜甫歌詩吟不足，可憐曹霸丹青曲。直言弟子韓幹馬，一作『畫』。畫馬無骨但有肉。今日披圖見筆迹，一作『踪』。始知甫也真凡目。秦王學士居武功，六印名家聲價雄。乃孫屈迹寧百里，好奇學古有祖風。竹廳斜日弈棋散，延我直入書齋中。屹然六幅古屏上，欻見胡人牽入天廄之神龍。麟鬐鳳臆真相似，秋竹慘慘披兩耳。輕匀杏蕊糝皮毛，細撚銀絲插騣尾。思量動步應千里，誰見初離渥洼水？眼前只欠燕雪飛，蹄下如聞朔風起。朱崖謫掾從亡歿，更有何人鑑奇物？當時若遇燕昭王，肯把千金買枯骨？

苔歌

檻前溪奪秋空色，百丈潭心數砂礫。松筠一作『籟』。條條長碧苔，苔色碧於溪水碧。波迴梳開孔雀尾，根細貼著盤陀石。撥浪輕拈出少時，一髻濃煙三四尺。山光日華亂相射，静縷藍鬐匀襞積。試把臨流一作『風』。抖擻看，琉璃珠子淚雙一作『雙雙』。滴。如看玉女洗頭處，解破雲鬟收未得。即是仙宫欲製六銖衣，染絲未倩鮫人織。采之不敢盈筐篋，苦怕龍神河伯惜。瓊蘇玉鹽爛漫煮，嚥入丹田續靈液。會待功成插翅飛，蓬萊頂上尋仙客。

池陽醉歌贈匡廬處士姚巖傑

九華太守行春罷，一作『暇』。高絳紅筵壓花榭。四面繁英拂檻開，帖雪團霞墜枝亞。空中焰若燒藍天，萬里滑静無纖煙。弦索緊快管聲脆，急曲碎拍聲相連。主人憐才多傾興，許客酣歌露真性。春酎香濃枝盞黏，一醉有時三日病。鼉潭鱗粉解不去，鵶嶺蕊花澆不醒。肺枯似著爐鞴煽，腦熱如遭鎚鑿釘。蒙溪先生梁公孫，忽然示我十軸文。展開一卷讀一首，四顧特地無涯垠。又開一軸讀一帙，酒病豁若風驅雲。文鋒斡破造化窟，心刃掘出興亡根。經疾史恙萬片恨，墨炙筆鍼如有神。呵叱潘陸鄙鎖屑，提挈楊孟歸孔門。時時説及開元理，家風颯颯吹人耳。吴競纂出升平源，十事分明鋪在紙。裔孫才業今如此，誰人爲奏明天子？鑾駕何當獵左馮，神鷹一擲望千里。戲操狂翰涴鑾箋，傍人莫笑我率然。

七言律詩

詠　柳

帶露含煙處處垂，綻黄摇緑嫩參差。長隄未見風飄絮，廣陌初憐日映絲。斜傍畫筵偷舞態，低臨妝閣學愁眉。離亭不放到春暮，折盡拂檐千萬枝。

七言絶句

詠柳

閒花野草總争新，眉皺絲乾獨不匀。乞取一作『與』。東風殘氣力，莫教虚度一年春。

斷句 劉世珩從全唐詩補入

與羅隱互謔 隱與雲同謁淮南相公高駢，高以雲爲人雅律，遂留雲而遠隱。隱欲歸武陵，與賓幕酌餞與郵亭。盛暑青蠅入坐，高公命扇驅之，雲即以謔隱。隱顧見白澤圖釘在門扇，應聲答之，乃以譏雲之獨留，不能去也。

青蠅被扇扇離席，雲。白澤遭釘釘在門。隱。

文

代高駢上僖宗奏

臣伏奉詔命，令臣自省，更勿依違者。臣仰天訴地，血淚交流，如劍戟攢心，若湯火在己。只如黃巢大寇圍逼天長小城，四旬有餘，竟至敗走。臣散徵諸道兵甲，盡出家財賞給，而諸道多不發兵，財物即爲己有。縱然遣使徵得，敕旨不許過淮，其時黃巢殘凶纔及二萬，經過數千里軍鎮，盡若無人。只如潼關已東，只有一徑，其爲險固，甚於井陘。豈有狂寇奔衝，略無阻礙，即百二之地，固是虛言，神策六軍，此時安在？陛下倉皇西出，内官奔命東來，黎庶盡被殺傷，衣冠悉遭屠戮。今則園陵開毀，宗廟荆榛，遠近痛傷，遐邇嗟怨。雖然，奸臣未悟，陛下猶迷，不思宗廟之焚燒，不痛園陵之開毀。臣之痛也，實在於斯。此事見之多年，不獨知於今日。況自萑蒲盜起，朝廷徵用至多，上至帥臣，下及裨將，以臣所料，悉可坐擒。用此爲謀，安能辨事？陛下今用王鐸，盡主兵權，誠知狂寇必殲，梟巢即覆。臣讀禮至宣尼射於矍相之圃，蓋觀者如堵牆，使子路出延射曰：『賁軍之將，亡國之大夫，與爲人後者，不入於射也。』嚴誡如斯，圖功也，豈宜容易？陛下安忍委敗軍之將，陷一儒臣？崔安潛到處貪殘，只如西川，可爲驗矣。委之副貳，詎可平戎？況天下兵驕，在處僭越，豈二儒士能戢强兵？萬一乖張，將何救助？願陛下下念黎庶，上爲宗祧，無使百代有抱恨之臣，千古留刮席之恥。臣但慮寇生東土，劉氏復興，即軹道之災，豈獨往日？乞陛下稍留神慮，以安宗社。今賢才在野，憸人滿朝，致陛下爲亡國之君，此等計將安出？伏乞戮賣官鬻爵之輩，徵鯁直公正之臣，委之重難，置之左右，剋復宮闕，莫尚於斯。若此時謗誹忠臣，沈埋烈士，匡復宗社，未見有期。臣受國恩深，不覺語切，無任憂懼之至。

代青州掌記謝本府辟啓

某啓。今月日，衙前虞候某乙齎到簡牒，伏蒙召署節度掌書記者，伏以記室司存，雄藩重務。吳中草檄，始召陳琳；鄴下裁箋，方徵阮瑀。咸持彩筆，以掌軍書，況地控全齊，封連巨浸，有外夷之琛賮，多上貢之賦輿。假道既繁，飛章亦衆，永言斯任，宜委高才。且某徒效聚螢，未嘗吐鳳。讀傳而雖云成癖，爲文而未見愈風。忽辱簡書，遽蒙辟召；捧函增懼，撫己知歸。遐想膺門，已積糜軀之志；仰瞻龍節，空懷拜賜之誠。

投顧端公啓

某啓。某聞三吴詞苑，不乏家聲；兩晉儒林，非無祖德。洎風流寖薄，簪紱漸稀，將闡吾宗，獨付全德，不依華宇，更託何門？某遠派涓流，寒林一葉，學由耕石，才實鏤冰。爰自隨計遐方，觀光上國，難沽聲價，易掇羈愁。出谷風高，先摧弱羽；登門浪急，預返窮鱗。伏念一擲魚竿，四環星琯，華髮灑倚門之淚，遠書開隔歲之緘。而又曾棄關繻，空歸未得；已隨律柱，捨此何之？今則漸逼春期，將臨試藝，彎弧乏勇，睇鵠增憂。伏以端公三翁德服儒流，言爲訓詁，荑枯有術，肉骨多方。儻蒙少借餘波，微迴誕説，當見長房之竹，亦可爲龍；則知莊叟之魚，終能化羽。輕瀆尊聽，伏積憂惶，延望清塵，不勝翹企。

代人上路相公啓

某啓。某本異仙才，又非良器，叨因射策，偶忝泱科。始脱麻衣，纔沾斗粟；方期清慎，稍竊寵榮。無何不善攝生，遽沈痼疾，懸虵結釁，鬭蟻成災，鍼石屢加，鷩羸無減。並相如患渴，雖覺有瘳；比元晏病風，猶稀可療。實以彌年伏枕，終日閉關。嬰幼素多，饘餬莫給。腸然烈火，鬢染繁霜。分無榮達之由，敢望陶鎔之力。家室以幸聯姻戚，合候起居；伏蒙特軫襟靈，深垂顧問。咨嗟生業，憫惻羈危。許以轉銜，致諸外府。側聆嘉命，寂聽好音。扶策病躬，開張淚目。仰希尊旨，如釋沈痾。拜賜猶賒，銜恩欲泣。望朱門而尚遠，銘丹慊以先深。必也果踐玉書，不移金諾；資糧有羡，藥餌無虞。然後訪三世之名醫，求千金之顯效。獲離枕席，再服冠纓，維此昇沈，實繫恩德。困而待問，希同喘路之牛；誓此酬恩，願比棲囊之雀。謹專奉啓，起居陳謝。

投户部裴德符郎中啓

某啓。某聞放龜者無心覓印，養雀者微意求環。蓋由仁發於誠，惠加於物，因懷感激，遂效禎祥。若某者，泳沼未期，傷弦有日，仰恩波而尚遠，指雲路而猶賒。欲望生成，猶希憫惻。實以才非辯鵠，道異猶龍，四海投知，希逢厚遇。二年求試，未過先場，撫螢窗而便欲灰心，對鶯花而徒傷淚目。加以秦吳路阻，煙水程遥，甘滑多違，問安實闕。中宵夢到，星漢俄沈。萬里書迴，槐檀遽改。而又偶師題柱，竊學棄繻，明未達而不還，亦捨此而何適。伏以曾將薄技，叨忝殊私；倘蒙尚憫枯鱗，猶傷塌翼。纔霑末薦，便是深恩，縱不能生報田文，亦當死酬宣子。傾心企望，瀝懇依投。圓蓋低臨，方輿上載。苟違斯語，請告神明。謹啓。

投殿院韋侍御啓

某啓。某聞干時妄動，君子不爲；小智大謀，兵家所忌。進憂狂狷，退恥敗亡。詳觀躁静之機，爰契軍戎之事。聊因箋簡，假喻師徒，冀憑殷氏之函，用代秦庭之泣。某名同膠柱，用等鉛刀，不思量力而行，竊欲争鋒而進。洎焚舟學海，决戰名場，衷甲不堅，心城匪固。兩經先榜，但潰楚師，再犯終場，亦班齊騎。雄鋒缺落，鋭志銷磨。執金鼓以無因，送降旗而不暇。李陵矢盡，項籍兵窮，歸漢懷慙，還吳失計。所以重噓懦氣，再奮空拳，欲罷不能。既蘇復上，將欲戒嚴文陣，蹀躪議圍，贖孟明奔命之辜，雪曹沫敗軍之辱。而我師甚寡，彼敵尚强，未暇争衡，空憂失律，持疑不進，掉鞅難前。先懷納款之誠，欲有乞師之志。伏以侍御，身弓落雁，心劍剸犀。儒囿中軍，翰林盟主，揮五色筆，爲諸侯師。出奇於文苑之中，二南銜璧；决勝於粉闈之内，七子輿棺。儻蒙益以奇兵，濟之餘勇，旁麾義櫓，遠借雲梯，使武庫戈矛，皆爲我旅，文山草木，盡作王師。苟無必勝之功，甘受後期之責，塵浼清聽，伏積憂惶。謹啓。

投户部鄭員外啓

某啓。某聞柳文暢之遇王融，初因雅韻；劉嗣芳之逢沈約，實自片辭。或兩句可嘉，或一篇堪獎，則題於團扇，寫在郊居，遂使西邸流芳，南朝溢美。時名愈大，紙價愈高，今也故事具存，清風盡在，每因投卷，竊賀伊人。雖有負於斯文，幸遭逢其至鑑。若某者，學殊半豹，藝愧全牛，慙無經濟之文，空有悲哀之賦。投竿魚浦，籛迹龍津，無一時暫廢討論，無一日敢忘索課。誠不足揄揚大政，感動知音。比於雕蟲爲文，鳥迹成字，雖無關至理，亦粗有可觀。輒敢編録荒蕪，輕塵裁鑑。禽中一鶚，冀文舉之明知；獄底雙龍，庶茂先之必識。儻或冰壺借潤，水鏡分光，如其積玉之名，示以鑑金之譽。一日三復，非敢望於休文；拂席易衣，竊有期於謝混。仲尼牆峻，元禮門深，非因咫尺之書，難寫依投之懇。紘哀杜促，言切詞繁，先甘妄進之嗤，後受自媒之責。干犯明德，伏積兢慙。謹啓。

投翰林劉學士啓

某啓。某聞鄭玄之謁馬融，不知不去；趙壹之干羊陟，未遇未休。或三年常在於門庭，或一日再經其牆仞。蓋以此時儒學，無出於馬公，當世文儒，莫先於羊子。今所以重桴靈鼓，復扣洪鐘者，實存於此也。某問不知三，書惟闕五，未能窺豹，强欲知龍。洎投棄綸竿，依憑湘帙，從田巴於稷下，謁楊震於關西。三篋亡書，粗知篇目；一枚墜簡，微識指歸。棲遲雖甚於蘇秦，辛苦近同於甯越。時或嚴霜届節，脱葉辭枝，曲突無煙，幽窗有雪。飛文月殿，欲擬謝莊；染翰蘭臺，思齊宋玉。實以鈍踰龐統，魯極曾參，三犯龍門，屢奔鯨浪。玄珠難得，空迷罔象之津；大道多岐，頻灑亡羊之泣。輒塵藻鑑，叨獻菲辭，竊自朋游，或聞推許。潘生摛錦，巧借丹青；謝氏碎金，猥加流品。亦復願披仙霧，頻扣朱門，冀遂望塵，不期倒屣。今則籓羝類窘，幕燕同危，正當羸角之時，未識安巢之計，輒披肝膽，來訴融明。伏以學士辨敵飛龜，才雄白鳳，鑑同止水，公甚平衡。潤青藻於詞林，薙榛蕪於義路。講理則絲繩讓直，發言則山嶽慙輕。儻假以風雲，賜之慰薦，奏揚雄於漢殿，始郭隗於燕臺，願借吹嘘，豈無禆助？至於斬衣畢命，顧印酬恩，夜盜狐裘，曉開魚鑰，凡於死所，請以身先。干犯清嚴，勿任隕越。謹啓。

又謝下第後使人存問啓

某啓。某聞收爐枝於烈焰，必假良知；出埋刃於重泉，當資至鑑。苟非精識，孰測神功？蓋由六律五音，固應難審；靈鋒寶鍔，或未易知。某不善守株，妄修通刺。爰從前歲秋杪，去年冬初，累貢菲詞，上干藻鑑，實以仙凡阻越，流品懸殊，天上程遥，人間信斷。在塵寰而祝望，空有精誠；向雲路以存思，寧通夢想。近者以龍門阻浪，鶯谷摧枝，鱗鬛傷殘，羽翰零落。懷鄉莊舄，正苦越吟；去國鍾儀，方悲楚奏。誰言否極，忽有泰來。前日某官委訪窮居，曲傳芳訊，側聆尊旨，跪聽玉音。竊聞俯降咨嗟，深垂憫惻，初疑夢覺，終謂風傳。方當退鷁之時，忽得攀龍之便。伏以學士優游仙苑，泛泳天潢。覆錦高眠，八花礴而讓寵；含香視草，五色筆以慙神。況鏤鼎思調，前籌待運，起骸有術，肉骨多方。儻蒙列在衆賓，致之下舍。曉彈長鋏，不空效其旅魚；夜取珍裘，竊欲偕於狗盜。下情無任，攀望依託，感激之至。謹啓。

投西邊節度使啓

某啓。某聞天列將星，國分戎律，必命英傑，以專統臨。故入則掌驍衛而主親兵，爲王心膂；出則驅隼旟而駕熊軾，分國土田。苟非敵號萬人，謀通七德，孰副擁旄之選，仍當注意之求？伏以尚書勇冠山西，聲聞隴右。九天九地之法，夜受於神姝；金箱金櫃之書，曉傳於靈叟。故得拔劍龍吼，彎弧雁驚，使夷落無喧，干戈盡偃，邊烽息焰，塞柝沈聲。爲天子之長城，斷匈奴之右臂。加以文通三變，學洞九流。郭璞神毫，每通於夢想；羅含彩羽，素貯於心誠。時或月滿青樓，風清畫閣。謝玄暉之理郡，不廢謳吟；杜元凱之禦戎，何妨講讀？而又政惟師古，恩切字人，利刃一揮，亂繩皆理。佇見鳳銜仙詔，豹製牙旗，長驅十乘之驍雄，福致一方之黎庶。遐瞻寵渥，不越秋冬。某稷下儒生，天涯客子，遠攜書劍，來拜旌旗。識馬援之鬚眉，見太初之禮樂，頻叨前席，屢聽玄談。憂一夫不濟其生，恥一物不得其所。義形顔色，照發襟靈，因敢覼縷血誠，輕塵藻鑑，必希恩察，少賜知憐。某射鵠無功，亡羊有恨。婁敬之衣裘屢敝，張儀之頰舌何爲？至於草織衡門，雪封陋巷，蛙鳴竈底，魚躍釜中，然猶講樹未休，書�不已，潛修此道，以俟明時。春初將謁朱門，卜行上國，著言利見，龜告叶從。徑趨沙漠而來，直指旌旗之下。盡披肝膈，布在箋毫，事逼丹誠，言多直致。志同鄰女，止希蘇代之餘光；身類鮒魚，惟冀莊周之一勺。干犯清重，無任兢惶。謹啓。

投刑部郎中啓

某啓。某聞弱水渺瀰，匪風輪而不濟；丹丘懸藐，微羽駕而何之。苟非元化之功，寧造長生之境？其有本無靈氣，復異仙才，徒勤九轉之功，未識三清之路。侍立於葛洪陂上，願附龍鱗；徘徊於緱氏山前，思隨鶴馭。敢傾丹赤，盡寄箋毫。扣德操之鼓鐘，冀聞音響；仰劉琨之山海，庶覬高深。或覬憐憫，少加披省。某句吳寒族，鄒魯庸儒，偶斆殺青，因思拾紫。捨獨繭文竿之樂，預橫經染翰之遊。一別楚山，四彫秦葉。進惟角觸，退則羈棲。望化羽之期，烏頭詎白；困龍門之險，魚尾將頳。近者輒以荒蕪，上干裁鑑，實慙小道，不副至公。或自朋游，竊聆風旨，潘江陸海，曲借品流，繡段金聲，仍加緣飾。今則將臨筆陣，漸逼掄材。既乏先容，惟憂點額。絃哀柱促，風勁葉危。輒寫丹誠，仰塵清鑑。儻蒙特分餘潤，微假末光，朽蘖生荑，寒灰發焰，纔沾慰薦，便是光華。酬恩豈止於捐軀，效德願同於異類。迴眸顧印，庶竊比於龜靈；四代五公，請先兆於雀報。

投陸侍御啓

某啓。某聞河南器賈，本爲能文；渭北推袁，曾因善賦。或以年將弱冠，或以才越衆流。繇是援自後生，賓諸前席，高擅洛陽之價，雄專倚馬之名，故能爲文苑之美譚，作儒家之盛觀。若某年將逾誼，才不及宏；論乏過秦，詩殊詠史，徒修通刺，莫偶深知。加以故國三千，青霄九萬，但抱羈離之苦，略無騫翥之期。陶元亮之揮毫，只思歸去；庾子山之染翰，空有悲哀。近者不自揣量，輒懷狂狷，累緘巴唱，來叩郢門。螢近燭龍，敢言芒耀；鷃親威鳳，方恥羽儀。近自朋游，竊聆風旨，每承譚論，常借丹青。免貽覆甕之譏，叨枉擲金之譽。此皆情深誘掖，意在維持。迂洛下之名華，徑容攀附；記吴中之氏族，常在接聯。令申孔李之交，許入原嘗之舍。且知逢晏子，屈則宜伸；媒遇蹇修，醜而思嫁。所以更傾幽抱，來訴融襟。宋玉雄風，必加吹煦；謝莊明月，終借光輝。獲居七士之間，便是百生之忝，干犯清聽，伏積憂惶。謹啓。

上池州衛郎中啓

某啓。某聞哲匠搜材，不遺於榱桷；至公選士，無間於蒿萊。苟求其文行高明，豈計其人材仄陋？故王裒之臨益部，首薦郡人；杜密之理太山，先推縣吏。咸齒公侯之爵秩，鬱爲文學之宗師。若某者，早寓樂郊，實爲編籍。數間螢牖，猶存於去獸江邊；一葉漁舟，尚繫於還珠岸下。頃者不量名分，學玩緗緗，足履春闈，肩隨貢士，争先路狹，角力材微。伏膺於孔硯江毫，終愧於秦雞遼豕，加以中堂千里，丹禁九重，空吟招隱之詩，誰買長門之賦。寒同冰子，久迷温燠之途；窮類偶人，更軫漂流之歎。伏念自隨鄉薦，便託門牆，每以蕪詞，常干藻鑑。必謂秉持刀尺，流品生徒；豈期來暮興歌，亂繩思理？輒提郡竹，俄擲省蘭。寧知出刺之邦，又是維桑之地。伏以郎中，含香望重，覆錦才高，輟自南宫，出臨偏郡。池魚官牘，既濟於公私；綸閣瑣闈，已形於僉矚。某近得弟胥狀報，竊知曲敦獎勸，俯念孱微，深嘉甯越之辛勤，仍憫酈生之落魄，大垂恩煦，下蔭宗親，兒童知激勵之風，骨肉感饘餬之賜。伏以秦吴阻隔，江嶺縈迴，不獲奔走階庭，拜陳感激。隨車在御，空懷軾下之熊；無翼淩虚，更羨旟邊之隼。

上池州庾員外啓

某聞陳太守之獎善，先自郡人；鄭司農之受知，始從鄉佐。欲使恩隆薄俗，化起儒門，年代雖遷，風流常在。某者樵蘇賤品，桑梓遺民，識昧機先，智惟人下。陳於器用，則魏瓠興譏；列在宫商，則齊竽致誚。徒以幼知經訓，長辨義方，偶近縑緗，遂捐耕釣。披經閲史，無怠於光陰；雪牖螢窗，每加於懸刺。至於論都叙別，歎逝悲秋，假烏有以交談，擬子虚而發論，偶以書鉤得句，聊因起草成篇。木海郭江，亦常斟慮；宋風謝月，素所縈心，縱不及於前修，時見推於同輩。爰自束書辭楚，懷刺遊秦，求試春官，昇名貢士，投暗而終多齟齬，秉機而本乏梯媒。纔犯龍津，旋悲鷁退。且桃花浪峻，難前短鬣纖鱗；蘋葉風高，預返疏翎弱羽。雖匡衡遊宦，未及十年，而卞氏傷嗟，俄經再刖。迴翔輦下，求索關中，横戈而未忍先降，掉鞅而猶思更戰。竊念秦舟已爇，敵在不還；蜀柱曾題，途窮未返。而又戀深陟岵，悲重倚門。父子棲遲，鄉閭共笑，蘇秦羈旅，骨肉相疑。儻蒙特降文符，稍存麻庇，纔聞顧盼，便是恩榮，使魯鄰知敬孔丘，楚市不陵韓信。謝郎中、端楚公皆曾投謁，遂忝眷知。近聞有使還家，便令附狀，訴言名姓，實辱獎憐，非敢越趄，妄邀聲援。

上翰林劉侍郎啓

某聞皎鏡當懸，無疲屢照；華鐘在簴，不阻頻鏗。其有飭貌前來，橫筵直進，思投朗鑑，願聽洪音。孔室高深，前遠仲由之懇；羊門峻阻，難傳趙壹之懷。所以再託箋毫，用爲紹介。某吳門釣者，闕里儒徒，捨詹何獨繭之綸，學楊子雕蟲之技，慕顓孫之干禄，效車子之聚螢。西過許昌，空吟景福；東遊鄒魯，欲擬靈光。時或風入楚臺，雪飛梁苑，偶然成詠，忽爾盈篇。是用歷韓鄭之門庭，學楊衡之刺謁。刻舟琢木，未擬迂疏；鑿枘攻堅，難方齟齬，以致兩臨文陣，俱挫筆鋒。東郭先生將逃濫吹，步兵校尉欲泣窮途。然亦默聽時謡，頗聞通論。以爲蔡中郎之末顧，則竹棄柯亭；張司空之見知，則劍辭圜室。以時方濟會，物有窮通，須因甄藻之時，冀别沈淪之所，求諸作者，不在他人。是以某月日輒貢菲詞，上干英眄。以侍郎學士作時儀鳳，爲國元龜，學海波瀾，常融沆瀣，情田壟畝，曾捻耕耘。屬詞則麗藻恆春，視草則文星鎮動。言能振蟄，勢可燃灰。儻蒙垂一顧之恩，出陸沈之所，平生進退，決在指縱。干犯清嚴，無任惶懼企望之至。謹啓。

上鹽鐵路綱判官啓

某聞積塊爲龍，猶能致雨；攻堅作鳥，亦善因風。此皆出自巧心，營於敏手，被之鱗甲，假以羽毛。纔離土木之形，便達陰陽之理，當其入用，猶或濟時。況某迹忝人曹，名殊物類，瞻雲望畢，粗識晦明，指日看箕，常知動息。實以曾親筐篋，强學進趨，人非冠玉之儀，賦乏披金之譽。澗松遲茂，隴葉難芳，重趨孟門，再困先浪。以至萍漂陸海，蓬轉九衢。犬子生涯，惟餘四壁，揚雄家産，不過十金，猶能染翰自强，草玄無怠。克己惟修其直道，潛心將候於已知。必有英賢，寧無濟會，自叨將陋唱，再黷沖襟。螢邇太陽，敢言芒耀？鮒游滄海，方愧眇微。豈期俯惻湮沈，深垂汲引，吐丹青於金石，誇姓氏於同心。榮耀既多，鐫銘倍切。今則俯臨文陣，方假詞鋒，失水多虞，傷弦易怯，輒披肝肺，更訴融明。儻蒙少借餘光，微均美蔭，庶使因風託便，不藉於冥鴻；假霧成斑，無慙於隱豹。塵黷清鑑，無任攀望延佇憂懼之至。謹啓。

上右司袁郎中啓

某聞仙翁遈術，叱石爲羊；方士呈能，結巾成兔。苟神靈之必至，亦變化而何難？

其有欲改前踪，須憑異行，徵諸事迹，或可比倫。如某者，稷下庸儒，吳中單緒，爰從幼稚，竊慕摶鵬。思積學以干時，欲代耕而求禄，俄抛釣舸，遂履名場。朝無九品之親，業有三餘之苦。揚子雲之詞賦，自愧雕蟲；丁敬禮之文章，人嗤畫虎。邊蓬易斷，路槿難芳，頻傷肅殺之威，未識陽和之力。窮棲家遠，旅宿衣單，望鵠長疏，懸鶉屢弊。況復吳波瀉緑，秦巘堆青，懷橘莫從，采蘭多阻。犬書一去，元律方還；蝶夢初迴，涼宵已艾。恨淚泉湧，愁腸火煎，數奇而只自傷身，語苦而何人傾耳。竊想曾披仙霧，獲拜仁風，煦以温和，借其光彩。或終以陸沈興念，再惻傷懷，願假雲雷，偶蘇幽蟄。豈可使鷄鳴函谷，只美馮諼；龍躍天衢，獨傳文舉。儻德同而義合，寧古有而今無？遐想音徽，無任懇迫。遥瞻紫氣，希傳尹喜之書；更詣朱門，恐涉張湯之刺。謹啓。

謝徐學士啓

某啓。某聞隋珠暗投，路人興忿；荆玉三獻，明主懷疑。非至珍之有纇有瑕，亦明鑑之難逢難遇。況某樵歌俗韻，牛鐸凡聲，雖委巷末途，時聞中律，而曲卑調下，難感知音。洎儒術中微，時文稍變，原玉之風流漸遠，淵雲之事業攸歸。亦當悵望危津，潺湲阮路，斂毫興感，掩卷長嗟。今也河薦緑圖，山張翠檢，開張網罟，漁獵英髦。周渭商巖，皆辭釣築，抱關負鼎，盡挂簪裾。必有賢人，出扶聖教，歷詢時論，實屬高才。伏維學士瑶圃呈祥，尼邱降瑞，名題仙署，足躡瀛洲。束晳臺前，間披碧簡；秦王府裏，時閲瑶籤。徐觀動息之踪，已積鈞鎔之望。某所以攜持陋唱，塵玷朱門，駭愕未遑，軒車忽至。俯留榮誨，下奬微才，拜啓琅函，跪吟華藻，笙簧滿耳，雕焕盈眸。某嘗徧閲縑緗，旁徵故實，亦聞先達，時接後來。遠則沈隱侯之奬何伯言，纔聞發論；近則韓文公之知李長吉，始議及門。未有曲示恩私，顯留翰墨，才微往彦，遇倍昔時，仰戴恩榮，已增銘篆。謹當卷之龘軸，飾以錦箋；置在書囊，永爲家寶。

代新及第人謝鹽鐵使啓

某學慙辯豹，業愧藏螢，且乏智囊，況無經笥。雖冰盤凍筯，素所牽懷，而長笛短簫，亦嘗關慮。豈謂攻堅少益，雕朽難能？劉子駿之醬甌，屢蒙相誚；陸士衡之酒甕，每沐見嘲。内揣龍鍾，深甘棄置。去年因收敗卒，决戰文場，奮藻儒林，争衡筆陣。方憂殿騎，忽擢丙科。姓名遽接於英髦，骨肉初違於凍餒。懷仁空極，欲報無由。徒銘效死之心，未得殺身之地。近見某官説，竊知侍郎以沈淪軫念，汲引關懷。欲廣薦衡，遂先始隗。訖使變商爲角，化慘成舒，備雅奏於文絃，偃和光於暖谷。遐沾厚惠，咸出深仁。今也周渭告祥，殷巖叶夢。前籌待運，鏤鼎思調。明主繫心，蒼生企踵。某幸將微眇，願託鈞衡，願居擁篲之先，獲廁掃門之末。庶因灰粉，少措毫芒，下情無任。

唐風集序

大順初，皇帝命小宗伯河東裴公掌邦貢。次二年，遥者來，隱者出，異人俊士始大集都下，於羣進士中得九華山杜荀鶴，拔居上第。諸生謝恩日，列坐既定，公揖生，謂曰：『聖上嫌文教之未張，思得如高宗朝拾遺陳公，作詩出没二雅，馳驟建安，削苦澀僻碎，略淫靡淺切，破豔冶之堅陣，擒雕巧之酋帥，皆摧撞折角，崩潰解散，掃蕩詞場，廓清文祲。然後有戴容州、劉隨州、王江寧率其徒，揚鞭按轡，相與呵樂，來朝於正道矣。以生詩有「陳體」，可以潤國風，廣王澤，因擢生以塞詔意，生勉爲中興詩宗。』生謝而退。次年，寧親江表，以僕故山偕隱者，出平生所著五、七言三百篇，見簡詠其雅麗清苦激越之句，能使貪吏廉，邪臣正，父慈子孝，兄良弟順，人倫綱紀備矣。其壯語大言，則決起逸發，可以左攬工部袂，右拍翰林肩，吞賈喻八九於胸中，曾不蔕介。或情發乎中，則極思冥搜，游泳希夷，形兀枯木，五聲勞於呼吸，萬象悉於抉剔，信詩家之雄傑者也。美哉！裴公之知人爲不誣矣。於戲！旌别淑慝，史臣之職也。僕幸得爲之敘録。視其人齒尚壯，才力未盡，謳吟之興方酣，視其繼作，得如周頌、魯頌者，廣之爲唐風集。老而益精，留次序。一作『别爲之次序』。景福元年壬子夏述。

題致仕武賓客嵩山舊隱詩序

賓客諱攸緒，則天皇后從姪也。天授中，封安平郡王，遷殿中監，出爲揚州大督府長史。聖曆中，棄官隱居嵩山，避榮寵也。想其始來，捫危選勝，駕迴裁基。鈿走伊波，控隱士飲牛之渚；螺排絛嶠，對仙人駕鶴之峯。移紫府之全模，寫清都之勝概。王桃植砌，董杏栽壇。帳合蘿高，牀平石古。飛流界練，貫幽響於風湍；曙景張屏，挂清光於露壑。時或春光發盡，秋雨晴初；虚籟調風，斜窗印月。吞露華兮漱煙液，而樂天和；吟酒賦兮唱琴歌，焉知帝力。及龍圖去吕，龜鼎還劉，中宗皇帝方欲訪道崑巖，鳴鑾茨岫，遥飛鶴版，親授蒲軒。扣蓬藋之荒扉，遠徵枚乘；掃皋夔之右席，强走嚴陵，莫不黄屋翹襟，高霞疊夢。由是輕鷗出浦，明月離雲，纔拜宸階，旋登甲觀。以公嘗棲洞府，不喜塵機，雖當挂珮垂紳，愈若投羅觸罟。及飛章上闕，雪涕辭天，帳祖席於青門，轄仙裝於紫陌。乃知飛霜市野，冰厓留不死之蠶；烈日焚溟，珠岸有不枯之草。故能振清風於戚里，飛逸駕於雲逵。宜乎與禄産分鑣，夷齊結轍。比夫吞腥咽腐、懷禄偷安者，不亦優乎？今則八桂森指，五芝零落，立松崖而盡日，不見王孫：；掃石壁以題詩，別招逋客。豈無來哲，能紹元踪？聊剖短章，用旌高烈。時睿文英武明德至仁廣孝皇帝御宇十二歲也，龍集辛卯，律中林鐘，十二日丙寅題。

在會稽與京邑游好詩序

造化之功，東南之勝，獨會稽知名。前代詞人才子謝公之倫，多所吟賞。湖山清秀，超絶上國，羣峯接連，萬水都會。昇高而望，盡目所窮，蒼然、黯然、兀然、澹然，先春煦然，似畫、似翠、似水、似冰、似霜、似鏡。削玉似劍者，霞布似窈窕者，霜清似英絶者，如是者千狀萬態，緜亙數百里間。則夫盤龍於泉，巢鳳於山，藴玉於石，藏珠於淵，固必有矣，真駭目喪精之所也。其土沃，其人文，雖逼閩蠻而不失禮節，雖枕江海而不甚瘴疫。斯焉郡邑，一何勝哉，將天地之樂萃於此耶？至於物土所産，風氣所被，鳥獸草木之奇，妖冶嬋娟之出，前聖靈踪，往哲盛事，此傳記所詳，不假重言也，斯但粗述其勝耳。僕雖乏才，自侍從至此，晨夕習業之外，遊覽所得，吟詠煙月，攄散情志，自足一時之興也，亦足快哉！然時或倚檻南臨，回首西望，相交朋遠，誰與同之？每思往年於京洛間，見時俗之士，浮淺之流，多誇邑外人家，有水木田園莊舍，甚爲奇勝，可比江山。嘗與俱往，謂信然。今在此，乃知前者之悠悠妄誇，耳不足聽。且夫方壺、圓嶠，桃源洞天，自標真聖之居，不與囂塵相接。非但計幽隱已也，至於人寰所有游觀，必當顯敞。知名若會稽山水，深不可測，高不可及，如是乃能孕靈怪，藏珍寶，生雲霞而盡勝概耳。豈於十畝之地，朝夕之間，鑿爲汙池，植爲幽藪，源流既邇，根柢可知，深不過藏青蛙，密不過棲烏鵲，而能出奇爲勝哉？今之君子，多尚奇好事，貴達顯揚，幽僻仄陋則言之，而實不足徵也。不然，則是人能與造物争功矣。今序其事，貽諸朋好知之者，幸棄彼宂瑣而同此遊也，爲通理矣。輒以數篇鄙拙寄贈，誠玷視聽，貴盡其樂，以資笑言。

武烈公廟碑記

圓蓋亭亭，配乎上者，星辰之與日月；方輿蕩蕩，列於下者，山嶽之與江河。合生民而是謂三才，資品類而均爲萬象。至聰曰聖，不測者神。既分幽顯之殊途，乃假神祇而共理。所以在陽則有賢有哲，斡運時權；處闇則爲鬼爲神，主張陰騭。其來尚矣，可得言乎？隋故大將司徒陳公，諱杲仁，字世威，漢太邱長之十七代孫也。潁水聚星，引蔓於盤根巨蔕；長城吞日，分榮於玉葉金枝。風神高而鶴立松顛，器局偉而鰌藏海底。鄰家就學，邱兒且歎於重生；橋柱留名，犬子終期於復出。賈誼則年逾丱歲，翁歸則才本兼人。

丹闕上書，金門應詔。雕弓開而鵠裂，鴻筆奮而鸞驚。玉片桂枝，對天顏而失喜；繡衣驄馬，下雲路以嘶春。時屬陳劍飛空，隋旗誓野，象泣於開皇歲末，龍驕於大業年中。水調聲愁，柳絮輕籠於夜月；迷樓香滿，桃花自落於春風。鳶書過而急甚飛星，鴛枕穩而誰驚醉夢。以至天闕震動，帝輦飄揚，胡頭盡縮於漳河，鬼目盡生於建業。繇是長山盜聚，大洞兵興，樂伯通則狼戾秣林，婁世幹則鴟張婺水。公以名光八絶，道著一貞。眉形高隱於石稜，髭尾曾焦於雹火。元惡授首，金鋧鈿之飛來；虜騎解圍，鐵連錢之入去。虵窮奔穴，象怒投林。俄成縛虎之功，遂降祝鳩之命。天門公沈法興，初傾款附，未恣姦欺。烏頭暗寘於酒杯，俄歸厚夜；青骨雅當於廟食，迺啓蕠祠。祀寢先朝，神留故土。像設宏開於武進，威靈密護於全吳。至若湘燕羣飛，商羊屢舞，雲頭暗濇，禾耳生獰，南山垂欲爛之憂，東海灩倒流之勢。蘭羞一奠，桂醑三傾，滂沱之澍雨繩垂，倏忽之沈陰電掃，其霽霖之神速也如此。又若鸛巢沈響，蟻穴停封，離火燒雲，薰風爨野，土禺之精神愁悴，泥龍之鱗甲乾枯。巫覡陳辭，簫笳合奏。筵上未容於徹饌，空中已見於翻盆，其救旱之靈應也又如此。變乾坤之舒慘，神效已多；卻封境之妖氛，陰功更大。皇唐乾符之二載也，突陣將王郢等六十九人，以唐山告捷，浙水旋師，未及賞功，潛思怙亂。劫庫兵而竊發，掠民産以紛披，移蟻蛭於狼山，倚鷁舟於鼉海。鉏耰合勢，舉烈火以焚燒；樓櫓乘風，駕驚濤而出入。聚黨僅盈於萬衆，連頭遽陷於三州。聖主臨軒，出神謀而制勝；將軍推轂，杖金鉞以專征。尚書河東裴公，讀八千卷儒書，學五十家兵法，名光簪紱，風習英雄，有金熨斗之殊恩，負玉唾壺之妙唱。入則襞香箋而揮彩筆，批天子詔書；出則提龍劍而臂鵰弧，主諸侯法令。行開玉帳，坐鎮金陵，瀝精誠而願與冥通，指廟貌而遥期幽贊。神能長驅鬼陣，高輔靈旗。於蒼茫惚慌之間，降雲物風濤之助，遂使吴戈霜閃，待搘長狄之喉；越箭星流，乃裂蚩尤之骨。洎渠魁告斃，餘黨乞降，聊憑元化以成功，遂抗飛章而達聽。優詔尋加於爵賞，鴻恩别創其祠庭。地控金甌，城連鐵甕，山分京峴，水接蓬瀛。冠蓋雲浮，西枕句吴之路；松蘿帳合，南通招隱之亭。邃宇摩空，雕牆繚野。翠瓦疊而玻璃色透，彩椽排而玳瑁斑烘。窗深則青鎖疏風，樓迥則璇題拂漢。時或居人輟棹，行客停鞍，倚欄當薄雨晴初，寓目向丹楓落後。霜馳匹練，指茂苑於煙中；黛染雙螺，認海門於天末。堂嚴塑像，廊立靈宫，凜氣貌以如生，奮威靈而若殺。雷公電母，目閃爍以疑瞋；鬼將神兵，口囁嚅而欲語。一顧則精魂愕眙，載瞻則毛髮寒生。所以祭非嚴而自嚴，神不在而如在。俄屬災流濮上，盜掠江東，孤城懷欲陷之憂，萬姓負倒垂之懼。丞相司徒燕國公，軍謀出衆，儒術超羣，有岸上虎之雄名，有人中龍之美稱。才堪料敵，檄可痊風。落塞外之雙鵰，氣吞沙漠；挫筵中之五鹿，聲烜議園。以詩書禮樂之兼才，領征伐牢籠之重寄。移從荆渚，代撫吴民。前茅高舉於中途，大敵窮奔於外境，仰惟妙算，未畢前功。將全締構之能，更益增修之美。先是，中間紺殿，别坐金人，化廟木於祇園，變祠宫爲浄土。僧普愿教傳西國，裔紹南宗。心花墮葉於空門，忍草抽芽於覺路。談空説偈，則天龍遊阿耨之池；燃指爲燈，則花雨落菩提之木。願以斧斤罷弄，丹雘停揮，拂琬玉以求刊，出箋毫而請染。雲也運籌無補，磨盾何能？鐵錢將當以銅錢，徒懷素志；下駟用齊於上駟，未吐良謀。屬詞殊異於當仁，承命敢陳於固遜。三言獲譽，何酬掾吏之恩；八字留題，更望中郎之筆。銘曰：

乾儀廣大，坤德幽玄。三光四氣，五嶽百川。陰陽莫測，禍福難詮。不有神道，誰分化權？倬彼陳公，挺生隋國。忠作臣範，孝爲民則。力遏鯨波，手扶鼇極。生立洪勳，殁留遺德。狂童作梗，上將陳師。陰兵助順，戰卒乘時。元凶殞命，殘孽輸旗。恩頒上爵，詔立嚴祠。紺獸拏雲，飛翬礙日。帳卷靈座，門開廟室。凜凜英氣，堂堂偉質。鬚磔蝟毛，頭蹲虎骨。歌鐘雜沓，簠簋連延。酒有餘酹，香無斷煙。惟神是享，惟禱斯虔。安民護境，以永終天。

貴池唐人集　第六

張喬

詩一卷
附文一首

貴池縣志·人物志·文苑本傳

張喬咸通中僑居長安延興門外，與許棠、俞坦之、吴宰、周繇、鄭谷、李棲遠、李昌符、温憲、張蠙爲『詩中十哲』。時應舉者多乘馬，喬獨乘驢。鄭少師薰嘗延之試京兆，月中桂詩爲時傳誦。時李頻爲京兆參軍，憐李棠久在場屋，首薦之，喬竟下第，薛尚書能唁之。後登天順二年進士，以黄巢之亂隱居九華山。著詩一卷。弟霞亦有詩名。本江南通志併唐詩紀事。

唐詩紀事·張喬

喬，池州人，有詩名。咸通中，與許棠、俞坦之、劇燕、任濤、吴宰、張蠙、周繇、鄭谷、李棲遠、温憲、李昌符謂之『十哲』。十九而二十人〔一〕。咸通中，京兆府解試月中桂詩，喬擅場，云：『與月轉洪濛，扶疏萬古同。根非生下土，葉不墜秋風。每向圓時足，還隨缺處空。影高羣木外，香滿一輪中。未種丹霄日，應虚白兔宫。如何當羽化，細得問神功。』其年李建州頻主試，時爲京兆府參軍。以許棠老於場屋，以爲首薦。未幾，巢寇爲亂，遂與伍喬之徒隱九華。

喬送許棠云：『離鄉積歲年，歸路遠依然。夜火山頭市，春江樹杪船。干戈愁鬢改，瘴癘喜家全。何處營甘旨，潮濤浸薄田。』

喬與俞坦之受知許下薛尚書能，詩棠首薦〔二〕，能以詩唁二子曰：『何事盡參差，惜哉吾子詩。日令銷北道，天亦負明時。有路當重振，無門那不知。何嘗見堯日，相與啜澆漓。』

喬遊終南白鶴觀詩云：『上徹見丹峯，求玄意未窮。古壇青草合，往事白雲空。仙境日月外，帝鄉煙霧中。人閒足煩暑，欲去戀清風。』

送友人歸宜春云：『落花兼柳絮，無處不紛紛。遠道空歸去，流鶯獨自聞。野橋喧磑水，山郭入樓雲。故里南陔曲，秋期更送君。』

鄭谷題喬延興門外所居云：『平生苦節同，旦夕會原東。掩卷斜陽裏，看山落木中。星霜人欲老，江海業全空。近日文場裏，因君起古風。』

校 記

〔一〕十九而二十　唐詩紀事校箋作『十哲而十一』。

〔二〕詩　唐詩紀事校箋作『許』，當是。

詩

張喬，池州人，有詩名。咸通中，與許棠、鄭谷、張蠙諸人同號『十哲』。巢寇之亂，罷舉隱九華。詩二卷，宋志：『一卷。』今編一卷。鄭谷云：『咸通舉子乘馬，喬獨乘驢。喬詩苦道真，鄭少師薰嘗延之門下，亦受知於薛尚書能。李建州頻爲京兆參軍，主解試月中桂詩，喬擅場。時許棠久在場屋，頻憐之，首薦棠。是年，喬竟下第。』品彙爵里考載：『喬大順中進士第。』陳氏書録云：『登科記無名，蓋不中第也。』

七言古詩

楊花落

北斗南回春物老，紅英落盡緑尚早。韶風澹蕩無所依，偏惜垂楊作春好。此時可憐楊柳花，縈盈豔曳滿人家。人家女兒出羅幕，浄掃玉除看花落。寶環纖手捧更飛，翠羽輕裾承不著。歷歷瑶琴舞袖陳，飛紅拂黛憐玉人。東園桃李芳已歇，猶有楊花嬌暮春。

五言律詩

塞下曲 下，一作『上』。一作劉駕詩，誤。

勒兵遼水邊，風急捲旌旃。絶塞寒無樹，平沙勢蓋天。下營看斗建，傳號信狼煙。聖代垂青史，當書破虜年。後四句一作『雪晴回探騎，月落控鳴弦。永定山河誓，南歸改漢年』。

曲江春

尋春與送春，多繞曲江濱。一片鳧鷖水，千秋輦轂塵。岸涼隨衆木，波影送一作『逐』。遊人。自是遊人老，年年管吹新。

祕省伴直

喬枝聚暝禽，疊閣鎖遥岑。待月當秋直，看書廢夜吟。殘薪留火細，古井下一作『汲』。瓶深。縱然鈔前史，貧難遂此心。

延福里秋懷

終年九陌行，要路迹皆生。苦學猶難至，甘貧豈有成？病攜秋卷重，閒著暑衣輕。一別林泉久，中宵御水聲。

秋夕

春恨復秋悲，秋悲難到時。每逢明月夜，長起故山思。巷僻行吟遠，蛩多獨臥遲。溪僧與樵客，動別十年期。

山中冬夜

寒葉風摇盡，空林鳥宿稀。澗冰妨鹿飲，山雪阻僧歸。夜坐塵心定，長吟語力微。人間去多事，何處夢柴扉？

藍溪夜坐

藍水警塵夢，夜吟開草堂。月臨山靄薄，松滴露花香。詩外真風遠，人間静興長。明朝訪禪侣，更上翠微房。

宿劉温書齋

不掩盈窗月，天然格調高。涼風移蟋蟀，落葉在離騷。迴筆挑燈燼，懸圖見海濤。因論三國志，空載幾英豪？

隱巖陪少師夜坐鄭薰歸老，號所居爲隱巖。

幸喜陪驄馭，頻來向此宵。硯磨清潤石，廚爨白雲樵。竹外村煙細，燈中禁漏遥。衣冠與文理，静語一作『話』。對前朝。

回鑾閣寫望

古閣上空半，寥寥千里心。多年爲客路，盡日倚欄吟。山壓秦川重，河來虜塞深。回鑾今不見，煙霧杳沈沈。

江樓作

憑檻見天涯，非秋亦可悲。晚天帆去疾，春雪燕來遲。山水分鄉縣，干戈足别離。南人廢耕織，早晚罷王師。

登慈恩寺塔

窗户響一作『幾』。層風，清涼碧落中。世人來往别，煙景古今同。列岫横秦斷，長河極塞空。斜陽越鄉思，天末見歸鴻。

遊少華山甘露寺 一作遊華山雲際寺

少華中峯寺，高秋衆景歸。地連秦塞起，河隔晉山微。晚木蟬相應，涼天雁並飛。慇懃記巖石，祇恐再來稀。

遊歙州興唐寺

山橋通絶境，到此憶天台。竹裏尋幽徑，雲邊上古臺。鳥歸殘照出，鐘斷細泉來。爲愛澄溪月，因成隔宿迴。

秦原春望

無窮名利塵，軒蓋逐年新。北闕東堂路，千山萬水人。雲離僧榻曙，燕遠鳳樓春。荏苒文明代，難歸釣艇身。

滕王閣寫望 一本無「寫望」二字

昔人登覽處，遺閣大江隅。一作「創來人世殊，幾度繞汀蘆」。疊浪有時有，閑雲無日無。早涼先燕去，返照後帆孤。未得營歸計，菱歌滿舊湖。

終南山

帶雪復銜春，横天占半秦。勢奇看不定，景變寫難真。洞遠皆通岳，川多更有神。白雲幽絶處，自古屬樵人。

華山

誰將倚天劍，削出倚天峯？衆水背流急，他山相向重。樹黏青靄合，崖夾白雲濃。一夜盆傾雨，前湫起毒龍。

遊南岳

入巖仙境清，行盡復重行。若得閒無事，長來寄此生。澗松閒易老，籠燭晚生明。一宿泉聲裏，思鄉夢不成。

尋桃源

武陵春草齊，花影隔澄溪。路遠無人去，山空有鳥啼。水垂青靄斷，松偃緑蘿低。世上迷途客，經兹盡不迷。

青鳥泉

祇此沈仙翼，瑶池似不遥。有聲懸翠壁，無勢下丹霄。浄瀨煙霞古，寒原草木彫。山河幾更變，幽咽到唐朝。

長安書事

出送鄉人盡，滄洲未得還。秋風五陵樹，晴日六街山。有景終年住，無機是處閒。何當向雲外，免老別離間。

北山書事

黄河一曲山，天半鎖重關。聖日雄藩静，秋風老將閒。車輿寄一作『穿』。谷口，市井響雲間。大野無飛鳥，元戎校獵還。

書邊事

調角斷清秋，征人倚戍樓。春風對青冢，白日落梁州。大漢一作『漠』。無兵阻，窮邊有客遊。蕃情似一作『如』。此水，長願向南流。

岳陽即事

遠色岳陽樓，湘帆數片愁。竹風山下路，沙月水中洲。力學桑田廢，思歸鬢髮秋。功名如不立，豈易狎汀鷗？

郢中即事

孤城臨遠水，千里見寒山。白雪無人唱，滄洲盡日閒。鳥歸殘燒外，帆出斷雲間。此地秋風起，應隨計吏還。

商山道中

春去計秋期，長安在夢思。多逢山好處，少值客行時。雲起爭峯勢，花交隱澗枝。停驂一惆悵，應祇嶺猿知。

荆楚道中

前程曾未到，歧路擬何一作『已奚』。爲。返照行人急，荒郊去鳥遲。春宵多旅夢，夏閏遠秋期。處處牽愁緒，無窮是柳絲。

吴江旅次

行人愁落日，去鳥倦遥林。曠野鳴流水，空山響暮砧。旅途歸次晚，鄉樹别年深。寂寞逢村酒，漁家一醉吟。

將歸江淮書（一作東歸有感）

東風摇衆木，即有看花期。紫陌頻來日，滄洲獨去時。郡因兵役苦，家爲海翻移。未老多如此，那堪鬢未衰。

將離江上作

白衣歸樹下，青草戀江邊。三楚足深隱，五陵多少年。寂寥聞蜀魄，清絶怨湘絃。歧路在何處，西行心渺然。

江行至沙浦

煙霞接杳冥，旅泊寄迴汀。夜雨雷電歇，春江蛟蜃腥。城侵潮影白，嶠截鳥行青。偏欲探泉石，南須過洞庭。

江行夜雨

江風木落天，遊子感流年。萬里波連蜀，三更雨到船。夢殘燈影外，愁積葦叢邊。不及樵漁客，全家住島田。一作『不是貪名利，家無負郭田』。

沿漢東歸

北去窮秦塞，南歸繞漢川。深山逢古迹，遠道見新年。絶壁雲銜寺，空江雪灑船。縈迴還此景，多坐夜煙一作『燈』。前。

浮汴東歸

日暖泗濱西，無窮岸草齊。薄煙衰草樹，微月迴城鷄。水近滄浪急，山隨緑野低。羞將舊名姓，還向舊遊題。

宿昭應

夜憶開元寺，淒涼里巷間。薄煙通魏闕，明月照驪山。半壁空宮閉，連天白道閒。清晨更迴首，獨向灞陵還。

雨中宿僧院

千燈有宿因，長老許相親。夜永樓臺雨，更深江海人。勞生無了日，忘念起微塵。不是真如理，何門静此身？

宿江叟島居

一家煙島上，一作『限』。竹裹夜窗開。數派分潮去，千檣聚月來。石樓雲斷續，澗渚雁徘徊。了得平生志，還歸築釣臺。

尋陽村舍

荒林寄遠居，坐臥見樵漁。夜火隨船遠，寒更出郡疏。雪迷登岳路，風阻轉江書。寂寞高窗下，思鄉歲欲除。

江村

貧遊無定踪，鄉信轉難逢。寒渚暮煙闊，去帆歸思重。潮平低戍火，木落遠山鐘。況是漁家宿，疏籬響夜舂。

題鄭侍御藍田別業

秋山清若水，吟客静於僧。小徑通商嶺，高窗見杜陵。雲霞朝入鏡，猿鳥夜窺燈。許作前峯侶，終來寄上層。

題友人林齋

喬木帶寒蟬，來吟暑雨天。不離高枕上，似宿遠山邊。簟冷窗中月，茶香竹裹泉。一作『煙』。

吾廬近溪島，憶别動經年。

題湖上友人居

豈得戀樵漁？全家湖畔居。遠無潮客信，閒寄嶽僧書。野白梅繁後，山明雨暗初。逍遥向雲外，莫與宦情疏。

題友人草堂

空山卜隱初，生計亦無餘。三畝水邊竹，一牀琴畔書。深林收晚果，絶頂拾秋蔬。堅話長如此，何年獻子虚？

題一作『遊』靈山寺

樹凉清島寺，虚閣敞禪扉。四面閒雲入，中流獨鳥歸。湖平幽徑近，船泊夜燈一作『香』。微。一宿秋風裏，煙波隔擣衣。

題廣信寺

亭北敞靈溪，林梢與檻齊。野雲來影遠，沙鳥去行低。晚渡明村火，晴山響郡鼙。思鄉值搖落，賴不有猿啼。

題興善寺僧道深院

江峯峯頂人，受法老西秦。法本無前業，禪非爲後身。院栽他國樹，堂展祖師真。甚願依宗旨，求聞未有因。

金山寺空上人院

已老金山頂，無心上石橋。講移三楚徧，梵譯五天遥。板閣禪秋月，銅瓶汲夜潮。自慙昏醉客，來坐亦通宵。

甘露寺僧房

臨水登山路，重尋旅思勞。竹陰行處密，僧臘別來高。遠岫明寒火，危樓響夜濤。悲秋不成寐，明月上千舠。

再題敬亭清越上人山房

重來訪惠休，已是十年遊。向水千松老，空山一磬秋。石窗清吹入，河漢夜光流。久別多新作，長吟洗俗愁。

題詮律師院

院涼松雨聲，相對有山情。未許谿邊老，猶一作『還』。思嶽頂行。紗燈留火細，石井灌瓶清。欲問吾師外，何人得此生？

題山僧院

谿路曾來日，年多與舊同。地寒松影裏，僧老磬聲中。遠水清風落，閒雲別院通。心源若無礙，何必更論空？

題終南山白鶴觀

上徹鍊丹峯，求玄意未窮。古壇青草合，往事白雲空。仙境日月外，帝鄉一作『城』。煙霧中。人間足煩暑，欲去戀松風。

題古觀

急景遞衰老，此經誰養真？松留千歲鶴，碑隔六朝人。洞水流花早，壺天閉雪春。其如爲名利，歸踏五陵塵。

書梅福殿壁二首

梅真從羽化，萬古是須臾。此地名空在，西山雲亦孤。井痕平野水，壇級上春蕪。縱有雙飛鶴，年多松已枯。

一自白雲去，千秋壇月明。我來思往事，誰更得長生？雅韻磬鐘遠，真風樓殿清。今來爲尉者，天下有仙名。

江上逢進士許棠

詩人推上第，新榜又無君。鶴髮他鄉老，漁歌故國聞。平江留曉月，獨鳥伴一作『鳥絆』。餘雲。且了髫年志，沙鷗未可羣。

江南逢洛下友人

洛下吟詩侶，南遊只爲君。波濤歸路見，蟋蟀在船聞。曉月江城出，晴霞島樹分。無窮懷古意，豈獨繞湘雲？

贈友人

九霄無詔下，何事觸清塵？宅帶松蘿僻，身惟猿鳥親。吟看仙掌月，期有洞庭人。莫問煙霞句，懸知見岳神。

贈邊將

將軍誇膽氣，功在殺人多。對酒擎鍾飲，臨風拔劍歌。翻師平碎葉，掠地取交河。應笑孔門客，年年羨四科。

贈仰天一作『大』師

仰山因久住，天下仰山名。井邑身雖到，林泉性本清。野一作『嶺』。雲居一作『看』。處盡，江一作『水』。月定中一作『時』。明。髣髴曾相識，今來隔幾生。

聞仰山禪師往曹溪因贈

曹溪松下路，猿鳥重相親。四海求玄理，千峯繞定身。異花天上墮，靈草雪中春。自惜經行處，焚香禮舊真。

贈敬亭清越上人

海上獨隨緣，一作『海畔與窮邊』。歸來二十年。久閒時得句，漸老不離禪。砌木欹臨水，窗一作『蓬』。峯直倚天。猶期向雲裏，別掃石牀眠。

東湖贈僧子蘭（一作題蘭上人）

名利了無時，何人暫訪師？道情閒外見，心地語來知。竹落穿窗（一作『忽穿』）。葉，松寒蔭井枝。匡山許同社，願卜挂帆期。

贈初上人

竹色覆禪棲，幽禽繞院啼。空門無去住，行客自東西。井氣春來歇，庭枝雪後低。相看念山水，盡日話曹溪。

贈棋僧侶

機謀時未有，多向弈棋銷。已與山僧敵，無令海客饒。静驅雲陣起，（一作『出』）。疏點雁行遥。夜雨如相憶，松窗更見招。

劉補闕自九華山拜官因以寄獻

冥鴻久不羣，微拜動天文。地主迎過郡，山僧送出雲。登車殘月在，宿館亂流分。若更思林下，還須共致君。

寄績溪陳明府

古邑猿聲裏，空城只半存。岸移無舊路，沙漲別成村。鼓角喧京口，江山盡汝濆。六朝興廢地，行子一銷魂。

寄處士梁燭

賢哉君子風，風一作『諷』，一作『誦』。與古人同。采藥楚雲裏，移家湘水東。星霜秋夜闊，雨雹夜山空。早晚相招隱，深耕老此中。

思宜春寄友人

勝遊雖隔年，魂夢亦依然。瀑水喧秋思，孤燈動夜船。斷虹全嶺雨，斜月半溪煙。舊日吟詩侶，何人更不眠？

寄南中友人

相夢如相見，相思去後頻。舊時行處斷，華髮別來新。浪動三湘月，煙藏五嶺春。又無歸北客，書札寄何人？

寄中岳顓頊先生

先生顓頊後，得道自何人？松柏卑於壽，兒孫老卻身。夜窗峯頂曙，寒澗洞中春。戀此逍遥境，雲間不可親。

別李參軍

王孫遊不遇，況我五湖人。野店難投宿，漁家獨問津。嶺分中夜月，江隔兩鄉春。靜想青雲路，還應寄此身。

贈別李山人

分一作『未』。合老西秦，年年夢白蘋。曾爲洞庭客，還送洞庭人。語別惜藏夜，思歸愁見春。遙知泊舟處，沙月自相親。一作『滄浪濯纓處，應念滿衣塵』。

江南別友人

勞生故白頭，頭白未應休。闕下難孤立，天涯尚旅遊。聽猿吟島寺，待月上江樓。醉別醒惆悵，雲帆滿亂流。

送鄭侍御赴汴州辟命

官從諫署清，暫去佐戎旌。朝客多相送，一作『戀』。吟僧欲伴行。河冰天際白，嶽雪眼前明。即是東風起，梁園聽早鶯。

送鄭谷先輩赴汝州辟命

看花興未休，已散曲江遊。載筆離秦甸，從軍過洛州。嵩雲將雨去，汝水背城流。應念依門客，蒿萊滿徑一作『目』。秋。

送睦州張參軍

重禄輕身日，清資近故鄉。因知送君後，轉自惜年芳。遠水分林影，層峯起鳥行。扁舟此中去，溪月有餘光。

送河西從事

結束佐戎旃，河西住幾年。隴頭隨日去，磧裏寄星眠。水近沙連帳，程遥馬入天。聖朝思上策，重待奏安邊。

送龍門令劉滄

去宰龍門縣，應思變化年。還將魯儒政，又與晉人傳。峭壁開中古，長河落半天。幾鄉因勸勉，耕稼滿雲煙。

送龐百篇之任青陽縣尉

都堂公試日，詞翰獨超羣。品秩臺庭與，篇章聖主聞。鄉連三楚樹，縣對九華雲。多少青門客，臨歧共羡君。

送沈先輩尉昭應

餘才不廢詩，佐邑喜閒司。丹陛終須去，青山未可期。葉彫温谷晚，雲出古宫遲。若草東封疏，君王到有時。

送南陵尉李頻

重作東南尉，生涯尚似僧。客程淮館月，鄉思海船燈。晚霧看春轂，晴天見朗陵。不應三考足，先授詔書徵。

送前輩讀三傳赴長城尉 一作送三傳赴長城尉

登科精魯史，爲尉及良時。高論窮諸國，長才併幾司。地傾流水疾，山疊過雲遲。暇日琴書畔，何人對手棋？

送友人許棠 一作送友人進士許棠

離鄉積歲年，歸路遠依然。夜火山頭市，春江樹杪船。干戈愁鬢改，瘴癘喜家全。何處營甘旨，潮一作『波』。濤侵薄田。

送許棠下第遊蜀

天下猿多處，西南是蜀關。馬登青壁瘦，人宿一作『度』。翠微閒。帶雨逢殘日，一作『火』。因江見斷山。行歌風月好，莫老錦城間。

送許棠及第歸宣州

雅調一生吟，誰爲晚達心？旁人賀及第，獨自卻霑襟。宴別喧天樂，家歸礙日岑。青門許攀送，故里接雲林。

送友人及第歸江南

豈易及歸榮？辛勤致此名。登車思往事，回首勉諸生。路繞山光曉，一作『曙』。帆通海氣清。秋期卻閒坐，林下聽江聲。

送友人歸袁州

袁江猿鳥清，曾向此中行。才子登科去，諸侯掃榻迎。山藏明月浦，樹繞白雲城。遠想安親後，秋風夢不驚。

送韓處士歸少室山

江外歷千岑，還歸少室吟。地閒緱嶺月，窗迥洛城砧。石竇垂寒一作『新』。乳，松枝長別琴。他年瀑泉下，亦擬置家林。

送友人歸宣州

失計復離愁，君歸我獨遊。亂花藏道發，春水繞鄉流。暝火叢橋市，晴山疊郡樓。無爲謝公戀，吟過晚一作『曉』。蟬秋。

送友人歸一作『往』宜春一作『江南』

落花兼柳絮，無處不紛紛。遠道空歸去，流鶯獨自聞。野橋喧磑水，山郭入樓雲。故里南陔一作『陵』。曲，秋期更送君。元僧圓至注三體唐詩，以『南陔』爲『南陵』，云喬之故里。喬，池州人，南陵隸宣，非也，自言宜春故里歌南陔笙詩，貢士更入京耳。

送友人歸江南

辛勤同失意，迢遞獨還家。落日江邊笛，殘春島上花。親安誠可喜，道在亦何嗟。誰伴高吟處，晴天望九華。

送人歸江南

貧歸無定程，水宿與山行。未有安親計，難爲去國情。島煙孤寺磬，江月遠船筝。思苦秋迴日，多應吟更清。

送友人東歸

遠涉期秋卷，將行不廢吟。故鄉芳草路，來往別離心。挂席春風盡，開齋夏景深。子規誰共聽，江月上青岑。

送友人北遊

東歸未遂心，北處幾沈吟。把酒思鄉遠，投人入塞深。晉山擎白道，汾水截青林。想見連天雪，安知一作『長安』。是積霖？

江上送友人南遊

何處積鄉愁？天涯聚亂流。岸長羣岫晚，湖闊片帆秋。買酒過漁舍，分燈與釣舟。瀟湘見來雁，應念獨邊遊。

送友人遊湖南

所投非舊知，亦似有前期。路向長江上，帆揚細雨時。春生南嶽早，日轉大荒遲。盡采瀟湘句，重來會近期。

送蜀客

劍閣緣空去，西南過一作『轉』，一作『第』。幾州。丹霄行客語，明月杜鵑愁。露帶山花落，雲隨野水流。相如曾醉地，莫滯少年遊。

送友人遊蜀

此心知者稀，欲別倍相依。無食擬同去，有家還未歸。巴山開國遠，劍道入天微。必恐臨邛客，疑君學賦非。

送陸處士

尊前放浩歌，便起一作『處』。泛煙波。舟楫故人少，江湖明月多。孤峯經宿上，僻寺共雲過。若向僊巖住，還應著薜蘿。

送賓貢金夷吾一作『魚』奉使歸本國

渡海登仙籍，還家備漢儀。孤舟無岸泊，萬里有星隨。積水浮魂夢，流年半別離。東風未迴日，音信杳難期。一作『知』。

送朴充侍御歸海東

天涯離二紀，闕下歷三朝。漲海雖然闊，歸帆不覺遥。驚波時失侣，舉火夜相招。來往尋遺事，秦皇有斷橋。

送棋待詔朴球歸新羅

海東誰敵手，歸去道應孤。闕下傳新勢，船中覆舊圖。窮荒迴日月，積水載寰區。故國多年別，桑田復在無？

李道士歸南嶽

千峯隔湘水，迢遞挂帆歸。掃月眠蒼壁，和雲著褐衣。洞虚懸溜滴，徑狹長松圍。只恐相尋日，人間舊識稀。

送僧鸞歸蜀寧親

歌詩精外學，夫子是知音。坐夏宫鐘近，寧親劍閣深。高名徹西國，舊迹寄東林。自此棲禪者，因師滿蜀吟。

送僧雅覺歸海東 一作『東海』

山川心地内，一念即千重。老別關中寺，秋一作『禪』。歸海外峯。鳥行來有地，帆影去無踪。幾夜波濤息，先聞本國鐘。

送新羅僧

東來此學禪，多病念佛緣。把錫離巖寺，收經上海船。落一作『捲』。帆敲石火，宿鳥汲瓶泉。永向扶桑老，知無再少年。

弔前水部賈員外

籠中江海禽，日夕有歸心。魏闕長謠久，吳山獨往深。别時羣木落，終處亂猿吟。李白墳前路，溪僧送入林。

弔建州李員外（文苑誤作曹松，松集自有弔詩。）

銘旌歸故里，猿鳥亦悽然。已葬桐江月，空迴建水船。客傳爲郡日，（一作『政』。）僧説讀書年。恐有吟魂在，深山古木邊。

弔栖白上人

今古遞相送，幾時無逝波。篇章名不朽，寂滅理如何？内殿留真影，閒房落貝多。從兹高塔寺，惆悵懶經過。

弔造微上人

至人隨化往，遺路自堪傷。白塔收真骨，青山閉影堂。鐘殘含細韻，煙（一作『印』。）滅有餘香。松上齋烏在，遲遲立夕陽。

題賈島吟詩臺

吟魂不復遊，臺亦似荒邱。一徑草中出，長江天外流。暝煙寒鳥集，殘月夜蟲愁。願得生禾黍，鋤平恨即休。

經九華山費徵君故居

草堂蕪没後，來往問樵翁。斷石荒林外，孤墳晚照中。數溪分大野，九子立寒空。煙壁曾行處，青雲路不通。

經宣城元員外山居

無人襲仙隱，石室閉空山。避燒猿猶到，隨雲鶴不還。澗荒巖影在，橋斷樹陰閒。但有黃河賦，長留在世間。

經隱巖舊居 一作懷舊遊

夜久村落静，徘徊楊柳津。青山猶有路，明月已無人。夢寐生 一作『空』。前事，星霜倦此身。嘗期結茅處，來往躡遺塵。

題玄哲禪師影堂

吾師視化身，一念即遺塵。巖谷藏虛塔，江湖散學人。雲迷禪處石，院掩寫來真。寂寞焚香後，閒階細草生。

聽琴

清月轉瑶軫，弄中湘水寒。能令坐來客，不語自相看。静恐鬼神出，急疑風雨殘。幾時歸嶺嶠，更過洞庭彈。

和崔監察題興善寺古松 崔，一作『薛』。

種種 一作『在』。近 一作『法』。王城，前朝古寺名。瘦根盤地遠，香吹入雲清。鶴動池臺影，僧禪雨雪聲。看來人旋老，因此歎浮生。

題小松 一作移小松

松子落何年，纖枝長水邊。斸開深澗雪，移出遠林煙。帶月棲幽鳥，兼花灌冷泉。微風動清韻，閒聽罷琴眠。

蟬

先秋蟬一悲，長是客行時。曾感去年者，又鳴何處枝？細聽殘韻在，迴望舊聲遲。斷續誰家樹，涼風送別離。

五言排律

華　山

青蒼河一隅，氣然杳難圖。卓傑三峯出，高奇四岳無。力疑擎上界，勢獨壓中區。衆水東西走，羣山遠近趨。天迴諸宿照，地聳百靈扶。石壁煙霞麗，一作『藤蘿細』。龍潭雨雹麤。

澄凝一作『清涼』。臨甸服，險固束神都。淺覺川原異，深應日月殊。鶴歸青靄合，仙去白雲孤。瀑溜斜飛凍，松長倒挂枯。每來尋一作『探』。洞穴，不擬返江湖。儻有芝田種，巖間一作『商巖』。老一一作『寄野』。夫。

試月中桂

與月轉洪濛，扶疏萬古同。根非生下土，葉不墜秋風。每以一作『向』。圓時足，還隨缺處空。影高羣木外，香滿一輪中。未種丹霄日，應虛玉一作『白』。兔宫。何當因一作『如何當』。羽化，細得問玄一作『神』。功。

興善寺貝多樹

還應毫末長，始見拂丹霄。得子從西國，成陰見昔朝。勢隨雙刹直，寒出四牆遥。帶月啼春鳥，連空噪暝蜩。遠根穿古井，高頂起涼飆。影動懸燈夜，聲繁過雨朝。静遲松桂老，堅任雪霜彫。永共終南在，應隨劫火燒。

哭陳陶

先生抱衰疾，不起茂陵間。夕臨諸孤少，荒居弔客還。遺文禪東岳，留語葬鄉山。多雨銘旌故，殘燈素帳閒。樂章誰與集，隴樹即堪攀。神理今難問，予將叫帝關。

七言律詩

書邊事 一作再書邊事

萬里沙西寇已平，犬羊羣外築空城。分營夜火燒雲遠，校獵秋鵰掠草輕。秦將力隨胡馬竭，蕃河流入漢家清。羌戎不識干戈老，須賀今一作『當』。時聖主明。

歸舊山

昔年山下結茅茨，村落重來野徑移。樵客相逢悲往事，林僧閒坐問歸期。異藤偏樹無空處，幽草緣溪少歇時。此景一拋吟欲老，可能文字聖朝知。

望巫山

溪疊雲深轉谷遲，暝投孤店草蟲悲。愁連遠水波濤夜，夢斷空山雨雹時。邊海故園荒後賣，入關玄髮夜來衰。東歸未必勝羈旅，況是東歸未有期。

謝公亭懷古 一作題宣州開元寺

謝家煙徑長莓苔，牢落虛欄竹上開。流水不將山色去，閒雲時帶角聲來。六朝舊迹遺詩在，三楚空江有雁回。達理始應惆悵盡，因僧清話憶天台。一本題作宣州開元寺閣，與此大同小異，附録：『誰家煙徑長莓苔，金碧虛欄竹上開。流水遠分山色斷，清猿時帶角聲來。六朝明月惟詩在，三楚空山有雁回。達理始應盡惆悵，僧閑應得話天台。』

題河中鸛雀樓

高樓懷古動悲歌，鸛雀一作『燕』。今無野雀過。樹隔五陵秋色早，水連三晉夕陽多。漁人遺火成寒燒，牧笛吹風起夜波。十載重來值摇落，天涯歸計欲如何？

七松亭

七松亭上望秦川，高鳥閒雲滿目前。已比子真棲谷口，豈同陶令臥江邊？臨崖把卷驚迴燒，掃石留僧聽遠泉。明月影中宫漏近，佩聲應宿使朝天。七松亭，鄭少師薰隱巖别墅中亭也。薰歸老築隱巖，蒔松七本，號『七松處士』，自謂異代可與五柳先生作對。詩中用子真、陶令以此，詳見新唐史及南部新書。

贈進士顧雲

潮檻煙波别釣津，西京同□荻□貧〔一〕。不知守道歸何日，相對無言盡幾春。晴景遠山花外暮，雲□高蓋水一作『雲』。邊□〔二〕。與君愁寂無銷處，賒酒青門送楚人。

贈友人

自説安貧歸未得，竹邊門掩小池冰。典琴賒酒吟過寺，送客思鄉上灞陵。待月夜留煙島客，憶雲閒訪翠微僧。幾時獻了相如賦，去向嵩山采茯苓。

贈頭陀僧

自説年深別石橋，徧遊靈迹熟南朝。已知世路皆虚幻，不覺空門又寂寥。滄海附船浮浪久，碧山尋塔上雲遥。如今竹院藏衰老，一點寒燈弟子燒。

城東寓居寄知己

花木閒門苔蘚生，滻川特去得吟情。病來久絶洞庭信，年長卻思廬岳耕。落日獨歸林下宿，暮雲多繞水邊行。干時退出長如此，頻愧相憂道姓名。

送何道士歸山

身非絶粒本清羸，束挂仙經杖一枝。落葉獨尋一作『遠路自隨』。流水去，深山長與白雲期。樹臨丹竈寒花疾，壇近青嵐夜月遲。樵客若能過一作『過』〔三〕。洞裏，迴歸人世始應悲。

五言絶句

對月二首

盈缺青冥外，東風萬古一作『里』。吹。何人種丹桂，不長出輪枝？

圓魄上寒空，皆言四海同。安知千里外，不有雨兼風？前有癡話，此首又真話也。

送人及第歸海東

東風日邊起，草木一時春。自笑中華路，年年送遠人。

漁家

擁棹思一作『釣艇去』。悠悠，更深泛積流。一作『煙波春復秋』。惟將一星一作『點』。火，何處宿蘆洲？

七言絶句

長門怨 一作劉駕詩，誤。

御泉長繞鳳凰樓，自是恩波別處流。閒揲舞衣歸未得，夜來砧杵六宮秋。

自誚

每到花時恨道窮，一生光景半成空。只應抱璞非良玉，豈得年年不至公？不怨人而自怨，厚之至也。

春日有懷

高下尋花春景遲，汾陽臺榭白雲詩。看山懷古翻惆悵，未勝遥傳不到時。

春日遊曲江

日暖鴛鴦拍浪春，蒹葭浦際聚青蘋。若論來往鄉心切，須是煙波島上人。

九華樓晴望

一夜江潭風雨後，九華晴望倚天秋。重來此地知何日？欲别殷勤更上樓。

臺　城

宫殿餘基長草花，景陽宫樹噪村鴉。雲屯雉堞依然在，空繞漁樵四五家。

潭上作

竹島殘陽映翠微，雪翎禽過碧潭飛。人閒未有關身事，每到漁家不欲歸。

谷口作

巴客青冥過嶺塵，雪崖交映一川春。晴朝采蘖尋源去，必恐雲深見異人。

宿洛都門

山川馬上度邊禽，一宿都門永夜吟。客路不歸秋又晚，南風吹動洛陽砧。

宿潺湲亭

走月流煙疊樹西，聽來愁甚聽猿啼。幾時御水聲邊住，卻夢潺湲宿此溪。

宿齊山僧舍

一宿經窗臥白波，萬重歸夢隔一作『曉隨山月出』。煙蘿。若言不得南宗要，長在禪牀事更多。

題上元許棠所任王昌齡廳

琉璃堂裏當時客，久絶吟聲繼後塵。百四十年庭樹老，如今重得見詩人。

遊邊感懷二首

貧遊繚繞困邊沙，卻被遼陽戰士嗟。不是無家歸不得，有家歸去似無家。

兄弟江南身塞北，雁飛猶自半年餘。夜來因得思鄉夢，重讀前秋轉海書。

宴邊將

一曲涼州金石清，邊風蕭颯動江城。坐中有老沙場客，橫笛休吹塞上聲。

贈河南詩友

山東令族玉無塵，裁翦煙花筆下春。不把瑶華借風月，洛陽才子更何人？

寄維揚故人

離別河邊綰柳條，千山萬水玉人遥。月明記得相尋處，城鎖東風十五橋。

寄　弟

故里行人戰後疏，青崖萍寄白雲居。那堪又是傷春日，把得長安落第書。

寄薦福寺栖白大師

高塔六街無不見，塔邊名出祇吾師。嘗聞朝客多相□〔四〕，記得□□數句詩〔五〕。

寄清越上人 一作寄山僧

真性一作『大道』。本來無所染，白雲那得有心期？遠公猶一作『獨』。刻蓮花漏，獨一作『猶』。向空山禮六時。

寄山僧

閒倚蒲團向日眠，不能歸老岳雲邊。舊時僧侶無人在，惟有長松見少年。

越中贈別

東越相逢幾醉眠，滿樓明月鏡湖邊。別離吟斷西陵渡，楊柳秋風兩岸蟬。

河湟舊卒

少年隨將討河湟，頭白清時返故鄉。十萬漢軍零落盡，獨吹邊曲向殘陽。

漁者

首戴圓荷髮不梳，葉舟爲宅水爲居。沙頭聚看人如市，釣得澄江一丈魚。

孤雲

舒卷因風何所之，碧天孤影勢遲遲。莫言長是無心物，還有隨龍作雨時。

詠棋子贈弈僧

黑白誰能用入玄？千回生死體方圓。空門說得恆沙劫，應笑終年爲一先。

笛

翦雨裁煙一節秋，落梅楊柳曲中愁。尊前暫借殷勤看，明月曾聞向隴頭。

鷺鷥障子

翦得機中如雪素，畫爲江上帶絲禽。閒來相對茅堂下，引出煙波萬里心。

猿 一作長安贈猿

挂月棲雲向楚林，取來全是爲清音。誰知繫在黄金索，一作『鎖』。翻畏侯家不敢吟。

促織

念爾無機自有情，迎寒辛苦弄梭聲。椒房金屋何曾識？偏向貧家壁下鳴。

校記

〔一〕空處文苑英華分別作『似』、『洲』，宋李昉輯，中華書局一九六六年版。

〔二〕空處文苑英華皆作『邊』。

〔三〕『過』下注『一作過』，當誤。全唐詩作『隨』，下注『一作過』。

〔四〕□　原本爲墨釘。

〔五〕□　原本爲墨釘。

附　文

對燕弓矢舞判

燕師國子以弓矢舞，樂師巡列，將撻之。曰眡瞭詔瞽，師來罪。

燕訓恭儉，樂協詠歌。君子以之侑食，先王所以布政。師彼國子，舞於公庭。始合於文，執羽籥而在列；終奏以武，覩弓矢之斯張。進退疾徐，取六律以成節；屈伸俯仰，宣八風以克諧。始協伯夔之教，自得周官之典。眡瞭詔瞽，既訴者之有詞；樂師巡列，何朴作之妄罰。於此觀禮，宜其緩刑。

貴池唐人集　第七

杜荀鶴

唐風集三卷補逸詩九首

附松窗雜記一卷

（康熙）池州府志卷第六十唐杜荀鶴傳第三

杜荀鶴字彦之，石埭人。有詩名，尤工草字，自號九華山人。大順二年登進士第，名在第八，與座主同，謂之傳衣鉢。時荀鶴已四十六歲，放榜乃正月初十日，正值荀鶴生辰，王希羽贈之詩曰：『金榜曉懸生世日，玉書潛記上昇時。九華山色高千尺，未必高於第八枝。』藝林傳以爲美談。按，池志作景福二年登第，而唐詩品彙、唐詩鼓吹俱作大中間進士第。唐詩三體又作大順元年狀元，今以南部新書大順二年裴贄榜登第爲定。及第後以亂歸。有亂後歸山詩云：『此心非此志，終擬致明君。』可以見其意矣。時田頵據宣州，辟荀鶴從事。嘗遣至汴，通好朱全忠，獻詩三十章皆易曉。全忠甚悦，厚遇之，表爲翰林學士、主客員外郎，知制誥，而荀鶴輒恃全忠勢，侮易縉紳，人咸以爲恨。天祐初卒。自編唐風集三卷并緑窗鎖翠若干卷，草書有雲扃帖藏宋御府。按，池志曰：杜牧之守秋浦，妾程氏有孕，妻逐之，適長林鄉正杜筠，遺腹生荀鶴。牧之示阿宣詩曰：『二子呶呶跨相門，宣平聞此若而人。長林管領閒風月，卻有佳兒屬杜筠。』周必大亦曰：『此事人罕知，載池陽集。余過池，嘗有詩曰：千古風流杜枚之，詩才猶及杜筠兒。向來稍喜唐風集，今晤樊川是父師。』然此説俚甚，恐未必有此，因附記之。

四庫全書總目卷一百五十一集部四别集類四唐風集

唐風集三卷　江蘇巡撫採進本

唐杜荀鶴撰。荀鶴，池州人。按計有功唐詩紀事稱：『荀鶴有詩名，大順初擢進士第二〔一〕，牧之微子也。牧之自齊安移守秋浦，時有妾懷妊，出嫁長林鄉杜筠而生荀鶴。』又稱：『荀鶴擢第，時危勢宴，復還舊山。田頵在宣州，甚重之。頵起兵，陰令以箋間至梁太祖許。及頵遇禍，梁主表授翰林學士，主客員外郎中，知制誥。恃勢侮易縉紳，衆怒欲殺之未及。天祐初卒。』又稱：『荀鶴初謁梁王朱全忠，雨作而天無雲，荀鶴賦詩有「若教陰翳都相似，争表梁王造化功」句。』是荀鶴爲人至不足道，其稱杜牧之子，殆亦梁師成之，依託蘇軾乎？其詩最有名者爲『風暖鳥聲碎，日高花影重』一聯，而歐陽修六一詩話以爲周朴詩。吴聿觀林詩話亦稱見唐人小説作朴詩，荀鶴特竊以壓卷。然則此一聯者，又如寶月之於柴廓矣。此集乃其初登第時所以自編，詩多俗調，不稱其名。以唐人舊集流傳已久，姑存以備一家。毛晉刻本前有顧雲序，序末謂之唐風集。以下文不相屬，蓋舊本唐詩紀事載雲此序，誤連下條『荀鶴初謁梁王』云云六十四字爲一條，晉不察而誤併鈔之，殊爲疏舛。今刊除此段，以還其舊焉。按，唐詩紀事作『主客員外郎』，無『中』字，劉世珩謹識。

唐詩紀事・杜荀鶴

荀鶴有詩名，號九華山人。大順初擢第，授翰林學士，主客員外郎，知制誥。序其文爲唐風集。或曰荀鶴，牧之微子也。牧之會昌末自齊安移守秋浦，時年四十四，所謂『使君四十四，兩佩左銅魚』者也。時妾有妊，出嫁長林鄉正杜筠而生荀鶴。擢第年四十六矣。

溪興云：『山雨溪風卷釣絲，瓦甌篷底獨斟時。醉來睡著無人喚，流下前溪也不知。』

春宮怨云：『早被嬋娟誤，欲妝臨鏡慵。承恩不在貌，教妾若爲容？風暖鳥聲碎，日高花影重。年年越溪女，相憶採芙蓉。』

荀鶴曾得詩一聯云：『舊衣灰絮絮，新酒竹篘篘。』韋莊曰：『我道印將金鎖鎖，簾用玉鉤鉤，即京兆大拜之祥也。』

贈僧云：『利門名路兩何憑，百歲風前短焰燈。只恐爲僧心不了，爲僧心了總輸僧。』

時世行云：『夫因兵死守蓬茅，麻紵裙衫鬢髮焦。桑柘廢來猶納稅，田園荒盡尚徵苗。時挑野菜和根煮，旋斫生柴帶葉燒。任是深山更深處，也應無計避徵徭。』又云：『八十老翁住破村，村中牢落不堪論。因供塞木無桑柘，爲點鄉兵絶子孫。還似平寧徵賦稅，未曾州縣略安存。至今鷄犬皆星散，日落西山哭倚門。』

荀鶴擢第，時危勢晏，復還舊山。田頵在宣州，甚重之。頵起兵，陰令以箋問至梁太祖許，頗厚遇。及頵遇禍，梁祖表授翰林學士，主客員外郎，知制誥。恃勢侮易搢紳，衆欲殺之而未及。天祐初卒。

顧雲序其詩曰：大順初，皇帝少宗伯河東裴公掌邦貢。次二年，遠來〔二〕，隱者出，異人雋士大集都下，於羣進士中得九華山人杜荀鶴，拔居上第。諸生謝恩日，列坐既定，公揖生，謂曰：『聖上歎文教不張，思得如高宗朝射洪拾遺陳公，名犯文宗廟諱。作詩出没二雅，馳驟建安，削苦澀僻碎，略淫靡淺切，破豔冶之堅陣，擒雕巧之酋帥，皆摧撞折角〔三〕，崩潰解散，掃蕩詞場，豁清文祲；然後有戴容州、劉隨州、王江寧率其徒，揚鞭按轡，相與呵樂，來朝於正道矣。以生詩有「陳體」，可以潤國風，廣王澤，故擢以塞詔。竟勉爲中興詩宗。』生謝而退。明年，寧親江表，以僕故山偕隱者，出詩三百篇見。其雅麗激越之句，能使貪吏廉，邪臣正，父慈子孝，兄友弟悌，人倫之紀備矣。其壯語大言，則決起逸發，可以左攬工部袂，右拍翰林肩，吞賈喻八九於胸中，曾不蔕介。情動於中，則極思莫搜，神遊希夷，形兀枯木，五聲勞於呼吸，萬象貧於抉剔，信詩之雄傑者也。美哉！裴公之知人爲不誣矣。於戲！旌别淑慝，史臣之職。僕幸得爲之敘録，視其人齒尚壯，才力尚未盡，謳吟之興方酣，俟其繼作，得如周頌者，目之爲唐風集。

荀鶴干謁梁王朱全忠〔四〕，雨作而天無行雲。梁曰：『此謂天泣，知何祥？先作無雲詩。』乃賦曰：『同是乾坤事不同，雨絲飛灑日輪中。若教陰翳都相似，争表梁王造化功？』梁悦之。劉世珩按，此條原接唐風集下刻作一篇，毛子晉刻本以爲雲序，並誤從之。四庫全書提要亦以子晉不察，因刊除此段，以還其舊，蓋初誤於紀事，今爲提行别作一條，免一誤再誤也。

全唐詩話·杜荀鶴

荀鶴有詩名，號九華山人。大順初擢第，授翰林學士，主客外郎，知制誥。序其文爲唐文集〔五〕。或曰荀鶴，牧之微子也。牧之會昌末自齊安移守秋浦，時年四十四，所謂『使君四十四，兩佩左銅魚』者也。時妾有妊，出嫁長林鄉正杜筠而生荀鶴。擢第年四十六矣。溪興云：『山雨溪風卷釣絲，瓦甌篷底獨斟時。醉來睡著無人唤，流下前溪也不知。』春宫怨云：『早被嬋娟誤，欲妝臨鏡慵。承恩不在貌，教妾若爲容。風暖鳥聲碎，日高花影重。年年越溪女，相憶採芙蓉。』

校記

〔一〕余嘉錫四庫提要辨證卷二十一集部二云：『紀事并不言荀鶴擢第名在第幾，南部新書辛卷云：「荀鶴，太順二年正月十日裴贊下第八人。」』

〔二〕遠　唐詩紀事校箋下有『者』字。

〔三〕幢　文苑英華作『撞』。

〔四〕干　唐詩紀事校箋作『初』。

〔五〕文　全唐詩話杜荀鶴作『風』，上海商務印書館萬有文庫第二集，一九三七年版。

唐風集敘

顧　雲

大順初，皇帝命小宗伯河東裴公掌邦貢。次二年，遠一作「遥」。者來，隱者出，異人雋士全唐文「士」下有「始」字。大集都下，於羣進士中得九華山人杜荀鶴，拔居上第。諸生謝恩日，列坐既定，公揖生，謂曰：『聖上歎文教未張，思得如高宗朝射洪全唐文無「射洪」二字。拾遺陳公，名犯文宗廟諱。作詩出没二雅，馳驟建安，削苦澀僻碎，略淫靡淺切，破豔冶之間一作「堅」。陣，禽雕巧之首帥，皆摧撞折角，崩潰解散，掃蕩詞場，豁清文祲，然後有戴容州、劉隨州、王江寧率其徒，揚鞭按轡，相與呵樂，來朝於正道矣。以生詩有「陳體」，可以潤國風，廣王澤，故擢以塞詔意，勉爲中興詩宗。』生謝而退。明一作「次」。年，寧親江表，以僕故山偕隱者，出全唐文「出」下有「平生所著五七言」。詩三百篇見。其雅麗激越之句，全唐文作「見簡，詠其雅麗清苦激越之句」。能使貪吏廉，邪臣正，父慈子孝。兄友一作「良」。弟悌，一作「順」。人倫之一作「綱」。紀備矣。其壯語大言，則決起逸發，可以左攬工部袂，右拍翰林肩〔一〕，吞賈喻八九於胸中，曾不蔕介。全唐文「情」上有「或」字。情動一作「發」。於一作「乎」。中，則極思冥搜，神游一作「泳」。希夷，形兀枯木，五聲勞於呼吸，萬象貧一作「悉」。於抉剔，信詩全唐文「詩」下有「家」字。之雄傑者也。美哉！裴公之知人爲不誣矣。於戲！旌别淑慝，史臣之職。全唐文『職』下有『也』字。僕幸得爲之敘録。視其人齒尚壯，才力未盡，謳吟之興方酣，俟其繼作，得如周頌者，全唐文作『周頌魯頌者』。目全唐文作『廣』。之爲唐風集。老而益精，留次序。一作『别爲之次序』。景福元年壬子夏述。

校記

〔一〕右　原誤作『石』，據唐詩紀事校箋改。

唐風集卷之上

今體五言凡一百二十五首

春宮怨 劉世珩按，全唐詩注：『一作周朴詩。』

早被嬋娟誤，欲妝臨鏡慵。承恩不在貌，教妾若爲容？風暖鳥聲碎，日高花影重。年年越溪女，相憶采芙蓉。

訪道者不遇

寂寂白雲門，尋真不遇真。祇應松上鶴，便是洞中人。藥圃花香異，沙泉鹿迹新。題詩留姓字，他日此相親。

送人遊吳

君到姑蘇見，人家盡枕河。古宮閒地少，水港小橋多。夜市賣菱藕，春船載綺羅。遥知未眠月，鄉思在漁歌。

送陳昈歸麻川

麻川清見底，似入武陵溪。兩岸山相向，三春鳥亂啼。酒旗和柳動，僧屋與雲齊。即此吾鄉路，懷君夢不迷。

出山

病眼看一作「見」。春榜，文場公道開。朋人登第盡，白髮出山來。處世曾無過，一作「遇」。惟天合是媒。長安不覺遠，期遂一名迴。

浙中逢詩友

到處有同人，多爲賦與文。詩中難得友，湖畔喜逢君。凍把城根雪，風開嶽面雲。苦吟吟不足，争忍話離羣？

送友遊吳越

去越從吳過，吳疆與越連。有園多種橘，無水不生蓮。夜市橋邊火，春風寺外船。此中偏重客，君去必經年。

出常山界使回有寄

自小即南北，未如今日離。封疆初盡處，人使卻回時。開口有所忌，此心無以爲。行行復垂淚，不稱是男兒。

經廢宅

人生當貴盛，修德可延之。不慮有今日，爭教無破時？蘚斑題字壁，花發帶巢枝。何況蒿原上，荒墳與折碑。

登天台寺

一到天台寺，高低景旋生。共僧巖上坐，見客海邊行。野色人耕破，山根浪打鳴。忙時向閒處，不覺有閒情。

途中春

馬上覽春色，丈夫慙淚垂。一生看老卻，一作『卻老』。五字未逢知。酒力不能久，愁根無可醫。明年到今日，公道與誰期？

入關歷陽道中卻寄舍弟

求名日苦辛，日望日榮親。落葉山中路，秋霖馬上人。晨昏知汝道，詩酒衛吾身。自笑拋麋鹿，長安擬醉春。

贈歐陽明府

賢宰宰斯邑，政聞閭里閒。都緣民訟少，長覺吏徒閒。帆落尊前浦，鐘鳴枕上山。回舟卻一作『亦』。惆悵，數宿釣魚灣。

贈臨上人

不計禪兼律，終須入悟門。解空非有自，所得是無言。眼豁浮生夢，心澄大道源。今來習師者，多鎖教中猿。

題戰島僧居 在江之心

師愛無塵地，江心島上居。接船求化慣，登陸赴齋疏。載土春栽樹，拋生日餧魚。入雲蕭帝寺，畢竟欲何如？

別衡州牧

朝別使君門，暮投江上村。從來無舊分，臨去望何恩？行計自不定，此心誰與論？秋猿叫寒月，祇欲斷人魂。

送人遊江南

滿酌勸君酒，勸君君莫辭。能禁幾度別，即到白頭時。晚岫無雲蔽，春帆有燕隨。男兒兩行淚，不欲等閒垂。

遊茅山

步步入山門，仙家鳥徑分。漁樵不到處，麋鹿自成羣。石面迸出一作『流』。水，松頭穿破一作『亂』。雲。道人星月下，相次禮茅君。

讀友人詩卷

冰齒味瑶軸，衹應神鬼知。坐當羣静後，吟到月沈時。雪峽猿聲健，風樫鶴立危。篇篇一字字，誰復更言詩？

寄從叔

三族不當路，長年猶布衣。苦吟天與性，直道世將非。雁夜愁癡坐，漁鄉老憶歸。爲儒皆可立，自是拙時機。

寄李溥

如我如君者，不妨身晚城。但從時輩笑，自得古人情。共莫更初志，俱期立後名。男兒且如此，何用歎平生？

郊居即事投李給事

無禄奉晨昏，閒居幾度春？江湖苦吟士，天地最窮人。書劍同三友，蓬蒿外四鄰。相知不相薦，何以自謀身？

寄詩友

別來春又春，相憶喜相親。與我爲同志，如君能幾人？何時吟得力，漸老事關身。惟有前溪水，年年濯客塵。

題田家翁 一作『翁家』

田翁真快活，婚嫁不離村。州縣供輸罷，追隨鼓笛喧。盤飧同老少，家計共田園。自說身無事，應官有子孫。

長安冬日

近臘饒風雪，閒房凍坐時。書生教到此，天意轉難知。吟苦猿三叫，形枯柏一枝。還應公道在，未忍與山期。

霽後登唐興寺水閣

一雨三秋色，蕭條古寺閒。無端登水閣，有處似家山。白日生新事，何時一作『人』。得暫閒？將知老僧意，未必戀松關。

山中寄友人

深山多隙地，無力及耕桑。不是營生拙，都緣覓句忙。破窗風一作『嵐』。翳燭，穿屋月侵牀。吾友應相笑，辛勤道未光。

自述

四海欲行徧，不知終遇誰？用心常合道，出語或傷時。擬作閒人老，慙無一作『爲』。識者嗤。如今已無計，祇得苦于詩。

題江山寺

江上山頭寺，景留吟客船。徧遊銷一日，重到是何年？沙鳥多翹足，巖僧半露肩。爲詩多語澀，喜此得終篇。

秋日旅舍臥病呈所知

秋色上庭枝，愁懷切向誰？青雲無勢日，華髮有狂時。枕上聞風雨，江南繫別離。如何吟到此，此道不聞一作『逢』。知。

秋宿山館

山館坐待曉，夜長吟役神。斜風吹敗葉，寒燭照愁人。蘊蓄天然性，澆訛世惡真。男兒出門志，不獨爲謀身。

贈老僧

衆僧尊夏臘，靈嶽徧曾登。度水手中杖，行山溪畔藤。心空默是印，眉白雪爲稜。自得巡方道，棲禪老未能。

別舍弟

欲住住不得，出門天氣秋。惟知偷拭淚，不忍更回頭。此日祇一作『唯』。愁老，況身方遠遊。孤寒將五字，何以動諸侯？

雪中別詩友

酒寒無小户，請滿酌一作『酌滿』。行杯。若待雪消去，自然春到來。出城人迹少，向暮鳥聲哀。未遇應關命，侯門處處開。

題嶽麓寺

一簇楚江山，江山勝此難。覓人來畫取，到處得吟看。鶴隱松聲盡，魚沈檻影寒。自知心未了，閒話亦多端。

懷廬嶽書齋

長憶在廬嶽，免低塵土顏。煮茶窗底水，采藥屋頭山。是境皆遊徧，誰人不羨閒？無何一名繫，引出白雲閒。

題唐興寺小松

雖小天然別，難將衆木同。侵僧半窗月，向一作『與』。客滿一作『一』。襟風。枝拂行苔鶴，聲分叫砌蟲。如今未堪看，須是雪霜中。

與友人話別

客路行多少，干一作『于』。人無易顏。未成終老計，難致此身閒。月兔走入海，日烏飛出山。流一作『留』。年留一作『在』。不得，半在别離閒。

贈廬嶽隱者

自見來如此，未嘗離洞門。結茅遮雨雪，采藥給晨昏。古樹藤纏殺，春泉鹿過渾。悠悠無一事，不似屬乾坤。

懷紫閣隱者

紫閣白雲端，雲中有地仙。未歸蓬島上，猶隱國門前。洞口人無迹，花陰鹿自眠。焚香賦詩罷，星月冷遥天。

題會上人院

鼓角城中寺，師居日得閒。必能行大道，何用在深山？破衲新添綫，空門夜不關。心知與眼見，終取到無閒。

送黃補闕南遷

得罪非天意，分明謫去身。一心貪諫主，開口不防人。自古有遷客，何朝無直臣？喧然公論在，難滯楚南雲。

送賓貢登第後歸海東

歸捷中華第，一作『地』。登船鬢未絲。直應天上桂，別有海東枝。國界波窮處，鄉心日出時。西風送君去，莫慮到家遲。

近試投所知

白髮隨梳落，吟懷説向誰？敢辭成事晚，自是出山遲。擬動如浮海，凡言似課詩。終一作『修』。身事知己，此外復何爲？

送友人牧江州

本國兵戈後，難官在此時。遠分天子命，深要使君知。但遂生靈願，當應雨露隨。江山勝他郡，閒賦庾樓詩。

辭座主侍郎

一飯尚懷感，況攀高桂枝。此恩無報處，故國遠歸時。祇恐兵戈隔，再趨門館遲。茅堂拜親後，特地淚雙垂。

別從叔

立馬不忍上，醉醒天氣寒。都緣在門易，直似別家難。世路既如此，客心須自寬。江村 一作『歸期』。亦飢凍，一作『羈束』。争及問長安？

送人南遊

凡遊南國者，未有不蹉跎。到海路難 一作『雖』。盡，挂帆人更多。潮沙分象迹，花洞響蠻歌。縱有投文處，於君能幾何？

經賈島墓

謫宦自麻衣，銜冤至死時。山根三尺墓，人口數聯詩。仙桂終無分，皇天似有私。暗松風雨夜，空使老猿悲。

秋夜一作『江』晚泊

一望一蒼然，蕭騷起暮天。遠山横落日，歸鳥度平川。家是去秋别，月當今夕圓。漁翁似相伴，徹曉葦叢邊。

送舍弟

我受羈棲慣，客情方細知。好看前路事，不比在家時。勉汝言須記，聞人善即師。旅中無廢業，時作一篇詩。

將歸山逢友人

儒爲君子儒，儒道不妨孤。白髮多生矣，青山可住乎？徉狂寧是事，巧達又非夫。祇此平生願，他人肯信無？

經九華費徵君墓

凡弔先生者，多傷荆棘閒。不知三尺墓，高卻九華山。天地有何外，子孫無亦閒。當時若徵起，未必得身還。

溪居叟

溪翁居静處，一作『處静』。溪鳥入門飛。早起釣魚去，夜深乘月歸。見君無事老，覺我有求非。不説風霜苦，三冬一草衣。

與友人對酒吟

憑君滿酌酒，聽我醉中吟。客路如天遠，侯門似海深。新墳侵古道，白髮戀黄金。共有人閒事，須懷濟物心。

送僧

道了亦未了，言閒今且閒。從來無住處，此去向何山？片石樹陰下，斜陽潭影閒。請師留偈別，恐不到人寰。

送九華道士遊茅山

忽起他山一作『地山』。興，飄然出舊山。於身無切事，在世有餘閒。日月浮生外，乾坤大醉間。故園華表上，誰得見君還？

寄舍弟

世亂信難通，鄉心日萬重。弟兄皆嚮善，天地合相容。大野陰雲重，連城殺氣濃。家山白雲裏，臥得最高峯。

下第投所知

若以名場内，誰無一軸詩？縱饒生白髮，豈敢怨明時？知己雖然切，春官未必私。寧教讀書眼，不有看花期？

寄顧雲

省得前年別，蘋洲旅館中。亂離身不定，彼此信難通。侯國兵雖斂，吾鄉業已空。秋來憶君夢，夜夜逐征鴻。

贈宣城麋明府

天下爲官者，無君一軸詩。數聯同我得，當代遇誰知？年齒吟將老，生涯說可悲。何當拋手板，鄰隱過危時？

望遠

門前通大道，望遠上高臺。落日人行盡，一作『逝』。窮邊信不來。還聞戰得勝，未見敕招回。卻入機中坐，新愁織不開。

冬末投長沙裴侍郎

欲露塵中事，其如不易言。家山一離別，草樹帀春暄。吹夢風天角，啼愁雪嶽猿。佇思心覺滿，何以遠門軒？

贈秋浦金明府長

倚郭難爲宰，非君即有私。惟憑野老口，不立政聲碑。苦甚求名日，貧於未選時。溪山竟如此，利得且吟詩。

和高祕書早春對雪登樓見寄之什

天有惜花意，恐花開染塵。先教微雪下，始放滿城春。且醉登樓客，重期出郭人。因酬郢中律，一作『作』。霜鬢數莖新。

亂後山中作

自從天下亂，日晚別庭闈。兄弟團圞樂，羈孤遠近歸。文章甘世薄，耕種喜山一作『田』。

肥。直待中興後，方應出隱扉。

旅寓書事

日日驚身事，悽悽欲斷魂。時清不自立，髮白傍誰門？中路殘秋雨，空山一夜猿。公卿得見面，懷抱細難言。

舟行晚泊江上寺

久勞風水一作『雨』。上，禪客喜相依。挂衲雖無分，修心未覺非。日沈山虎出，鐘動寺禽歸。月上潮平後，談空一作『玄』。漸入微。

長林山中聞賊退寄孟明府

一縣今如此，殘民數不多。也知賢宰切，争奈亂兵何？皆自干戈達，咸思雨露和。應憐住山者，頭白未登科。

泗上客思

痛飲復高歌，愁終不奈何。家山隨日遠，身事逐年多。没雁雲橫楚，兼蟬柳夾河。此心閒未得，到處被詩磨。

寄同人

盡與貧爲患，唯余即不然。四方無静處，百口度荒年。白髮生閒事，新詩出數聯。時情竟如此，不免卻歸田。

下第出關投鄭拾遺

丹霄桂有枝，未折未爲遲。況是孤寒士，兼行苦澀詩。杏園人醉日，關路獨歸時。更卜深知意，將來擬薦誰？

塞上

草白河冰合，蕃戎出掠頻。戍樓三急號，一作『三號火』。探馬一條塵。戰士風霜苦，將軍雨露新。封侯不由此，何以慰征人？

别敬侍郎

交道有寒暑，在人無古今。與君中夜話，盡我一生心。所向未得志，豈惟空解吟？何當重相見，舊隱白雲深？

送青陽李明府

善政無慙色，吟歸似等閒。惟將六幅絹，寫得九華山。求理頭空白，離京一作『官』。債未還。仍聞猿一作『琴』。與鶴，都在一船閒。

將遊湘湖有作

一家相別意，不得不潸然。遠作南方客，初登上水船。嶽鐘思冷夢，湘月少殘篇。便有歸來計，風波亦隔年。

送姚庭珪

脱衣將换酒，對酌話何之？雨後秋蕭索，天涯晚别離。人生無此恨，鬢色不成絲。未得重相見，看君馬上詩。

投李大夫

自小僻於詩，篇篇恨不奇。苦吟無暇日，華髮有多時。進取門難見，升沈命未知。秋風夜來急，還恐到京遲。

貽里中同志

鄉里爲儒者，唯君見我心。詩書常共讀，雨雪亦相尋。貧賤志氣在，子孫交契深。古人猶晚達，况未鬢霜侵。

江上送韋象先輩

不易爲離抱，江天即見鴻。暮帆何處落，涼月與誰同。木葉新霜後，漁燈夜浪中。時難慎行止，吾道利于窮。

維揚逢詩友張喬

天下方多事，逢君得話詩。直應吾道在，未覺國風衰。生計吟銷日，人情醉過時。雅篇三百首，留作後來師。

秋晨有感

木葉落時節，旅人初夢驚。鐘才枕上盡，事已眼前生。吟髮不長黑，世交無久情。且將公道約，未忍便歸耕。

秋日山中寄李處士

吾輩道何窮，寒山細雨中。兒童書懶讀，果栗樹將空。言論關時務，篇章見國風。昇平猶可用，應不廢爲公。一作『翁』。

晚泊金陵水亭

江亭當廢國，秋景倍蕭騷。夕照殘荒壘，寒潮漲古濠。就田看鶴劣，一作『大』。隔水見僧高。無限前朝事，醒吟易覺勞。

錢塘別羅隱

故國看看遠，前程計在誰？五更聽角後，一葉渡江時。吾道天寧喪，人情日可疑。西陵向西望，雙淚爲君垂。

山中貽同志

君貧我亦貧，爲善喜爲鄰。到老如今日，無心愧古人。閉門非傲世，守道是謀身。別有同山者，其如未可親？

秋日懷九華舊居

吾道在五字，吾身寧陸沈？涼生中夜雨，一作『月』。病起故山心。燭共寒酸影，蛩添苦楚吟。何當遂歸去，一徑入松林？

江岸秋思

驅馬傍江行，鄉愁步步生。舉鞭揮柳色，隨手失蟬聲。秋稼緣長道，寒雲約古城。家貧遇豐歲，無地可歸耕。

哭劉德仁

賈島還如此，生前不見春。豈能詩苦者，便是命羈人？家事因吟失，一作『盡』。時情礙國親。多應銜恨骨，千古不爲塵。

經青山弔李翰林

何爲一作『謂』。先生死，先生道日新。青山明月夜，千古一詩人。天地空銷骨，聲名不傍身。誰移郝陽冢，來此作吟鄰？

下第東歸别友人

不得同君一作『居』。住，當春别帝鄉。年華落第老，歧路出關長。芳草緣流水，殘花向夕陽。懷親暫歸去，非是釣滄浪。

秋宿詩僧雲英房一作『院』因贈

賈島憐無可，都緣數句詩。君雖是後輩，我謂過當時。溪浪和星動，松陰帶鶴移。同吟到明坐，此道淡誰知？

送人宰吴縣

海漲兵荒後，爲官合動情。字人無異術，至論不如清。草履隨船賣，綾梭隔水鳴。唯持古人意，千里贈君行。

讀友人詩

君詩通大雅，吟覺古風生。外卻浮華景，中含教化一作『至教』。情。名應高日月，道可潤公卿。莫以孤寒恥，孤寒達更榮。

登山寺

山半一山寺，野人秋日登。就中偏愛石，獨上最高層。有果猿攀一作『摇』。樹，無齋鴿看僧。儒門自多事，來此復何能？

辭九江李郎中入關

帝里無相識，何門迹可親？願開言重口，薦與分深人。卷許新詩出，家憐舊業貧。今從九江去，應免更迷津。

江南逢李先輩

李杜復李杜，彼時逢此時。干戈侵帝里，流落向天涯。歲月銷於酒，平生斷在詩。懷才不得志，祇恐滿頭絲。

秋日寄吟友

閒坐細思量，唯吟不可忘。食無三畝地，衣絶一株桑。蟬樹生寒色，漁潭落曉光。青雲舊知己，未許釣滄浪。

江上與從弟話别

相逢盡説歸，早晚遂歸期。流水多通處，孤舟少住時。干人不得已，非我欲爲之。及此終無愧，其如道在兹？

送友人遊南海

南海南邊路，君遊祇爲貧。山川多少地，郡邑幾何人？花鳥名皆别，寒暄氣不均。相期早晚見，莫待瘴侵身。

贈聶尊師

詩道將一作『皆』。仙分，求之不可求。非關從小學，應是數生修。蟾桂雲梯折，鼇山鶴駕遊。他年兩成事，堪喜是鄰州。

旅感

白髮根叢出，鑷頻愁不開。自憐空老去，誰信苦吟來？客路東西闊，家山早晚回。翻思釣魚處，一雨一層苔。

寄益陽武灌明府

縣稱詩人理，無嫌日寂寥。溪山入城郭，户口半漁樵。月滿彈琴夜，花香漉酒朝。相思不相見，煙水路迢迢。

湘中秋日呈所知

四海無寸土，一生惟苦吟。虛垂異鄉淚，不滴別人心。雨一作『木』。色彫湘樹，灘聲下塞禽。求歸歸未得，不是擲光陰。

苦吟

世間何事好？最好莫過詩。一句我自得，四方人已知。生應無輟日，死是不吟時。始擬歸山去，林泉道在兹。

閩中别所知

觸目生歸思，那堪路七千？臘中離此地，馬上見明年。郡邑溪山巧，寒暄日月偏。自疑雙鬢雪，不似到南天。

塞上傷戰士

戰士説辛勤，書生不忍聞。三邊遠天子，一命信將軍。野火燒人骨，陰風卷陣雲。其如禁城裏，何以重要勳？

春日訪獨孤處士

地僻春來静，深宜長者居。好花都待一作『大』。晚，修竹不妨疏。雁入湘江食，人侵曉色鋤。似君無學處，頭白道如初。

哭友人

病向名場得，終爲善誤身。無兒承後嗣，有女託何人？葬禮難求備，交情好者貧。惟餘舊文集，一覽一沾巾。

新栽竹

斸破蒼一作『莓』。苔色，一作『地』。因栽十數莖。窗風從此冷，詩思當時清。酒入杯中影，棋添局上聲。不同桃與李，瀟灑伴書生。

送吴蜕下第入蜀

下第言之蜀，那愁舉別杯？難兄方在幕，上相復憐才。鳥徑盤春靄，龍湫發夜雷。臨邛無久戀，高桂待君回。

亂後歸山 一作山居

亂世歸山谷，征鼙喜不聞。詩書猶滿架，弟姪未爲軍。山犬眠紅葉，樵童唱白雲。此心非此志，終擬致明君。

題著禪師

大道本無幻，常情自有魔。人皆迷著此，師獨悟如何。爲岳開窗闊，因蟲長草多。說空空說得，空得到維摩。一作『空摩』。

春日閒居即事

未得青雲志，春同秋日情。花開如葉落，鶯語似蟬鳴。道合和貧守，詩堪與命爭。飢寒是吾事，斷定不歸耕。

秋宿棲賢寺懷友人

一宿三秋寺，閒忙與曉分。細泉山半落，孤客夜深聞。鶴去巢盛月，龍潛穴擁雲。苦吟方見景，多恨不同君。

亂後再逢汪處士

如君真道者，亂一作『高』。世有閒情。每别不知處，見來長後生。藥非因病服，酒不爲愁傾。笑我於身苦，吟髭白數莖。

山中喜與故交宿話

遠地能相訪，何慙事力微？山中深夜坐，海内故交稀。村酒沽來濁，溪魚釣得肥。貧家只如此，未可便言歸。

觀　棋

對面不相見，用心同一作『如』。用兵。算人常欲殺，顧己自貪生。得勢侵吞遠，乘危打劫赢。有時逢敵手，當局到深更。

送人宰德清

亂世人多事，耕桑或失時。不聞寬賦斂，因此轉流離。天意未如是，君心無自欺。能依四十字，可立德清碑。

寄竇處士

漳水醉中別，今來猶未醒。半生因酒廢，大國幾時寧。海畔將軍柳，天邊處士星。遊人不可見，春入亂山青。

題歷山舜祠 山有廟，呼爲帝二子，多變妖異，爲時所敬。

昔舜曾耕地，遺風日寂寥。世人那肯祭，大聖不興妖。殿宇秋霖壞，杉松野火燒。時訛竟淫祀，絲竹醉山魈。

贈李蒙叟

在我成何事，逢君更勸吟。縱饒不得力，猶勝別勞心。凡事有興廢，詩名無古今。百年能幾日，忍不惜光陰？

維揚冬末寄幕中二從事

聞道長溪尉，相留一館閒。□□□□□〔一〕，尚隔幾重山。爲旅春風外，懷人夜雨閒。年來疏覽鏡，怕見減朱顔。

和劉評事送海禪和歸山

衲一作『内』。外元無象，言尋那路尋？問禪將底説，傳印得何心？未了羣山淺，難一作『能』。休一室深。伏魔寧是獸，巢頂亦非禽。覩色風驅霧，聽聲雪灑林。凡歸是歸處，不必指高岑。一作『況當幽隱處，未必有高岑』。

御溝柳 此首應在唐興寺小松後

律到御溝一作『九重』。春，溝邊柳色新。細籠穿禁水，輕拂入朝人。日近韶光早，天低聖澤匀。谷鶯棲未穩，宫女畫難真。楚國空摇浪，隋隄暗惹塵。如何帝城裏，先得覆龍津？

校記

〔一〕空處原刻爲墨釘，文淵閣四庫全書作『已投三寸管』，臺灣商務印書館影印本。

唐風集卷之中

今體七言凡一百四十首

冬末同友人泛瀟湘

殘臘泛舟何處好？最多吟興是瀟湘。就船買得魚偏美，踏雪沽來酒倍香。猿到夜深啼嶽麓，雁知春近別衡陽。與君腈采江山景，裁取新詩入帝鄉。

贈李鐔 鐔自維揚遇亂，東入中山。

君行君文天合知，見君如一作『於』。此我興一作『傷』。悲。祇殘三口兵戈後，纔到孤村雨雪時。著臥衣裳難辦洗，旋求糧食莫供炊。地鑪不暖柴枝濕，猶把蒙求授小兒。

旅中臥病

秋來誰料病相縈，枕上心猶算去程。風射破窗燈易滅，月穿疏屋夢難成。故園何啻三千里，新雁纔聞一兩聲。我自與人無舊分，非干人與我無情。

旅泊遇郡中叛亂示同志

握手相看一作『悲』。誰敢言，軍家刀劍在腰邊。徧搜寶貨無藏處，亂殺平人不怕天。古寺拆爲修寨木，荒墳開作甃城甎。郡侯逐出渾閒事，正是鑾輿幸蜀年。

贈秋浦張明府

君爲秋浦三年宰，萬慮關心兩鬢知。人事旋生當路縣，吏才難展用兵時。農夫背上題軍號，賈客船頭插戰旗。他日親知問官況，但教吟取杜家詩。

雪

風攪長空寒骨生，光一作『先』。於曉色報窗明。江湖不見飛禽影，巖谷惟聞折竹聲。巢穴幾多相似處，一作『溝壑本深無復滿』。路岐兼得一般平。擁袍公子休一作『莫』。言冷，中有樵夫跣足行。

題廬嶽劉處士草堂

仙境閒尋采藥翁，草堂留話一宵同。若看山下雲深處，直是人閒路不通。泉領藕花來洞口，月將松影過溪東。求名心在閒難遂，明日馬蹄塵土中。

山中寄詩友

山深長恨少同人，覽景無時不憶君。庭果自從霜後熟，野猿頻向屋邊聞。琴臨秋水彈明月，酒就東一作『寒』。山酌白雲。仙桂算攀攀合得，平生心力盡於文。

秋宿臨江驛

南來北去二三年，年去年來兩鬢斑。舉世盡從愁裏老，誰人肯向死前閒？漁舟火影寒歸浦，驛路鈴聲夜過山。身事未成歸未得，聽猿鞭馬入長關。一作『安』。

題瓦棺寺真上人院矮檜

天生仙檜是長才，栽檜希逢此最低。一自舊山來砌畔，幾番凡木與雲齊。迴無斜影教僧踏，免有閒枝引鶴棲。今日偶題題似著，不知題後更誰題？

江下一作『上』初秋寓泊

濛濛煙雨蔽江村，江館愁人好斷魂。自別家來生白髮，爲侵星起謁朱門。也知柳欲開春眼，争奈萍無入土根。兄弟無書雁歸北，一聲聲覺苦於猿。

投從叔補闕

吾宗不謁謁詩宗，常仰門風繼國風。空有篇章傳海内，更無親族在朝中。其來雖愧源流淺，所得須憐雅頌同。三十年吟到今日，不妨私薦亦成公。

贈張員外兒

張公一子才三歲，聞客吟聲便出來。喚物舌頭猶未穩，誦詩心孔迥然開。天生便是成家慶，年長終爲閒世才。月裏桂枝知一作『如』。有分，不勞諸丈作梯媒。

重陽日有作

一爲重陽上古臺，亂時誰見菊花開？偷攀一作『撏』。白髮真堪笑，牢鎖黄金實可作『更』。可哀。是箇少年皆老去，争知荒冢不榮來？大家拍手高聲唱，日未沈山且莫迴。

入關寄九華友人

坐牀難穩露蟬新，便作東西馬上身。醲酒卻輸耽睡客，好山翻對不吟人。無多志氣禁離別，强半年光屬苦辛。篋裏篇章頭上雪，未知誰戀杏園春？

送李鐔遊新安

邯鄲李鐔才峥嶸，酒狂詩逸難干名。氣直不與兒一作『時』。輩洽，醉來擬共天公争。孤店夜燒枯葉坐，亂時秋踏早霜行。一間茅屋住不穩，剛出爲人平不平。

冬末自長沙遊桂嶺留獻所知

家隔重湖歸未期，更堪南去别深知。前程笑到山多處，上馬愁逢歲盡時。四海内無容足地，一生中有苦心詩。朱門祇見朱門事，獨把孤寒問阿誰？

送福昌周繇少府歸寧兼謀隱

少見古人無遠慮，如君真得古人情。登科作尉官雖小，避世安親禄已榮。一路水雲生隱思，幾山猿鳥認吟聲。知君未作終焉計，要著文章待太平。

賀顧雲侍御府主與子弟奏官 敕下，時年七歲。

青桂朱袍不賀兄，賀兄榮是見兒榮。孝經始向堂前徹，官誥當從幕下迎。戲把藍袍包果子，嬌將竹笏惱先生。自慙亂世無知己，弟姪鞭牛傍隴耕。

舟行即事

年少髭鬚雪欲侵，别家三日幾般心。朝隨賈客憂風色，夜逐漁翁宿葦林。秋水鷺飛紅蓼晚，暮山猿叫白雲深。重陽酒熟茱萸紫，卻向江頭倚棹吟。

亂後山居

從亂移家擬傍山，今來方辨買山錢。九州有路休爲客，百歲無愁即是仙。野叟並田鋤暮雨，溪禽同石立寒煙。他人似我還應少，如此安貧亦荷天。

山居寄同志

茅齋深僻絶輪蹄，門徑緣莎細接溪。垂釣石臺依竹壘，待賓茶竈就巖泥。風生谷口猿相叫，月照松頭鶴並棲。不是無端過時日，擬從窗下躡雲梯。

將入關安陸遇兵寇

家貧無計早離家，離得家來蹇滯多。已是數程行雨雪，更堪中路阻兵戈。幾州户口看成血，一旦天心卻許和。四面煙塵少無處，不知吾土自如何？

夏日登友人書齋林亭

暑天長似秋天冷，帶郭林亭畫不如。蟬噪檻前遮日竹，鷺窺池面弄萍魚。抛山野客横琴醉，種藥家僮踏雪鋤。衆惜君才堪上第，莫因居此與名疏。

寄臨海姚中丞

夏辭旌旆已秋深，永夕思量淚滿襟。風月易斑搜句鬢，星霜難改感恩心。尋花洞裏連春醉，望海樓中徹曉吟。雖有夢魂知處所，去來多被角聲侵。

秋日閒居寄先達

到頭身事欲何爲？窗下工夫鬢上知。乍可百年無稱意，難教一日不吟詩。風驅早雁衡湖色，雨挫殘蟬點柳枝。自古書生也如此，獨堪惆悵是明時。

題覺禪和

少見修行得似師，茅堂佛像亦隨時。禪衣衲後雲藏綫，夏臘高來雪印眉。耕地誡侵連冢土，伐薪教護帶巢枝。有時問著經中事，卻道山僧總不知。

感秋（一作秋感）

年年名路謾辛勤，襟袖空多馬上塵。畫戟門前難作客，釣魚船上易安身。冷煙黏柳蟬聲老，寒渚澄星雁叫新。自是儂家無住處，不關天地窄於人。

題德玄上人院

刳得心來忙處閒，閒中方寸闊於天。浮生自是無空性，長壽何曾有百年？罷定磬敲松罅月，解眠茶煮石根泉。我雖未似師披衲，此理同師悟了然。

春日山居寄友人

野吟何處最相宜？春景暄和好入詩。高下麥苗新雨後，淺深山色晚晴時。半巖雲脚風牽斷，平野花枝鳥踏垂。倒載干戈是何日，近來麋鹿欲相隨。

懷廬嶽舊隱

一別三年長在夢，夢中時躡石稜層。泉聲入夜方堪聽，山色逢秋始好登。巖鹿慣隨鋤藥叟，溪鷗不怕洗苔僧。人閒有許多般事，求要身閒直未能。

投長沙裴侍郎

此身雖賤道長存，非謁朱門謁孔門。祇望至公將卷讀，不求朝士致書論。垂綸雨結漁鄉思，吹木風傳雁夜魂。男子受恩須有地，平生不受等閒恩。

和友人見題山居

避時多喜葺居成，七字君題萬象清。開户曉雲連地白，訪人秋月滿山明。庭前樹瘦霜來影，洞口泉噴雨後聲。有景供吟且如此，算來何必躁於名？

獻長沙王侍郎

文星漸見射台星，皆仰爲霖沃衆情。天澤逼來逢聖主，辭林盛去得書生。雲妝嶽色供吟景，月浩湘流遞政聲。美化事多難諷誦，未如耕釣口分明。

春日登樓遇雨

忽地晴天作雨天，全無暑氣似秋閒。看看水没來時路，漸漸雲藏望處山。風趁鷺鷥雙出葦，浪催漁父盡歸灣。一心準擬閒登眺，却被詩情使不閒。

春日行次錢塘卻寄台州姚中丞

豈謂無心求上第？難安帝里爲家貧。江南江北閒爲客，潮去潮來老卻人。兩岸雨收鶯語柳，一樓風滿角吹春。花前不獨垂鄉淚，曾是一作『作』。朱門寄食身。

投江上崔尚書

此生何路出塵埃？猶把中才謁上才。閉户十年專筆研，仰天無處認梯媒。馬前霜葉催歸去，枕上邊鴻喚覺來。若許登門換鬐鬣，必應辛苦事風雷。

書事投所知

古陌寒風來去吹，馬蹄塵旋上麻衣。雖然干禄無休意，争奈趨時不見機？詩思趁雲從嶽涌，鄉心隨雁繞湖飛。肯將骨肉輕離別，未遇人知未得歸。

秋日湖外書事

十五年來筆研功，祇今猶在苦貧中。三秋客路湖光外，萬里鄉關楚邑一作「色」。東。鳥徑杖藜山翳雨，猿林攲枕樹摇風。朱門處處若相似，此命到頭通不通？

題宗上人舊院

此院重來事事乖，半攲茅屋草侵階。啄生鴉憶啼松蘖，接果猿思嘯石崖。壁上塵黏蒲葉扇，牀前苔爛筍皮鞋。分明記得談空日，不向秋風更愴懷。

亂後出山逢高員外

自從亂後別京關，一入煙蘿十五年。重出故山生白髮，卻裝新卷謁清賢。窗迴旅夢城頭角，柳結鄉愁雨後蟬。名姓暗投心暗祝，永期收拾向門前。

贈友人罷舉赴交趾辟命

罷卻名場擬入秦，南行無罪似流人。縱經商嶺非馳驛，須過長沙弔逐臣。舶載海奴鐶硾一作『錘』。耳，象駝蠻女採纏身。如何待取丹霄桂，別赴嘉招作上賓。

山中寡婦 一作時事行

夫因兵死守蓬茅，麻苧衣衫鬢髮焦。桑柘廢來猶納稅，田園荒後一作『盡』。尚徵苗。時挑野菜和根煮，旋斫生柴帶葉燒。任是深山更深處，也應無計避征徭。

訪蔡融因題

杖藜時復過荒郊，來到君家不忍拋。每見苦心修好事，未嘗開口怨平交。一溪寒色漁收網，半樹斜陽鳥傍巢。必若天工主人事，肯交吾子委衡茅？

閒居書事

竹門茅屋帶村居，數畝生涯自有餘。鬢白祇應秋鍊句，眼昏多爲夜鈔書。雁驚風浦漁燈動，猿叫霜林橡實疏。待得功成即西去，時清不問命何如。

友人贈舍弟依韻戲和

吾家此弟有何知？多愧君開道業基。不覺裹頭成大漢，昨來竹馬作童兒。還緣世遇兵戈鬧，祇恐身修禮樂遲。及見和詩詩自好，碻徒和切，碾輪石也。公不到一作『倒』。更何時？

亂後逢村叟一作時事行

經亂衰翁居破村，村中何事不傷魂？一作『八十老翁往破村，村中牢落不堪論』。因供寨木無桑柘，爲著一作『點』。鄉兵絶子孫。還似平寧徵賦税，未嘗州縣略安存。至於一作『今』。鷄犬皆星散，日落前山獨一作『哭』。倚門。

贈元上人

多少僧中僧行高，偈成流落徧僧鈔。經窗月静灘聲到，石徑人稀蘚色交。垂露竹黏蟬落殼，窣雲松載鶴棲巢。煮茶童子閒勝我，猶得依時把磬敲。

下第東歸道中作

一迴落第一寧親，多是途中過卻春。心火不銷雙鬢雪，眼泉難濯滿衣塵。苦吟風月唯添病，偏識公卿未免貧。馬壯金多有官者，榮歸卻笑讀書人。

夏日留題張山人林亭

此中偏稱夏中遊，時有風來暑氣收。澗底松搖千尺雨，庭中竹撼一窗秋。求猿句寄山深寺，乞鶴書傳海畔洲。閒與先生話身事，浮名薄宦總悠悠。

傷病馬

此馬堪憐力壯時，細勻行步恐塵知。騎來未省將鞭觸，病後長教覓藥醫。顧主强擡和淚眼，就人輕刷帶瘡皮。祇今筋骨渾全在，春暖莎青放未遲。

館舍秋夕

寒雨蕭蕭燈焰青，燈前孤客難爲情。兵戈鬧日別鄉國，鴻雁過時思弟兄。冷極睡無離枕夢，苦多吟有徹雲聲。出門便作還家計，直至如今計未成。

送僧赴黄山沐湯泉參禪宗長老

聞有湯泉獨去尋，一缶一鉢一無金。不愁亂世兵相害，卻喜寒山路入深。野老禱神鴉噪廟，獵人衝雪鹿驚林。患身是幻逢禪主，水洗皮膚語洗心。

哭山友

十載同棲廬嶽雲，寒燒枯葉夜論文。在生未識公卿面，至死不離麋鹿羣。從見蓬蒿葉壞屋，長憂雨雪透荒墳。把君詩句高聲讀，想得天高也合聞。

獻池州牧

池陽今日似漁陽，大變凶年作小康。江路静來通客貨，郡城安後絶戎裝。分開野色收新麥，驚斷鶯聲摘嫩桑。縱有逋民歸未得，遠聞仁政旋還鄉。

送韋書記歸京 座主侍郎同舉

韋杜相逢眼自明，事連恩地倍牽情。聞歸帝里愁攀送，知到師門話姓名。朝客半修前輩禮，古人多重晚年榮。從來有淚非無淚，未似今朝淚滿纓。

獻鄭給事

化行邦域二年春，樵唱漁歌日日新。未降詔書酬善政，不知天澤答何人。秋登嶽寺雲隨步，夜宴江樓月滿身。他日朱門恐難掃，沙隄新築必無塵。

贈休禪和

爲僧難得不爲僧，僧戒僧儀未是能。弟子自知心了了，吾師應爲醉騰騰。多生覺悟非關衲，一點分明不在燈。祇道詩人無佛性，長將二雅入三乘。

送李先輩從知一作『軍』塞上

去草軍書出帝鄉，便從城外學戎裝。好隨漢將收胡土，莫遣胡兵近漢疆。灑磧雪黏旗力重，凍河風揭角聲長。此行也是男兒事，莫向征人恃桂香。

和友人送弟

君説無家袛弟兄，此中言別若爲情。干戈鬧日分頭去，山水寒時信路行。月下斷猿空有影，雪中孤雁卻無聲。我今骨肉雖飢凍，幸喜團圓過亂兵。

酬張員外見寄

分應天與吟詩老，如此兵戈不廢詩。生在世間人不識，死於泉下鬼應知。啼花蜀鳥春同苦，叫雪巴猿晝共飢。今日逢君惜分手，一枝何校一年遲。

獻新安于尚書

九土雄師竟若何？未如良牧與天和。月留清俸資家少，歲計陰功及物多。四野綠雲籠稼穡，千山明月静干戈。行人耳滿新安事，盡是無愁父老歌。

亂後書事寄一作『呈』同志

九土如今盡用兵，短戈長戟困書生。思量在世頭堪白，畫度歸山計未成。皇澤正霑新將士，侯門不是舊公卿。到頭詩卷須藏卻，各向漁樵混姓名。

中山臨上人院觀牡丹寄諸從事一作『弟』

閑來吟繞牡丹叢，花豔人生事略同。半雨半風三月內，多愁多病百年中。開當韶景何多一作『妨』。好，落向僧家即是空。一境別一作『別竟』。無唯此有，忍教醒坐對支公。

投宣諭張侍郎亂後遇毗陵

此生今日似前生，重著麻衣特地行。經亂後囊新卷軸，出山來見舊公卿。雨籠蛩壁吟燈影，風觸蟬枝噪浪聲。聞道中興重人一作『文』。物，不妨西去馬蹄輕。

下第投所知

落第愁生曉鼓初，地寒才薄欲何如？不辭更寫公卿卷，卻是難修骨肉書。御苑早鶯啼暖樹，釣鄉春水浸貧居。擬離門館東歸去，又恐重來事轉疏。

哭方干

何言寸禄不沾身，身没詩名萬古存。況有數篇關教化，得無餘慶及兒孫？漁樵共壘墳三尺，猿鶴同棲月一村。天下未寧吾道喪，更誰將酒酹吟魂？

秋日泊浦江

一帆程歇九秋時，漠漠蘆花拂浪飛。寒浦更無船並宿，暮山時見鳥雙歸。照雲烽火驚離抱，翦葉風霜逼暑衣。江月漸明汀露濕，静驅吟魄入玄微。

白髮吟

一莖兩莖初似絲，不妨驚度少年時。幾人亂世得及此？今我滿頭何足悲。九轉靈丹那勝酒，五音清樂未如詩。家山蒼翠萬餘尺，藜杖楮冠輸老兒。

下第寄池州鄭員外

省出一作『得』。蓬蒿修謁初，蒙知曾不見生疏。侯門數處將書薦，帝里經年借宅居。未必有詩堪諷誦，祇憐無援過吹噓。如一作『而』。今足得成持取，莫使江湖卻釣魚。

塞上

旌旗鬣鬣一作『獵獵』。漢將軍，閒出巡邊帝命新。沙塞旋收饒帳幕，犬戎時殺少煙塵。冰河夜渡偷來馬，雪嶺時分獵去人。獨作書生疑不穩，輭弓輕劍也隨身。

贈題兜率寺閒上人院

人閒寺應諸天號，真行僧禪此寺中。百歲有涯頭上雪，萬般無染耳邊風。挂帆波浪驚心白，上馬塵埃翳眼紅。畢竟浮生謾勞役，算來何事不成一作『歸』。空？

別四明鍾尚書

九華天際碧嵯峨，無奈春來入夢何？難與英雄論教化，卻思猿鳥共煙蘿。風前柳態閒時少，雨後花容淡處多。都大人生有離別，且將詩句代離歌。

題護國大師塔

莫認雙林是佛林，禪棲無地亦無金。塔前盡禮灰來相，衲下誰宗印了心？笠象胤一作『徹』。明雙不見，綫源分派寸難尋。吾師覺路余知處，大藏經門一夜吟。

春日山中對雪有作

竹樹無聲或有聲，霏霏漠漠散還凝。嶺梅謝後重妝蕊，巖水鋪來卻結冰。牢繫鹿兒防獵客，滿添茶鼎候吟僧。好將膏雨同功力，松徑莓苔又一層。

山中對雪有作

一渾乾坤萬象收，唯應不壅大江流。虎狼遇獵難藏迹，松柏因風易舉頭。玉帳英雄攜妓賞，山村鳥雀共民愁。豈堪久蔽蒼蒼色？須放三光照九州。

戲題王處士書齋

先生高興似樵漁，水鳥山猿一處居。石徑可行苔色厚，釣竿時斫竹叢一作『林』。疏。欺春祇愛和醅酒，諱老猶看夾注書。莫道無金空有壽，有金無壽欲何如？

早發

東窗未明塵夢蘇，呼童結束登征途。落葉鋪霜馬蹄滑，寒猿嘯月人心孤。時逆一作『送』。帽檐風刮頂，旋呵鞭手凍黏鬚。青雲快活一未見，争得安閒釣五湖？

題仇處士郊居 處士棄官卜居

江南景簇此一作『好』。林亭，手板藍裾自可輕。洞裏客來無俗話，郭中人到有公一作『山』。情。閒敲一作『挑』。巖果呼猿接，時釣溪魚引鶴争。笑我有詩三百首，馬蹄紅一作『終』。日急於名。

依韻次一作『酬』同年張曙先輩見寄之什

天上詩名天下傳，引來齊列一作『到』。玉皇前。大仙録後頭無雪，至藥成來竈絶煙。笑躡紫雲金作闕，夢抛塵世鐵爲船。九華山叟驚凡骨，同到蓬萊豈偶然？

亂後逢李昭象敘别

李生李生何所之，家山窣雲胡不歸？兵戈到處弄性命，禮樂向人生是非。卻與野猿同橡塢，還將溪鳥共漁磯。也知不是男兒事，争奈時情賤布衣？

晚春寄同年張曙先輩

莫將時態破天真，祇合高歌醉過春。易落好花三箇月，難留浮世百年身。無金潤屋渾閒事，有酒扶頭是了人。恩地未酬閒未得，一迴醒話一沾巾。

長安春感

出京無計住京難，深入東風一作『門』。轉索然。滿眼有花寒食下，一家無信楚江邊。此時晴景愁於雨，是處鶯聲苦卻一作「極」，一作「似」。蟬。公道算來終達去，一作「了」。更從今日望明一作「來」。年。

登靈山水閣貽釣者

江上見僧誰是了，修齋補衲日勞身。未勝漁父閒垂釣，獨背斜陽不采人。縱有風波猶得睡，總無蓑笠始爲貧。瓦瓶盛酒瓷甌酌，荻浦蘆灣是要津。

贈溧水一作「漣水」崔少府

庭户蕭條燕雀喧，日高窗下枕書眠。祇聞留客教酤酒，未省逢人説料錢。洞口禮星披鶴氅，溪頭吟月上漁船。九華山叟心相許，不計官卑一作「資」。贈一篇。

讀張僕射詩曾應舉，不及第，投筆領郡。

秋吟一軸見心胸，萬象搜羅詠欲空。才大卻嫌天上桂，世危翻立陣前功。廉頗解武文無説，謝朓能文武不通。雙美總輸張太守，二南章句六鈞弓。

題所居村舍

家隨兵盡屋空存，稅額寧容減一分？衣食旋營猶可過，賦輸長急不堪聞。蠶無夏織桑充寨，田廢春耕犢勞軍。如此數州誰會得？殺民將盡更邀勳。

獻錢塘縣羅著作判官

還鄉夫子遇賢侯，撫字情知不自由。莫把一名專懊惱，放教雙眼絶冤讎。猩袍懶著辭公宴，鶴氅閒披訪道流。猶有九華知己在，羡君高卧早回頭。

遣懷

驅馳岐路共營營，祇爲人間利與名。紅杏園中終擬醉，白雲山下懶歸耕。題橋每念相如志，佩印當期季子榮。謾道强親堪倚賴，到頭須是有前程。

長安道中有作

回頭不忍看羸僮，一路行人我最窮。馬迹蹇於槐影裏，釣船抛在月明中。帽檐曉滴淋蟬露，衫袖時飄卷雁風。子細尋思底模樣，騰騰又過玉關東。

題開元寺門閣

一登高閣眺清秋，滿目風光盡勝遊。何處畫橈尋緑水，幾家鳴笛咽紅樓。雲山已老一作『降』。應長在，歲月如波祇暗流。唯有禪居離塵俗，了無榮辱挂心頭。

出關投孫侍御

東歸還著舊麻衣，争免花前有淚垂？每歲春光九十日，一生年少幾多時。青雲寸禄心耕早，明月仙枝分種遲。不爲感恩酬未得，五湖閒作釣魚師。

送項山人歸天台

因話天台歸思生，布囊藤杖笑離城。不教日月拘身事，自與煙蘿結野情。龍鎮古潭雲色黑，露淋秋檜鶴聲清。此中是處堪終隱，何要世人知姓名？

題衡陽隱士山居

閒居不問世如何，雲起山門日已斜。放鶴去尋三島客，任人來看四時花。松醪臘醞安神酒，布水宵煎覓句茶。畢竟金多也頭白，算來争得似君家？

題江寺禪和

江寺禪僧似悟禪，壞衣芒履住茅軒。懶求施主修真像，翻説經文是妄言。出浦釣船驚宿雁，伐巖樵斧迸寒猿。行人莫問師宗旨，眼不浮華耳不喧。

題弟姪書堂

何事居窮道不窮，亂時還與静時同。家山雖在干戈地，弟姪常修禮樂風。窗竹影摇書案上，野泉聲入硯池中。少年辛苦終身事，莫向光陰惰寸功。

和友人寄長林孟明府

爲政爲人漸見心，長才聊屈宰長林。莫嫌月入無多俸，須喜秋來不廢吟。寒雨旋疏叢菊豔，晚風時動小松陰。訟庭閒寂公書少，留客看山索酒斟。

戲贈漁家

見君生計羨君閒，求食求衣有底難？養一箔蠶供釣綫，種千竿竹作漁竿。胡蘆杓酌春濃酒，舴艋舟流夜漲灘。卻笑儂家最辛苦，聽蟬鞭馬入長安。

登城有作

上得孤城向晚春，眼前何事不傷神？徧看原上纍纍冢，曾是城中汲汲人。盡謂黃金堪潤屋，誰思荒骨旋成塵？一名一宦平生事，不放愁侵易過身。

秋日山中寄池州李常侍

近來參謁陡生疏，因向雲山僻處居。出爲羈孤營糲食，歸同弟姪讀生書。風彫古木秋陰薄，月滿寒山夜景虛。但得中興知己在，算應身未老樵漁。

辭楊侍郎

春在門闌秋未離，不因人薦只因詩。半年賓館成前事，一日侯門失舊知。霜島樹彫猿叫夜，湖田穀一作『稻』。熟雁來時。西風萬里東歸去，更把愁心說向誰？

題汪氏茅亭

茅亭客到多稱奇，茅亭之上難題詩。出塵景物不可狀，小手篇章徒爾爲。牛畔稻苗新雨後，鶴邊松韻晚風時。君今酷愛人間事，争得安閒老在兹？

喜從弟雪中遠至有作

深山大雪懶開門，門徑行踪自爾新。無酒禦寒雖寡况，有書供讀且資身。便均情愛同諸弟，莫更生疏似外人。晝短夜長須强學，學成貧亦勝他貧。

送僧歸國清寺

吟送越僧歸海涯，僧行渾不覺程賒。路沿山脚潮痕出，睡倚松根日色斜。撼錫度嵩猿抱樹，挈瓶盛浪鷺翘沙。到參禪後知無事，看引秋泉灌藕花。

題汪明府山居

不似當官祇似閒，野情終日不離山。方知薄宦難拘束，多與高人作往還。牛笛慢吹煙雨裏，稻苗平入水雲間。羡君公退歸欹枕，免向他門厚客顏。

下第東歸將及故園有作

平生操立有天知，何事謀身與志違？上國獻詩還不遇，故園經亂又空歸。山城欲暮人煙斂，江月初寒釣艇歸。一作『稀』。且把風寒作閒事，懶能和淚拜庭闈。

宿東林寺題願公院

古寺沈沈僧未眠，支頤將客説閒緣。一溪月色非塵世，滿洞松聲似雨天。檜底水涵抄律燭，窗間風引煮茶煙。無由住得吟相伴，心繫青雲十五年。

山居自遣

茅屋周回松竹陰，山翁時挈酒相尋。無人開口不言利，只一作『獨』。我白頭空愛吟。月在釣潭秋睡重，雲横樵徑野情深。此中一日過一日，有底閒愁得到心？

贈友人罷舉赴辟命

連天一水浸吴東，十幅帆飛二月風。好景采抛詩句裏，别愁驅入酒杯中。漁依岸柳眠圓影，鳥傍巖花戲暖紅。不是桂枝終不得，自緣年少好從戎。

亂後旅中遇友人

念子爲儒道未亨，依依心向十年兄。莫因亂世輕依託，須學前賢隱姓名。大國未知何日静，舊山猶可入雲耕。不如自此同歸去，帆挂秋風一信程。

贈休糧僧

自言因病學休糧，本意非求不死方。徒有至人傳道術，更無齋客到禪房。雨中林鳥歸巢晚，霜後巖猿拾橡忙。争似吾師無一事，穩披雲衲坐藤牀。

維揚春日再遇孫侍御

本爲榮家不爲身，讀書誰料轉家貧。三年行卻千山路，兩地思歸一主人。絡岸柳絲懸細雨，繡田花朵弄殘春。多情御史應嗟見，未上一作『到』。青雲白髪新。

亂後宿南陵廢寺寄沈明府

衹共寒燈坐到明，塞鴻銜雪一聲聲。亂時爲客無人識，廢寺吟詩有鬼驚。且把酒杯添志氣，已將身一作『心』。事託公卿。男兒仗劍酬恩在，未肯徒然過一生。

投鄭先輩

匣中長劍未酬恩，不遇男兒不合論。悶向酒村吞日月，閒將詩句問乾坤。寧辭馬足勞關路，肯爲漁竿憶水村？兩鬢欲斑三百首，更教裝寫傍誰門。

途中有作

無論南北與西東，名利牽人處處同。枕上事仍多馬上，山中心更甚關中。川原晚結陰沈氣，草樹秋生索漠風。百歲此身如且一作『此』。健，大家閒作臥雲翁。

和舍弟題書堂

兄弟將知大自强，亂時同葺讀書堂。巖泉遇雨多還鬧，溪竹唯風少即涼。藉草醉吟花片落，傍山閒步藥苗香。團圓便是家肥事，何必盈倉與滿箱？

送蜀客遊維揚

見説西川物景繁，維揚景物勝西川。青春花柳樹臨水，白日綺羅人上船。夾岸畫樓難惜醉，數橋明月不教眠。送君懶問君迴日，才子風流正少年。

旅寓

暗算鄉程隔數州，欲歸無計淚空流。已違骨肉來時約，更束琴書何處遊？畫角引風吹斷夢，垂楊和雨結成愁。去年今日還如此，似與青春有舊讎。

途中春

年光身事旋成空，畢竟何門遇至公？人世鶴歸雙鬢上，客程蛇繞亂山中。牧童向日眠春草，漁父隈巖避晚風。一醉未醒花又落，故鄉回首楚關東。

維揚冬末寄幕中二從事

江上數株桑棗樹，自從離亂更荒涼。那堪旅館經殘臘，祇把空書寄故鄉。典盡客衣三尺雪，鍊精詩句一頭霜。故人多在芙蓉幕，應笑孜孜道未光。

辭鄭員外入關

男兒三十尚蹉跎，未遂青雲一桂科。在客易爲銷歲月，到家難住似經過。帆飛楚國風濤闊，馬渡藍關雨雪多。長把行藏信天道，不知天道竟如何？

書齋即事

時清祇合力爲儒，不可家貧與善疏。賣卻屋邊三畝地，添成窗下一牀書。沿溪摘果霜晴後，出竹吟詩月上初。鄉里老農多見笑，不知稽古勝耕鋤。

雋陽語道中 一本無『語』字

客路客路何悠悠，蟬聲向背槐花愁。争知百歲不百歲，未合白頭今白頭。四五朵山妝雨色，兩三行雁帖雲秋。輸他江上垂綸者，祇在船中老便休。

入關因別舍弟

吾今別汝汝聽言，去住人情足可安。百口度荒均食易，數年經亂保家難。莫愁寒族無人薦，但願春官把卷看。天道不欺心意是，帝鄉吾土一般般。

贈彭蠡釣者

偏坐漁舟出葦林，葦花零落向秋深。祇將波上漚爲侶，不把人閒事繫心。傍岸歌來風欲起，卷絲眠去月初沈。若教我似君閒放，贏得湖山到老吟。

送友人入關

此去青雲莫更疑，出人才行足人知。況當朝野搜賢日，正是孤寒取事時。仙島煙霞通鶴信，早春雷雨與龍期。我今不得同君去，兩鬢霜欺桂一枝。

送友人宰潯陽

高興那言去路長，非君不解愛潯陽。有時猿鳥來公署，到處煙霞是道鄉。釣艇滿江魚賤菜，紙窑連嶽楮多桑。陶潛舊隱依稀在，好繼高踪結草堂。

秋日臥病 一作秋日旅中

浮世一作『宦』。浮名能幾何？致身流落向天涯。少年心壯輕爲客，一日病來思在家。山頂老猿啼古木，渡頭新雁下平沙。不堪吟罷西風起，黄葉滿庭寒日斜。後四句一作『經雨凍蟬隨葉墮，過湖秋雁趁風斜。前程雖有投人處，争奈鄉關田漸賒』。

敍吟

多慙到處有詩名，轉覺吟詩僻性成。度水卻嫌船著岸，過山翻恨馬貪程。如讎雪月年年景，似夢笙歌處處聲。未合白頭今已白，自知非爲别愁生。

行次滎陽卻寄諸弟

難把歸書説遠情，奉親多闕拙爲兄。早知寸禄榮家晚，悔不深山共汝耕。枕上算程關月落，帽前搜景嶽雲生。如今已作長安計，祇得辛勤取一名。

登石壁禪師水閣有作

石壁早聞僧説好，今來偏與我相宜。有山有水堪吟處，無雨無風見景時。漁父晚船分浦釣，牧童寒笛倚牛吹。畫人畫得從他畫，六幅應輸八句詩。

贈祖肩和尚

山衣草屐染莓苔，雙眼猶慵向俗開。若比吾師居上世，何如野客臥巖隈？才聞錫杖離三楚，又說隨緣向五臺。乘醉吟詩問禪理，爲誰須去爲誰來？

閒居即事

形覺清羸道覺肥，竹門前徑静相宜。一壺村酒無求處，數朵庭花見落時。章句偶爲前輩許，話言多被俗人疑。一枝仙桂如攀得，祇此山前是老期。

自敘

酒甕琴書伴病身，熟諳時事樂於貧。寧爲宇宙閒吟客，怕作乾坤竊禄人。詩旨未能忘救物，世情奈值不容真。平生肺腑無言處，白髮吾唐一逸人。

空閒二公遞以禪律相鄙因而解之

一教誰云闢二途？律禪禪律智歸愚。念珠在手隳禪衲，禪衲披肩壞念珠。象外空分空外象，無中有作有中無。有無無有師窮取，山到平來海亦枯。

寄温州朱尚書并呈軍倅崔太博 朱名褒

永嘉名郡昔推名，連屬荀家弟與兄。教化静師龔渤海，篇章高體謝宣城。山從海岸妝吟景，水自城根演政聲。今日老輸崔博士，不妨疏逸伴雙旌。

恩門致書遠及山居因獻之

時難轉覺保身難，難向師門欲繼顔。若把白衣輕易脱，卻成青桂偶然攀。身居劍戟争雄地，道在乾坤未喪閒。必許酬恩酬未晚，一作『得』。且須容到九華山。

寄温州崔博士

懷君勞我寫詩情，窣窣陰風有鬼聽。縣宰不仁工部餓，酒家無識翰林醒。眼昏經史天何在，心盡英雄國未寧。好向賢侯話吟侣，莫教辜負少微星。

李昭象云與二三同人見訪有寄

得君書後病顔開，云拉同人訪我來。在路不妨衝雨雪，到山還免踏塵埃。吟沈水閣何宵月，坐破松巖幾處苔。貧舍款賓無別物，止於空戰大尊罍。

和友人見題山居水閣八韻

池閣初成眼豁開，眼前霽景屬微才。試攀檜果猿先見，纔把漁竿鶴即來。修竹已多猶可種，豔花雖少不勞栽。南昌一榻延徐孺，楚國千鍾逼老萊。未稱執鞭奔紫陌，惟宜策杖步蒼苔。籠禽豈是摩霄翼？潤木元非澗下材。鑑已每將天作鏡，陶情常以海爲杯。和君詩句吟聲大，蟲豸聞之謂蟄雷。

唐風集卷之下

今體五言七言絶句凡五十二首

感寓

大海波濤淺，小人方寸深。海枯終見底，人死不知心。

春閨怨

朝喜花豔春，暮悲花委塵。不悲花落早，悲妾似花身。

馬上行

五里復五里，去時無住時。日將家漸遠，猶恨馬行遲。

釣　叟

茅屋深灣裏，釣船橫竹門。經營衣食外，猶得弄兒孫。

再經胡城縣

去歲曾經此縣城，縣民無口不冤聲。今來縣宰加朱紱，便是生靈血染成。

讀諸家詩

辭賦文章能者稀，難中難者莫過詩。直應吟骨無生死，祇我前身是阿誰？

春來燕

我屋汝嫌低不住，雕梁畫閣也知寬。大須穩擇安巢處，莫道巢成卻不安。

清溪來明府出二子請詩因遺一絕

珠明玉潤盡驚人，不稱寒門不稱貧。若向吾唐作雙瑞，便同祥鳳與祥麟。

哭陳陶

郬阳山下傷工部，采石江邊弔翰林。兩地荒墳各三尺，卻成開解哭君心。

哭貝韜

交朋來哭我來歌，喜傍山家葬荔蘿。四海十年人殺盡，似君埋少不埋多。

蠶婦

粉色全無飢色加，豈知人世有榮華？年年道我蠶辛苦，底事渾身著苧麻？

山寺一作『中』老僧

草屐無塵心地閒，静隨猿鳥過寒暄。眼昏齒落看經徧，卻向僧中總不言。

閩中秋思

雨匀紫菊叢叢色，風弄紅蕉葉葉聲。北畔是山南畔海，祇堪圖畫不堪行。

八駿圖

丹雘傳真未得真，那知筋骨與精神？祇今恃駿憑毛色，緑耳驊騮賺殺人。

贈僧

利門名路兩何憑，百歲風前短焰燈。祇恐爲僧僧一作『心』。不了，爲僧得一作『心』。了總一作『盡』。輸僧。

秋夕

世間多少能詩客，誰是無愁得睡人？自我夜來霜月下，到頭吟魄始終身。

溪興

山雨溪風卷釣絲，瓦甌篷底獨斟時。醉來睡著無人唤，流下前溪一作『灘』。也不知。

過巢湖

世人貪利復貪榮，來向湖邊始至誠。男女登舟與登陸，把心何不一般行？

傷硤石縣病叟

無子無孫一病翁，將何筋力事耕農？官家不管蓬蒿地，須勒一作『索』。王租出此中。

贈老僧

童子爲僧今白首，暗鋤心地種閒情。時將舊衲添新綫，披坐披行過一生。

釣　叟

田不曾耕地不鋤，誰人閒散得如渠？渠將底物爲香餌？一度擡竿一箇魚。

溪岸秋思

桑柘窮頭三四家，挂罾垂釣是生涯。秋風忽起溪灘一作『浪』。白，零落岸邊蘆荻花。

春日旅寓

滿城羅綺拖春色，幾處笙歌揭畫樓。江上有家歸未得，眼前花是眼前愁。

田　翁

白髮星星筋力衰，種田猶自伴孫兒。官苗若不平平納，任是豐年也受飢。

秋江雨夜逢詩友

故友别來三四載，新詩吟得百餘篇。夜來江上秋無月，恨不相逢在雪天。

感　春

無況青雲一作『春』。有恨身，眼前花似夢中春。浮生七十今三十，已是人閒半世人。

題花木障

不假東風次第吹，筆匀春色一枝枝。由來畫看勝栽看，免見朝開暮落時。

顧雲侍御出二子請詩因遺一絶

二雛毛骨秀仍奇，小小能吟大大詩。想得月中仙桂樹，各從生日長新枝。

秋夕病中

壞屋不眠風雨夜，故園無信水雲秋。病中枕上誰相問？一一蟬聲槐樹頭。

宿欒城驛卻寄常山張書記

一更更盡到三更，吟破離心句不成。數樹秋風滿庭月，憶君時復下階行。

湘江秋夕

三湘月色三湘水，浸骨寒光似練鋪。一夜塞鴻來不住，故鄉書信半年無。

旅　懷

蒹葭月冷時聞雁，楊柳風和日聽鶯。水涉山行二年客，就中偏怕雨船聲。

贈崔道士

四海兵戈無静處，人家廢業望烽煙。九華道士渾如夢，猶向尊前笑揭天。

題道林寺

身未立間終日苦，身當立後幾年榮？萬般不及僧無事，共水將山過一生。

贈質上人

蘗坐雲遊出世塵，兼無缶鉢可隨身。逢人不説人間事，便是人間無事人。

涇　溪

涇溪石險人兢慎，終歲不聞傾覆人。卻是平流無石處，時時聞説有沈淪。

夏日題悟空上人院

三伏閉門披一衲，兼無松竹蔭房廊。安禪不必須山水，滅得心中火自涼。

經嚴陵釣臺

蒼翠雲峯開俗眼，泓澄煙水浸塵心。唯將道業爲芳餌，釣得高名直至今。

關試後筵上別同人

日午離筵到夕陽，明朝奉地與吾鄉。同年多是長安客，不信行人欲斷腸。

鸕鷀

一般毛羽一作『色』。結羣飛，雨岸煙汀好景時。深水一作『水底』。有魚銜得出，看來卻是鷺鷥飢。

宿村舍

野人於我有何情？半掩柴門向月明。深夜欲眠眠未著，一叢寒木一猿聲。

題新雁 一作羅鄴詩

暮天新雁起汀洲，紅蓼花疏一作『開』。水國秋。想得故園今夜月，幾人相憶在江樓？

離家

丈夫三十身一作『今』。如此，疲馬離鄉懶著鞭。槐柳路長愁殺我，一枝蟬到一枝蟬。

旅舍一作『館』遇雨

月華星彩坐來收，嶽色江聲暗結愁。半夜燈前十年事，一時和一作『隨』。雨到心頭。

送人歸淝上

巢湖春漲喻溪深，纔過東關見故林。莫道南來總無利，水亭山寺二年吟。

自遣

糲食麤衣隨分過，堆金積帛欲如何？百年身後一邱一作『抔』。土，貧富高低争幾多？

聞子規

楚天空闊月成一作『沈』。輪，蜀魄聲聲似告人。啼得血流無用處，不如緘口過殘春。

秋夜苦吟

吟盡三更未著題，竹風松雨共凄凄。此時若有人來聽，始覺巴猿不解啼。

秋夜聞砧

荒涼客舍眠秋色，砧杵家家弄月明。不及巴山聽猿夜，三聲中有不愁聲。

將過湖南經馬當山廟因書三絶

人説馬當波浪險，我經波浪似通衢。大凡君子行藏是，自有龍神衛過湖。

貪殘官吏虔誠謁，毒害商人瀝膽過。祇怕馬當山下水，不知平地有風波。

九江連海一般深，未必船經廟下沈。頭上蒼蒼没瞞處，不如平取一生心。

杜荀鶴，池州人，紀事云牧之微子也。會昌末，牧之自齊安移守秋浦，時妾有妊，出嫁長林鄉杜筠而生荀鶴，自號九華山人。少有詩名，年四十六始擢第。殷文圭賀詩云：『一戰平酬五字勞，晝歸鄉去錦爲袍。大鵬出海翎猶濕，駿馬辭天氣正豪。九子舊山增秀絶，二南新格變風騷。』可謂敘述曲盡矣。與楊夔、康駢、夏侯淑、王希羽、殷文圭皆爲淮南將田頵上客，及頵遇禍，梁太祖表授翰林學士，主客員外郎，知制誥。天祐初卒。顧雲詩敘極其推重，或又病其詩近俗，惟宫詞爲第一。諺云『杜詩三百首，惟在一聯中』，正謂『風暖鳥聲碎，日高花影重』也。唐風集以之壓卷，亦此意邪？琴川毛晉識。

唐風集逸詩

五言律四首七言律一首七言絶句四首斷句二韻

和吳太守罷郡山村偶題二首

罷郡饒山興，村家不惜過。官情隨日薄，詩思入秋多。野獸眠低草，池禽浴動荷。眼前餘政在，不似有干戈。

快活田翁輩，常言化育時。縱饒稽歲月，猶說向孫兒。茅屋梁和節，茶盤果帶枝。相傳終不忘，何必立生祠？

亂後送友人一作『送人遇亂』歸湘中

家枕三湘岸，門前即一作『有』。釣磯。漁竿壯歲別，鶴髮亂時歸。岳暖無猿叫，江春有燕飛。平生書劍在，莫便學忘機。

送紫陽僧歸廬岳舊寺

紫衣明主贈，歸寺感先師。受業恩難報，開堂影不知。松風敧枕夜，山雪下一作『上』。棲時。此際無人會，微吟復斂眉。

自江西歸九華

他鄉終日憶吾鄉，及到吾鄉值亂荒。雲外好山看不見，馬頭歧路去何忙？無衣織女桑猶小，闕食農夫麥未黄。許大乾坤吟未了，揮鞭回首出陵陽。

梁王坐上賦無雲雨詩

荀鶴初謁朱全忠，雨作而天無行雲，全忠曰：『此謂天泣，知何祥？請作無雲雨詩。』荀鶴乃賦云云，全忠悦。

同是乾坤事不同，雨絲飛灑日輪中。若教陰朗長一作『翳都』。相似，争表梁王造化功？

小松

自小刺頭深草裏，而今漸覺出蓬蒿。時人不識凌雲木，直待凌雲始道高。

醉書僧壁

九華山色真堪愛，留得高僧爾許年。聽我吟詩供我酒，不曾穿得判齋錢。

寄李隱居

自小棲玄到老閑，如雲如鶴住應難。溪山不必將錢買，贏得來來去去看。

斷句

舊衣灰絮絮，新酒竹篘篘。唐詩紀事

祇知斷送豪家酒，不解安排旅客情。聞笛，吟窗雜録

唐風集三卷，世多以毛子晉汲古閣刊本爲最佳。四庫所據亦毛刊本。按，提要有云：『前有顧雲序，序末謂之唐風集，以下文不相屬。蓋舊本唐詩紀事載雲此序誤連下條「荀鶴初謁梁王」云云六十四字一條，子晉不察，誤併鈔之。』今所傳本皆仍其舊，以致讀者謂顧序不成文矣。因檢全唐文顧雲文互校，删去『荀鶴初謁梁王』云云

六十四字，而以毛刊爲定本。凡兩本不同，悉注於下。其注一作者全唐文原注也，集中有闕字，又檢全唐詩勘補，復得逸詩九首，録於卷尾。杜荀鶴著有緑窗瑣翠、松窗雜記二書，一載池州府志本傳，一載欽定佩文齋書畫譜。引用書目曩得松窗雜記一種，係舊鈔本，寥寥數葉，祇有八條並爲附録於後，惜緑窗瑣翠未之見，今此本或當勝於毛刊矣。光緒三十二年丙午十月二十二日靈田耕者劉世珩識。

附　松窗雜記 一卷

唐進士趙顔於畫工處得一軟障，圖一婦人甚麗。顔謂畫工曰：『世無其人也，如可令生，余願納爲妻。』畫工曰：『余神畫也。此亦有名，曰真真，呼其名，百日晝夜不歇，即必應之，應則以百家綵灰酒灌之，必活。』顔如其言，遂呼之百日，晝夜不止，乃應曰：『諾。』急以百家綵灰酒灌之，遂呼之活。下步言笑，飲食如常，曰：『謝君召妾，妾願事箕帚。』終歲，生一兒。年二歲，友人曰：『此妖也，必與君爲患，余有神劍可斬之。』其夕，遺顔劍。劍纔及顔室，真真乃曰：『妾南岳仙也，無何爲人畫妾之形，君又呼妾之名，既不奪君願，君今疑妾，妾不可住。』言訖，攜其子即上軟障，嘔出先所飲百家酒。覩其障，唯添一孩子，仍是舊畫焉。

有王生者，不記其名，業三史，博覽甚精。性好誇炫，語甚容易，每辨駁古昔，多以臆斷，有旁議者，必大折之。嘗遊沛，因醉入高祖廟，顧其神座，笑而言曰：『持三尺劍滅暴秦、翦強楚，而不能免其母烏老之稱，徒歌「大風起兮雲飛揚」，曷能威加四海哉！』徘徊庭廡間，肆目久之，乃還所寓。是夕，纔寐而卒見十數騎擒至廟庭，漢祖按劍大怒曰：『史籍未覽數紙，而敢褻瀆尊神，烏老之言出自何典？若無所據，爾罪何逃！』王生頓首曰：『臣嘗覽大王本記，見司馬遷、班固書云：母劉氏媪，注烏老反，釋云：老母之稱也。見之於史，載籍炳然，明如白日，非臣敢出於胸襟耳。』漢祖益怒，曰：『朕沛中泗水亭長碑昭然具載矣，曷以外族媪氏而妄稱烏老乎？讀錯本書，且不見義，敢持酒喧於殿廷，宜付所司劾犯上之罪。』語未終，而南面有清道者揚言太公來，及階，顧王生曰：『斯何人見辱之甚也？』漢祖降階對曰：『此虛妄侮慢之人也，罪當斬之！』王生目太公，遂據厲聲而言曰：『臣覽史籍，見侮慢君親者尚無所貶，而賤臣戲語於神廟，豈期肆於市朝哉！』漢祖又怒曰：『在典册豈載侮慢君親者，當試徵之。』王生曰：『臣敢徵大王可乎？』漢祖曰：『然。』生曰：『王即位，會羣臣置酒於前殿獻太上皇壽，有否？』漢祖曰：『有之。』『既獻壽，乃曰：「大人嘗以臣無賴，不事產業，不如仲力，今某之業孰與仲多？」有之乎？』漢祖曰：『有之。』『殿上皆呼萬歲，大笑爲樂，有之乎？』曰：『有之。』王生曰：『是侮慢君親者矣。』太公曰：『此人理不可屈，宜速遣之，不爾必遭杯羹之讓也。』漢祖默然良久，云：『斬此物汙我三尺刃。』令搦髮者摑之。一摑嫈然而蘇，東方明矣。

以鏡視腮，有若指踪，數日方滅。

玄宗幸東都，因秋霽，與一行師共登天宮寺閣。臨眺久之，上遐顧，悽然長歎數四，謂一行曰：『吾身得終無患乎？』一行進曰：『陛下行幸萬里，聖祚無疆。』及西狩，初至成都，前望大橋，上舉鞭問左右曰：『是橋何名？』節度使崔員躍馬前進曰：『萬里橋也。』上因進，歎曰：『一行之言，今果符之，吾無憂矣。』

玄宗好走馬擊毬，内廏所飼者意猶未甚。適會黄幡綽戲語相解，因曰：『吾欲良馬久之，而誰能通於馬經？』幡綽奏曰：『臣能知之。』曰：『且今三丞相悉善馬經。』上曰：『吾與三丞相語政事之外，悉究其旁學，不聞有通於馬經者，爾焉得能知之？』幡綽曰：『臣日日沙隄上見丞相所乘馬，皆良馬也，以是知必通馬經。』上因大笑而語他。

玄宗自臨淄郡王爲潞州别駕，乞歸京師，以覘時晦迹，尤自卑損。會春暮，豪家數輩盛酒饌遊於昆明池。選勝方晏，上戎服臂小鷹於野，次因疾驅，直突會前，諸子輩頗露難色。忽一少年持酒船唱令曰：『宜以門族官品備陳之酒及於上。』大聲曰：『曾祖天子，父相王，某臨淄郡王也。』諸少年聞之驚走，不敢復視。上因連飲三銀船，盡一卣，徐乘馬東去。

玄宗何皇后始以色進，及上登位數年，恩寵日衰。后憂畏之狀，愈不自安，然撫下以恩，幸免讒謗共危之禍。忽一日，泣訴於上曰：『三郎獨不記何忠脱新裁半臂，更得一斗麪，爲三郎生日湯餅耶？何忍不追念於前時？』上聞之，戚然改容，有憫皇后之色，由是得延其恩者。三更春秋，終以諸妃恩遇日盛，皇后竟見出焉。后無罪被黜，六宮共憐之。何忠者，何后自呼其父名者也。

開元中，有程修己者善畫，得進謁玄宗。修己始以孝廉召入，上不甚禮，以畫者流擬之。會暮春，内殿牡丹開，上頗好詩，因問修己曰：『今京邑傳唱牡丹詩，誰爲首出？』修己對曰：『吾嘗聞公卿閒多吟賞中書舍人李正封詩曰：「國色朝酣酒，天香夜染衣。」』上聞之，嗟賞移時。時楊貴妃恃恩寵，上笑謂貴妃曰：『汝妝鏡臺前宜飲以一紫金盞酒，則正封之詩可見矣。』

狄梁公爲相，有姨盧氏居午南橋别墅。姨生一子，未嘗來都城。公因休沐，候姨安否，因問表弟有何樂，願悉力從其欲者。姨曰：『相爾自貴耳。姨止有一子，不欲令事女主。』公大慙而退。

貴池唐人集　第八

殷文圭

詩一卷
附文一首

貴池縣志·人物志·宦績本傳

殷文圭，小字桂郎。少讀書九華山，苦學，所用墨池底爲之穴。唐末，請託公行，文圭與游恭獨步場屋。乾寧中，昭宗幸三峯，文圭攜東平王全表薦及第，尋爲裴樞宣諭判官，至汴，全忠復薦之。既而文圭投啓於公卿曰：『於菟獵食，非求尺璧之珍；爰居避風，不望洪鐘之樂。』及南歸，爲多言者所發，全忠大怒，遣人捕之，不及。屢言措大率負心，每援文圭爲證。時寧國節度使田頵雅重儒士，置田宅，迎文圭母，以甥事文圭。頵死，事吳太祖掌書記，太祖墓誌銘出其手。武義元年，拜翰林學士，一云終左千牛衛將軍。有登龍集十卷、從軍稿二十卷、冥搜集二十卷。先是，文圭道遇老叟，目久之，謂人曰：『若人眉緑，拳必入口。』後顯名當時，果符其言。又嘗經大澤中，驟雨震雹，衆駭躓，文圭如不聞。雨定，傍人見其兩耳中鬼神以泥封之，其異徵如此。子崇義仕南唐爲宰相。見十國春秋並通志、府志。

按，南唐紀事稱文圭不應朱全忠、錢鏐辟，當無攜表及第事。又云：『登第即南歸，當無宣諭汴州事。』劉城嶧桐集辨之綦詳。文圭墓在貴池之殷村，唐書以爲西華人，誤。又唐詩紀事云：『文圭途遇一叟，鬚白眉緑，拳可入口，神仙狀也。曰：「子如學道，當沖虛。爲儒，當有大名於天下。」』與此差異。

唐詩紀事・殷文圭

文圭，池州人，居九華山，小字桂郎。苦學，所用墨池，底爲之穴。舉進士，中途遇一叟，鬚白眉緑，拳文入口〔一〕，神仙狀也。曰：『如學道，當沖虚。爲儒，當大有名於天下。』唐末，詞場請託公行，文圭與游恭獨步場屋。乾寧中，帝幸三峯，文圭攜梁王表薦及第，仍列榜中。尋爲裴樞宣諭判官，至大梁，朱全忠表薦之。既而由汴梁馳歸，全忠大怒，遣吏捕之，不及矣。自是屢言措大率皆負心，每以文圭爲證。白馬之禍，蓋自此也。文圭事楊行密，終左千牛衛將軍。子崇義，自江南歸朝，改姓湯，名悦。

九華賀雨吟云：『陶公焦思念生靈，變旱爲豐合杳冥。雷劈老松疑虎怒，雨衝陰洞覺龍腥。萬畦香稻蓬葱緑，九朵奇峯撲亞青。吟賀西成饒旅興，散絲飛灑滿長亭。』

贈池州張大守云〔二〕：『神珠無纇玉無瑕，七葉簪貂漢相家。陣面奔星破犀象，筆頭飛電躍龍蛇。絳幃夜坐窮三史，紅旆春行到九華。只怕他人留不住，別遷征鎮擁高牙。』

和友人送衡尚書赴池陽副車云：『淮王上將例分憂，玉帳參承半列侯。次第選材如創廈，別離排宴向藏舟。鵾鵬變化知難測，龍蠖昇沈各有由。蹬蹀行牽金鋄亡犯切，馬首飾。重，嬋娟立唱翠蛾愁。築頭勳業諧三陣，滿腹詩書究九流。金海珠韜乘月讀，肉芝芽茗撥雲收。赤麟旆卷鷗汀晚，青雀船横雁陣秋。十字細波澄鏡面，九華殘雪露峯頭。醉沈北海千罇酒，吟上南荆百尺樓。況是昭明食魚郡，不妨閒擲釣璜鉤。』

文圭賀池陽太守正命云：『泉口聲光誇漢將〔三〕，築頭勳業佐淮王。』

中秋自宛陵寄池陽太守云：『出山三見月如眉，蝶夢終宵繞戟枝。旅客思歸鴻去日，賢侯行化子來時。郡樓遐想劉琨嘯，相閣方窺謝傅棋。按部況聞秋稼熟，馬前迎拜羡并兒。』

次韻九華杜先輩重陽寄投宛陵丞相云：『日下飛聲徹不毛，酒醒時得廣離騷。先生鬢爲吟詩白，上相心因治國勞。千乘信迴魚榼重，九華秋迥鳳巢高。强酬小謝重陽句，沙恨無金盡日淘。』

寄賀杜荀鶴及第云：『一戰平疇五字勞，晝歸鄉去錦爲袍。大鵬出海翎猶濕，駿馬辭天氣正豪。九子舊山增秀絶，二南新格變風騷。由來稽古符公道，平地丹梯甲乙高。』

文圭、杜荀鶴、楊夔、康軿、夏侯淑、王希羽等，皆爲淮南將田頵上客。文圭有美名，不應朱全忠、錢鏐之辟，頵置田宅迎其母，以甥事之，故文圭爲盡力。夔知頵不足抗楊行密，著溺賦以戒，頵不用，果敗。文圭常薦於全忠，復擬飾非，投啓於公卿，略曰：『於菟獵食，非求尺壁之珍；鶢鶋避風，不望洪鐘之樂。』既登第，即南歸。俄爲多言者所發，全忠捕之，則不及矣。

或云：文圭應舉，嘗經大澤中，驟雨震雷，衆駭蹟，獨安詳如不聞。雨定，傍人見其兩耳中鬼神以泥封之。後爲内翰，草司空李德誠麻，潤毫久不至，爲詩督之云：『紫殿西頭月欲斜，曾草臨淮上相麻。潤筆已曾經奏謝，更將章句問張華。』時論少之。

校　記

〔一〕文　唐詩紀事校箋作『可』。

〔二〕大　唐詩紀事校箋作『太』。

〔三〕泉　唐詩紀事校箋作『衆』。

詩

殷文圭，池州人，居九華，苦學，所用墨池底爲之穴。唐末，詞場請託公行，文圭與游恭獨步場屋。乾寧中及第，爲裴樞宣諭判官，依寧國節度使田頵。頵死，佐吳先主掌書記。武康元年，拜翰林學士，後事楊行密，終左千牛衛將軍。詩一卷。

宋時避諱，改「殷」爲「湯」。

五言排律一首 從全唐詩録

春草碧色

細草含愁碧，芊緜南浦濱。淒淒如恨别，苒苒共傷春。疏雨煙華潤，斜陽細彩勻。花黏繁鬭錦，人藉輭勝茵。淺映宫池水，輕遮輦路塵。杜回如可結，誓作報恩身。

七言排律一首 從全唐詩録

和友人送衡尚書赴池陽副軍

淮王上將例分憂，玉帳參承半列侯。次第選材如創廈，別離排宴向藏舟。鵾鵬變化知難測，龍蠖升沈各有由。躞蹀行牽金鋄重，嬋娟列唱翠娥愁。槊頭勳業諳三陣，滿腹詩書究九流。金海珠韜乘月讀，肉芝牙茗撥雲收。赤鱗旆卷鷗汀晚，青雀船橫雁陣秋。十字細波澄鏡面，九華殘雪露峯頭。醉沈北海千尊酒，吟上南荆百尺樓。況是昭明食魚郡，不妨閑擲釣璜鉤。

七言律詩二十四首 十九首從唐百家詩録，五首從全唐詩録。

八月十五夜 以下十九首從唐百家詩録

萬里無雲鏡九州，最團圓夜是中秋。滿衣冰彩拂不落，偏地水光疑欲流。華嶽影寒清露掌，海門風急白潮頭。因君照我丹心事，減得愁人一夕愁。

省試夜投獻座主

闢開公道選時英，神鏡高懸鑑百靈。混沌分來融間氣，欃槍滅處炫文星。燭燃蘭省三條白，山東龍門萬仞青。聖教中興周禮在，不勞干羽舞明庭。

觀賀皇太子册命

嗣册儲皇帝命行，萬方臣宴躍歡聲。鸞旂再立星辰正，雉扇雙開日月明。自有漢元爭翊戴，不勞商皓定攲傾。春宮保傅皆周召，致主何憂不太平？

行朝早春侍師門宴西溪席上作

西溪水色浄如苔，畫鷁横風絳帳開。絃管旋飄蓬島去，公卿皆似蕊宫來。金麟擲浪錢翻荇，玉爵黏香雪泛梅。三榜生徒逾七十，豈期龍坂納非才？

賀同年第三人劉先輩鹹辟命

甲門才子鼎科人，拂地藍衫牓下新。脱俗文章笑鸚鵡，淩雲頭角壓麒麟。金壺藉草溪亭晚，玉勒穿花野寺春。多愧受恩同闕里，不嫌師僻與顏貧。

寄廣南劉僕射

戰國從今卻尚文，品流才子作將軍。畫船清宴蠻溪雨，粉閣閑吟瘴嶠雲。暴客卸戈歸惠政，史官調筆待儒勳。漢儀一化南人後，牧馬無因更夜聞。

題吳中陸龜蒙山齋

萬卷圖書千户貴，十洲煙景四時和。花心露洗猩猩血，水面風披瑟瑟羅。莊叟静眠清夢永，客兒芳意小詩多。天麟不觸人間網，擬把公卿换得麽。

經李翰林墓

詩中日月酒中仙，平地雄飛上九天。身謫蓬萊金籍外，寶裝方丈玉堂前。虎靴醉索將軍脱，鴻筆悲無令子傳。十字遺碑三尺墓，只應吟客弔秋煙。

鸚鵡

丹觜如簧翠羽輕，隨人呼物旋知名。金籠夜黯山西夢，玉枕曉憎簾外聲。才子愛奇吟不足，美人憐雨繡初成。應緣是我邯鄲客，相顧咬咬別有情。

邊將別

地角天涯倍苦辛，十年鉛槧未酬身。朱門泣別同鮫客，紫塞旅遊隨雁臣。漢將出師衝曉雪，胡兒奔馬撲征塵。行行獨止干戈域，毳帳望誰爲主人。

江南秋日

水國由來稱道情，野人經此頓神清。一篷秋雨睡初起，半硯冷雲吟未成。青笠漁兒筒釣没，蒨衣菱女畫橈輕。冰綃寫上江南景，寄與金鑾馬長卿。

題友人庭竹

叢篁蕭瑟拂清陰，貴地栽成碧玉林。盡待花開添鳳食，可憐風擊狀龍吟。鈿竿離立霜文靜，錦籜飄零粉節深。何事子猷偏寄賞，此君心似主一作『古』。人心。

覽陸龜蒙舊集

先生文價沸三吳，白雪千篇酒一壺。吟去星辰筆下動，醉來嵩華眼中無。峭如謝檜虯蟠活，清似緱山鳳路孤。身後獨遺封禪草，何人尋得佐鴻圖？

王一作『玉』仙道中

蓴鱸方美别吳江，筆陣詩魔兩未降。山勢北蟠龍偃蹇，泉聲東漱玉琤瑽。古陂狐兔穿蠻冢，破寺荆榛擁佛幢。信馬冷吟迷路處，隔溪煙雨吠村尨。

趙侍郎看紅白牡丹因寄楊狀頭贊圖

遲開都爲讓羣芳，貴地栽成對玉堂。紅豔裹煙疑欲語，素華映月只聞香。翦裁偏得東風意，淡薄似一作『如』。矜西子妝。雅稱花中爲首冠，年年長占斷春光。

題湖州大學邱光庭博士幽居

舜軌堯文混九垓，明重一作『堂』。宏構集良材。江邊雲臥如龍穩，天外泥書遣鶴來。五夜藥苗滋沆瀣，四時花影蔭莓苔。草玄門似山中静，不是公卿到不開。

初秋留别閩越中幕客 一本無『閩』字

魂夢飄零落葉洲，北轅南柂幾時休。月中青桂漸看老，星畔白榆還報秋。鶴禁有知須强進，稽峯無事莫相留。吳花越酒饒君醉，直待功成始舉頭。

送道者朝見後歸山

暫隨蒲帛謁金鑾，蕭灑風儀傲漢官。天馬難將朱索絆，海鼇寧覺碧濤寬。松壇月作尊前伴，竹篋書爲教外歡。神鼎已乾龍虎伏，一條真氣出雲端。

贈戰將

緑沈槍利雪峯炎，一作『尖』。犀甲軍裝稱紫髯。威懾萬人長凜凜，禮延羣客每謙謙。陣前戰馬黄金勒，架上兵書白玉籤。不爲已爲儒弟子，好依門下學韜鈐。

九華賀雨吟 以下五首從全唐詩録

陶公焦思念生靈，變旱爲豐合杳冥。雷劈老松疑虎怒，雨衝陰洞覺龍腥。萬畦香稻蓬葱緑，九朵奇峯撲亞青。吟賀西成饒旅興，散絲飛灑滿長亭。

贈池州張太守

神珠無纇玉無瑕，七葉簪貂漢相家。陣面奔星破犀象，筆頭飛電躍龍蛇。絳幃夜坐窮三史，紅旆春行到九華。祇怕池人留不住，别遷征鎮擁高牙。

中秋自宛陵寄池陽太守

出山三見月如眉，蝶夢終宵繞戟枝。旅客思歸鴻去日，賢侯行化子來時。郡樓遐想劉琨嘯，相閣方窺謝傅棋。按部況聞秋稼熟，馬前迎拜羡幷兒。

次韻九華杜先輩重陽寄投宛陵丞相

目下飛聲徹不毛，酒醒時得廣離騷。先生鬢爲吟詩白，上相心因治國勞。千乘信迴魚檻重，九華秋迴鳳巢高。强酬小謝重陽句，沙悵無金盡日淘。

寄賀杜荀鶴及第

一戰平疇五字勞，晝歸鄉去錦爲袍。大鵬出海翎猶濕，駿馬辭天氣正豪。九子舊山增秀絶，二南新格變風騷。由來稽古符公道，平地丹梯甲乙高。

七言絶句 從全唐詩録

贻李南平 文圭爲内翰，詩草司空李德誠麻，潤筆久不至，爲詩督之。

紫殿西頭月欲斜，曾草臨淮上相麻。潤筆已曾經奏謝，更飛章句問張華。

斷句 從全唐詩録

龍舒太守人中傑，風韻堂中心似月。方輿勝覽

衆口聲光誇漢將，築頭勳業佐淮王。賀池陽太守正命，唐詩記事

余刻貴池唐人集，録殷文圭詩，於唐百家詩得十九首，七言律十九首。於全唐詩得八首，五言排律一首、七言排律一首、七言律五首、七言絶句一首。都二十七首，同斷句輯爲一卷。又於全唐文得文一首並附刊焉。光緒三十年甲辰正月初九日縣後生劉世珩謹跋。

附　文

後唐張崇修廬州外羅城記

禹貢別九州之廣，揚鼎居先。淮夷控七郡之雄，廬邦最大。真四塞山河之國，乃一方禮樂之鄉，地勢壯而金斗高，人心剛而風土勁。洎皇唐光宅四海，奄有八紘，窮日月之照臨，皆臻仁壽；混車書於華夏，咸屬文明。視赤子以如傷，播洪鈞而不比。眷惟刺史之任，獨曰親人之官。凡當出牧是邦，必選良二千石矣。昔故相歇馬之所，今通侯建隼之區。

太守清河張公，乾象降靈，人龍命世。一劍躍而蛟斷，六鈞挽而猿號。忠自孝基，勇由義立。爰從稚齒，便奮雄心。庚子歲，巢寇陷秦關，僖宗幸蜀部，王綱弛壞，國制搶攘，瞻烏載飛，走鹿爭逐，救疲民之焚溺，資間代之英雄。先吳忠武王虎步江南，鷹揚肥上。汪汪偉量，涵一萬頃之澄波；落落洪襟，包九百里之夢澤。是以多士之歸也，如百川赴海；羣材之用也，若衆腋成裘。勤求卓犖之倫，肇建龐洪之業，下痊民瘼，上報國恩。以太守張公英俊不羣，鄉關素友，隸職帳下，責效軍前，入委腹心，出舒羽翼。由余之拓十二國，多賴宏規；耿弇之屠三百城，略方殊績。以至潰趙相國鍠七萬之衆，先拔句溪；破孫司徒儒五倍之師，次收淮甸。不獨身先百戰，抑亦謀贊六奇，故得擢自偏裨，升於列校，亟更職任，累拜專城。天祐三年，承制檢校司徒守常州刺史，而毗陵、杭、越接境，梁汴連衡。公纔駐熊車，潛施龜畫，早曾修城築塹，杜漸防萌，寒暑未遷，金湯遽設，功用未畢，王澤迭加，以績效轉官檢校太保，授廬州刺史兼本州團練使，天祐四年八月到任。公自臨錦里，即建羅城。謀雖貯心，言未出口。蓋以先王臥龍之地，謹合繕修；君子變豹之風，詎宜卑陋？況西連襄漢，北接梁徐，秣馬訓兵，靡忘寢食，勸農習戰，誓靜氛埃。今吳太師嗣茅土全封，紹彤旅重寄，旌賢寵善，念舊策勳。雖承制以褒疇，迭進秩於保傅。淮南行軍司內外都軍使鎮海、寧國等軍節度使檢校太尉兼侍中東海徐公，首輔大政，力啓霸圖，遜德推功，先人後己，纖粟之勞必録，錫予之美無偏。公執玉而歸覲王庭，鏘金而入陪相閣，語家國之至計，屬西北以介懷。遂咨稟廟謀，增修戰壘，鋪舒妙見，商較遠圖，且曰：『居安慮危，聞於聖哲，爲主制客，宜賴城隍。』乃知恃陋弗修，莒子蹈危亡之運；一日必葺，叔孫留忠恕之機。懿彼肥川，舊有羅郭。自咸通十年盧諫議出牧此州，值彭門用軍，鄰封多警，累拜表章之請，遂興版築之功。繇歲月以滋深，致締建之匪固，漸成崩潰，難禦奔衝。況今稼穡豐登，煙塵貼息，宜當農隙，潛募子來。嘉言上沃於王心，成算允諧於臺畫。繇是量材度費，揆力興工。設窑竈於四郊，燒甎礫於億萬。蒸沙似鐵，運甓如山，千畚雲翻，萬杵雷動。其役五丁而神速，甃百雉以天橫。粉堞既全，湯池是濬。瀦長壕於四面，斢巨浪於長江。其城周回二十六里一百七十步，壕面闊七十丈至六十丈，深八丈。城身用甎砌高三丈，置窑竈五十五所。其甎每口長一尺三寸，闊六寸。建造羅城門十三所，及大弩樓都共四十四所。旦暮檢轄，躬親指揮，以饌以觴，且酣且飲，致勞勇兼集，公私允諧。

天祐六年十二月終，版築向圓，開鑿始半，汴賊寇彥卿將領馬走徒黨五萬餘人，乘修勵未辦之間，恣倉卒奔衝之計，夜驅羣孽，直渡城隍，搭長梯於女牆，攢霜矛於鵲垜。人皆兇懼，公獨晏如，遂開廬江、灊橋兩門，親領馬步鋭師，當處殺敗逋逆，或麋驚而塗地，或狼狽以投壕。死溺如麻，生擒若市，押背黏襲，遠過獨山，棄甲聯翩，高齊峻嶽。諸郡收奪槍甲不少，招降人馬甚多，仍值積雪連天，陰風刮地，寒僵餓殕，僅滿平川，疋馬隻輪，偶漏元惡。天祐十年孟冬月，汴將賀瓌與王彥章復驅甲騎四萬，直抵羅城西獨山門，排列至瓦步門，延亘數里。此際堅墉漸備，濬洫已周，巨堞屹而山横，大弩發而雷吼，雖羣偷飃至，暴客狂衝，萬騎鷄連，千戈蟻潰，但昂頭而歎息，咸破膽以逋逃。尋屬淮海行軍侍中東海公親統大軍，徑追勍寇，縱七擒於淮岸，破十寨於戎河。非楊府之大幕雄軍，不足以平欺敵國；非肥水之深壕高壘，不足以外挫賊鋒。致我師競願北驅，彼衆不敢南牧。立中流千年柱石，壯吳部一面山河。昔司馬宣王統晉國車徒，覽諸葛武侯渭川營壘而歎曰：『真天下之奇士！』今清河張公，良可匹矣。

高燕公頃築西川羅城，皆破上供錢米。當其無事，尚以爲能。清河公今繕理重垣，疏通百谷，廣通商而貿易，咸竭産以經營。上下無私，方圓有術。不蠹府庭之尺素斗粟，無妨黎庶之易耨力耕。從容蕆事，則首尾一年；周旋僝工，則歌謡五邑。永賀覆盂之固，免虞拾瀋之譏。或聽訟之餘，或訓戎之暇，憑高送目，選勝延賓。三重之雉堞延登，四望之秋毫必見。西風獵獵，撒豹騎於平蕪；冬日融融，竟牛耕於曠野。此外水轟蒙衝之艦，陸轟霹靂之車，十年之儲蓄有餘，千弩之金繒足用。且獨山秀而峭，肥水清而靈，宜有異才，同正霸業。大則仗戎節，駕廉車，次則剖竹符，參蓮幕。其間燕趙多奇士，豐沛皆故人，千載風雲，一時會合。而公志惟尊主，務切經邦，摧陣敵若私仇，視玉帛無停蓄。尚季布之然諾，篤仲由之信誠，吴漢之不離公門，袁安之每念王室。凡諸廨宇，久歷星霜，多至摧頹，咸新剞劂。荀郎中湘，五十五年前常典兹郡，建東水閶門。虹梁朽而螮蝀沈，碧瓦爛而鴛鴦碎，公皆表裏修換，躬親指南。壯軍城而金翠相鮮，耀水栅而舟車倍湊，並建兩畔挾樓都一十四間，換門樓橋柱十三虹。公又深惟久要，永欲流傳，别運十綱，散令回貨，廣市於楠櫪杞梓，偏修於寺廟橋梁。不箕斂於王民，盡圓融於私帑。所建州内廨舍，間架甚繁，兼添置梵舍琳宮，神祠儒廟，及造明教橋一所，次造市橋一所，次造縣橋一所，次造通遠橋一所，次造西水閶門一所，奇妙難名。龍身蚴蟉於波間，雁齒參差於川上。往來咸濟，不勞鄭産之輿；揭厲無疑，如假傅巖之楫。郭内官路，造小史橋一所，次造赤欄橋一所，東正門橋一所，崇化門橋一所，懷德門橋一所，都共造橋一十一所，並用楠櫃杞梓。鶴柱雕欄，畫檻縱横，洪流直道，有利於物，知無不爲。

乙亥歲孟夏月，畫圖入覲，告厥成功。相府僉諧，王綸賞重。承制就加都團練觀察處置等使守刺史，餘勳階如舊。至天祐十四年四月二十七日，蒙恩轉授武寧平難軍節度滁宿等州觀察處置等使，依前權淮南行軍副使知廬州都團練觀察處置等使，餘官勳如故，褒勤蓋也。且兵書所尚，地利居先，霸國圖安，人和是最。兼兹二者，不其久乎？一品之秩自才升，萬鍾之禄由勳進。安于固晉陽之險，墨翟拒宋國之圍，楚興燧象之師，齊奮火牛之陣。設奇應變，以逸待勞。何代無人？有備誰患？文圭墨徒摩楯，筆愧如椽，近駕軺車，曾趨戟牖。目擊連雲之巨壘，神驚截海之深壕。聊得直書，無非實録。雕鎪琬琰，敢期八字之褒稱；易變桑田，幸記千年之城郭。同部轄都頭節級寮吏名銜，並勒碑云耳。天祐十四載歲次丁丑七月戊申朔二十六日癸酉建立，淮南節度掌書記殷文圭文。

貴池唐人集　第九

伍喬詩一卷

（康熙）池州府志卷第六十二南唐伍喬傳第五

伍喬，貴池人。唐詩紀事作廬江人。幼學詩，聲調寒苦，有瘦童羸馬之歎。遊廬州國學，忽一夕，見一巨掌書『讀易』二字自牖中入示之，喬悟，遂精易旨。保大十三年，試畫八卦賦，舉進士第第一，詔令刊喬賦於國學門，以式多士。初判歙州，尋召入爲考功郎中。陸游南唐書曰：『南唐乙亥冬，命户部員外郎伍喬於圍城中放孫確等三十八人及第。』豈先考功而後户部耶？南唐亡，隱九華山以殁。所著有蜀花蕊夫人各傳，人少知之者。詩一卷。

詩

伍喬幼學詩，聲調寒苦，有瘦童羸馬之歎。遊盧州，忽一夕，見一巨掌書『讀易』二字，自牖中入示之，喬悟，遂精易旨。保大十三年，試畫八卦賦，舉進士第一人，詔令刊喬賦於國學門，以式多士。初判歙州，召入爲考功郎中，又嘗爲户部員外郎。乙亥冬，命喬於圍城中放孫確等三十八人及第。南唐亡，隱九華山以終。著有蜀蕊夫人諸傳、詩一卷。十國春秋

冬日道中 一作冬日送人

去去天涯無定期，瘦童羸馬共依依。暮煙江口客來絶，寒葉嶺前一作『頭』。人往一作『住』。稀。帶雪野風吹旅思，入雲山火照行衣。釣臺吟閣滄洲在，應爲初心未得歸。

宿灊山

一入仙山萬慮寬，夜深寧厭倚虛欄。鶴和雲影宿高木，人帶月光登古壇。芝术露濃溪塢

白，薜蘿風起殿廊寒。更陪羽客論真理，不覺初鐘叩曉殘。

遊西山龍泉禪院 一作「寺」

疊巘層峯坐可觀，枕門流水更潺湲。一作「出雲端」。曉鐘聲徹洞溪遠，夏木影籠軒檻寒。幽徑乍尋衣屨潤，古堂頻宿夢魂安。因嗟城郭營營事，不得長遊 一作「遊茲」。空鬢殘。

遊西禪

遠岫當軒列翠光，高僧一衲萬緣忘。碧松影裏地長潤，白藕花中水亦香。雲自雨前生淨石，鶴於鐘後宿塵 一作「長」。廊。遊人戀此吟終日，盛暑樓臺早有涼。

題西林寺水閣

竹翠苔花繞檻濃，此亭幽致詎曾逢？水分林下清泠派，山峙雲間峭峻峯。怪石夜光寒射燭，老杉秋韻泠和鐘。不知來往留題客，誰約重尋蓮社蹤。

晚秋同何秀才溪上

閒步秋光思杳然，荷藜因共過林煙。期收野藥尋幽路，欲採溪菱上小船。雲吐晚陰藏霽岫，柳含餘靄咽殘蟬。倒尊盡日忘歸處，山磬數聲敲暝天。

林居喜崔三傳一作『博』遠至

幾日區區在遠程，晚煙林徑喜相迎。姿容雖有塵中色，巾屨猶多嶽上清。野石靜排爲坐榻，溪茶深煮當飛觥。留連話語方經宿，又欲攜書别我行。

僻居謝何明府見訪

公退琴堂動逸懷，閒披煙靄訪微才。馬嘶窮巷蛙聲息，轍到衡門草色開。風引柳花當坐起，日將林影入庭來。滿齋塵土一牀蘚，多謝從容水飯迴。

聞杜牧赴闕

舊隱匡廬一草堂，今聞攜策謁吾皇。峽雲難卷從龍勢，古劍終騰出土光。開翅定期歸碧落，濯纓寧肯問滄浪。他時得意交知仰，莫忘裁詩寄釣鄉。

僻居酬友人

僻居惟一作『雖』。愛近林泉，幽徑間園一作『居』。任一作『碧』。蘚連。向竹掩扉隨鶴意，就溪安石學僧禪。古琴帶月音聲正，一作『亮』。山果經霜氣味全。多謝故交憐朴野，隔雲時復寄佳篇。

龍潭張道者

碧洞幽巖獨息心，時人何路得相尋？養生不説憑諸藥，適意惟聞在一琴。石徑掃稀山蘚合，竹軒開晚野雲深。他年功就期飛去，應笑吾徒多苦吟。

寄張學士洎

不知何處好消憂，公退攜壺即上樓。職事久參侯伯幕，夢魂長繞帝王州。黄山向晚盈軒翠，黟水當春繞檻流。遥想玉堂多暇日，花時誰伴出城遊？

寄落星史虛白處士

白雲峯下古溪頭，曾與提壺爛熳遊。登閣共看彭蠡浪，圍爐同憶杜陵秋。棋玄不厭通宵算，一作『通高品』。句妙多容隔歲酬。別後相思時一望，暮山空碧水空流。

寄史處士

長羨閒居一水湄，吟詩高古有誰知？石樓待月橫琴久，漁浦經風下釣遲。幽圃一作『僻塢』。落花多掩徑，舊山殘燒幾侵籬。松門別後無消息，早晚重爲清話期。一作『應躡屐隨』。

僻居秋思寄故友一作『故人』

門巷秋歸更寂寥，雨餘閒砌委蘭苗。夢迴夜月蟲吟壁，病起茅齋藥滿瓢。澤國舊遊關遠思，竹林前會負佳招。身名未立猶辛苦，何許流年晚鬢焦？一作『彫』。

九江旅夜寄山中故友

弱柳風高遠漏沈，坐來難便息愁吟。江城雪盡寒猶在，客舍燈孤夜正深。塵土積年粘旅服，闕山無處寄歸心。此時遥羡閒眠侶，静掩雲扉向一作「卧」。一林。

送江少府授延陵後寄

五老雲中勤學者，遇時能不困風塵。束書西上謁明主，捧檄南歸慰老親。别館友朋留醉久，去程煙月入吟新。莫因官小慵之任，自古鸞棲有異人。

廬山書堂送祝秀才還鄉

束書辭我下重巔，相送同臨楚岸邊。歸思幾隨千里水，離情空寄一枝蟬。園林到日酒初熟，庭户開時月正圓。莫使蹉跎戀疏野，男兒酬志在當年。

暮冬送何秀才毗陵

疋馬嘶風去思長，素琴孤劍稱戎裝。路途多是過殘歲，杯酒無辭到醉鄉。雲傍水村凝冷片，雪連山驛積寒光。毗陵城下饒嘉景，近日新詩應滿堂。

觀華夷圖

別手應難及此精，須知攢簇自心靈。始於毫末分諸國，漸見圖中列四溟。關路欲伸通楚勢，蜀山俄聳入秦青。筆端盡現寰區事，堪把長懸在户庭。

觀山水障子

功績精妍世少倫，圖時應倍用心神。不知草木承何異，但見江山長帶春。雲勢似離巖底石，浪花如動岸邊頻。更疑獨泛漁舟者，便是其中舊隱人。

斷句

積靄沈諸壑，微陽在半峯。省試霽後望鍾山　陶岳云：爲知舉韓熙載所賞。

附　安徽古籍叢書已版書目

舊聞隨筆
定本莊子故
張籍集注
文學研究法
桐城文學淵源考・撰述考
包拯集編年校補
康輶紀行・東槎紀略
北山樓集
桐城耆舊傳
疑庵詩
三餘札記
方望溪遺集
爾雅翼

識小録・寸陰叢録
東萊詩詞集
明太祖集
王侍郎奏議
程氏家塾讀書分年日程
朱楓林集
敬孚類稿
施愚山集（四册）
吴敬梓吴烺詩文合集
張孝祥詞箋校
竇山公家議校注
翠微南征録・北征録合集
阮大鋮戲曲四種

老子注三種
杜詩説
朱書集
論語解注合編
郭祥正集
皖人詩話八種
唐詩評三種
左傳微
續學堂詩文鈔
鈍齋詩選
老子注譯
莊子詮詁
説文假借義證

劉銘傳文集
包世臣全集（三册）
戴震全書（七册）
田間易學
莊屈合詁
田間詩集
田間文集
古事比（二册）
安徽出土金文訂補
秋崖詩詞校注
道聽途説
蘭茗館外史
青泥蓮花記
舌華録
明語林

夜雨秋燈録・續録（二册）
包拯集校注
毛詩後箋（二册）
劉文典全集（四册，列入特輯）
壹齋集（二册）
孟子講義
楊仁山全集
弢翁藏書年譜（列入附輯）
不得已附二種
歙事閑譚（二册）
惜抱軒詩集訓纂
張孝祥詩文集
吴汝綸全集（四册）
朱子全書（二十七册）
明實録安徽經濟史料類編（列入附輯）

姚瑩年譜（列入附輯）
青溪集
藏山閣集
田間詩學
俞正燮全集（三册）
皖人戲曲選刊・鄭之珍卷
詠懷堂詩集
所知録附四種
文選箋證（二册）
歙紀
方孝標文集
七頌堂集
劉文典全集補編（列入特輯）
程瑤田全集（四册）
皖人戲曲選刊・方成培卷

皖人戲曲選刊・龍㜚卷
凌廷堪全集（四册）
黄生全集（四册）
東輶紀程
蕭雲從詩文輯注
程文炳文集
程恩培集
方畬山詩集（二册）
趙紹祖金石學三種
小爾雅義證
勉行堂詩文集
貴池唐人集